KB002262

이와 손톱

옮긴이 **최내현**

서울대 인류학과를 졸업했다. 2001년 1월부터 2년여 동안 《딴지일보》 편집장으로 일했으며 월간 《판타스틱》과 격주간 드라마 전문지 《드라마틱》의 발행인으로도 활동했다. 2004년에는 블로그 사이트 '미디어몹'을 만들었다. 옮긴 책으로는 『두개골의 서』, 『웃음의 나라』, 『벌집에 키스하기』, 『나무바다 건너기』, 『이와 손톱』, 『연기로 그린 초상』, 『이제 지구는 누가 지키지?』, 『인디애나 블루스』, 『침묵의 세일즈맨』 등이 있다.

THE TOOTH AND THE NAIL
Copyright © 1955 by Bill S. Ballinger
All rights reserved.
Korean translation rights arranged with RUSSELL & VOLKENING, INC., a subsidiary of
LIPPINCOTT MASSIE MCQUILKIN through EYA(Eric Yang Agency).

이 책의 한국어판 저작권은 EYA(Eric Yang Agency)를 통해
Bill S. Ballinger, c/o Russell & Volkening과의 독점 계약으로 북스피어에 있습니다.
저작권법에 의해 한국 내에서 보호를 받는 저작물이므로 무단 전재 및 무단 복제를 금합니다.

＊ 이 도서의 국립중앙도서관 출판예정도서목록(CIP)은 서지정보유통지원시스템 홈페이지(http://seoji.nl.go.
kr)와 국가자료공동목록시스템(http://www.nl.go.kr/kolisnet)에서 이용하실 수 있습니다. (CIP제어번호
: CIP2017007552)

이와 손톱

빌 S. 밸린저 지음 | 최내현 옮김

북스피어

프롤로그

그의 이름은 루, 두 번째 이름은 이제부터 이야기할 한 가지 경우를 제외하고는 중요하지 않다. 루 오스트리안, 루이슨 클락, 패트릭 패리스로도 알려져 왔다. 하지만 실제로는 루이스 몬태나라는 스페인식 이름을 가지고 태어났고, 후일 같은 의미의 미국식 이름인 루이스 마운틴으로 개명했다. 벌써 몇 세대 전 미국에 정착했던 집안임에도 여전히 스페인식 성姓을 유지해 왔던 건 특이한 경우다. 어쨌든 옛 성씨가 살아남아 지금 그의 이름은 다시 루이스 몬태나이다.

게다가 그는 캘리포니아, 텍사스, 애리조나, 뉴멕시코 같은, 스페인계 자손이 태어날 법한 국경 지역 출신이 아니다. 그가 태어난 아이오와 주는 미국의 한가운데에 위치한, 온갖 출신의 사람들을 만날 수 있는 곳이다. 그는 농장에서 태어났다. 비옥한 토양이 언덕져 있는 큰 농장이었다. 원래는 할아버지의 농장이었지만, 할아버지가 돌아가신 후엔 아버지의 소유가 되었다.

생전에 그는 마술사였다—해리 후디니나 더스턴처럼—기적을 만드는 사람, 요술쟁이, 환상을 연출하는 사람 말이다. 그는 아주 솜씨 좋은 마술사였는데도, 일찍 죽은 탓에 위에서 언급한 다른 이들만큼의 명성을 얻지는 못했지만 그 사람들이 시도조차 하지 않았던 것을 성취한 인물이었다.

첫째, 그는 살인범에게 복수했다.

둘째, 그는 살인을 실행했다.

셋째, 그는 그 과정에서 살해당했다.

I

　뉴욕 지방 형사법원의 판사는 검은색 법복을 매만지고 앞에 놓인 서류를 가지런히 가다듬은 다음, 뉴욕 지방검찰청 소속 검사에게 고개를 끄덕여 주었다. 검사는 자리에서 일어나 배심원들을 향해 다가갔다. 높은 천장의 법정, 엄중한 긴장 속에 검사에게 눈길이 집중되었다. 그는 자신감 넘치는 모습으로 잠시 뜸을 들이다가 기소의 첫 공술을 시작했다. 먼저 뒤로 돌아서서 변호인과 나란히 앉아 있는 피고인을 눈으로 훑었다. 배심원단의 눈도 그의 시선을 따라갔다. 배심원들의 눈이 죄수를 향하는 순간, 그는 말을 시작했다. 여유롭고 신중하며 편안한 말투로, 남자 아홉 명과 여자 세 명으로 구성된 배심원단을 향해 유려하게 연설했다.

　검사의 이름은 프랭클린 캐넌이었다. 중년의 나이에 보통 몸집과 염색한 머리의 그는 검찰 임무에 성실한, 감정 기복 없고 침착한 사람이었다. 연기하듯 과장된 재판 태도를 싫어하며 논리와 사실, 증거를 꼼꼼히 준비하고 준비된 그대로를 제시하여 상대방에게 타격을 가하는 스타일이었다. 캐넌은 재판 초기의 중요성을 잘 알고 있었다. 검찰 측이나 피고인 측에 대한 배심원들의 처음 인상이 재판 내내 지속되는 경우가 꽤 많기 때문이다.

발언하면서 캐넌은 자신을 뜯어보는 배심원들의 눈을 의식했다. 그들의 눈은 사건 개요를 설명하는 자신의 얼굴을 살펴보고, 복장을 뜯어보고, 몸짓을 관찰했다. 열두 쌍의 귀는 자신의 목소리를 가늠하고 내용을 걸러내고 있었다. 차차 배심원들 사이의 긴장이 풀어지고 자신의 외모나 목소리에 익숙해진 배심원들과의 심리적 거리가 줄어들었다. 그간의 경험에 의하면 새로운 배심원들은 재판이 시작될 때엔 그다지 편안하지 못한 심리 상태이기에, 그는 신뢰감이 조성될 수 있도록 첫 발언 시간을 늘리곤 했다. 이제 저들 한 사람 한 사람은 "저 사람은 내 사촌 조랑 닮았네, 말하는 게 비슷해"라거나 "우리 회사 엔지니어링 부서의 밥 엘턴하고 얼굴이 비슷하군", 혹은 단순히 "캐넌이란 사람 꽤 합리적으로 보이네"와 같은 생각을 하고 있을 것이다.

어떤 생각이건—친한 사람과의 비교든 혹은 새로운 인물로 인식하든 간에—그런 생각 하나하나로 인해 어느덧 장벽은 낮아지기 마련이고, 결과적으로 죄인을 전기의자로 보내는 검찰의 임무는 순조로워진다.

어느 순간 캐넌은 갑자기 말을 멈추고 배심원석으로 천천히 걸어갔다. 걸음을 멈춘 그는 무언가를 머릿속으로 정리하는 듯했다. 그는 아주 천천히, 친절하다고 말할 수 있을 정도의 속도로 말했다. "여기 기소된 피고인에게 자신의 무죄를 입증할 의무는 없다는 것을 배심원 여러분들께서는 기억하셔야 합니다……. 그것은 피고인이 아니라 수사 당국의 의무이자 바로 저의 의무입니다. ……그의 유죄를 입증하는 일이 말이죠."

피고인 측의 수석 변호인이 의자에서 일어서서 테이블 바깥쪽으로 나왔다. "재판장님," 그가 말했다. "방금 검사가 한 발언은 법 규정일 뿐임을 배심원들에게 알려 주시기 바랍니다. 검사의 개인적 도량과는 전혀 상관없는 일입니다."

캐넌은 돌아섰다. 돌아서며 자신의 적수에게 절을 한 듯도 했다. "당연히 그것은 법 규정입니다." 그는 공손하게 응답했다.

배심원들은 갑작스럽게 끼어든 변호인을 향해 반쯤은 적대적이고 반쯤은 놀란 눈길을 고정했다. 캐넌은 자신을 향한 배심원들의 동정을—변호인이 연설을 시작하면 곧 흩어져 없어질—느끼고, 이제부터 해야 할 본론으로 들어갔다.

"이 사건은 많은 측면에서 매우 특이하면서도 흥미롭습니다." 캐넌의 목소리는 진중한 어조를 유지했다. "피고인은 살인으로 기소되었습니다. 그러한 혐의를 받아 이 자리에 와 있는 것이지만 기소가 곧 피고인이 유죄라는 뜻은 아닙니다. 피고인이 아이샴 레딕으로 알고 있던, 피고인의 운전기사이자 집사이던 사람을 살해했음을 뉴욕주는 입증하려 노력할 것입니다.

또한 검찰은 피고인에게 살인의 동기와 기회가 있었음을 증명해 보일 것입니다."

캐넌은 돌아서서 자신의 책상으로 가더니 잠시 서류를 뒤적였다. 조용한 법정에서는 은색의 난방기가 조그맣게 증기를 내뿜었다. 방청석의 오크나무 의자들, 축 늘어진 깃발, 창문에 걸린 녹색 블라인드, 법정을 거쳐 간 수많은 재판의 기억과 유령들, 그 모두가 가만히 기다리고 있었다.

기록을 찾은 캐넌은 서류를 바꿔 들고 배심원석 앞으로 되돌아 왔다. "배심원단 여러분께서는 분명히 정황 증거라는 용어를 들어보셨을 것입니다. 아마도 대개는 그다지 좋지 않은 의미였을 것으로 생각합니다……. 판결이 내려진 후 범죄자가 무죄를 주장하며 모든 증거가 정황 증거였다고 주장하는 경우는 드물지 않습니다."

검사는 미소를 지었고 몇 명의 배심원들은 미소로 화답했다. "하지만 사건에서, 특히 살인 사건에서는 사실이나 증거가 부분적으로나마 정황적이지 않은 경우는 거의 없습니다. 범죄 행위 현장을 똑똑히 지켜본 목격자가 있고 그 목격자가 피해자와 범죄자를 구분할 수 있다면 정황 증거 없는 재판이 될 수 있을 것입니다만……."

변호인이 개입했다. "이의 있습니다. 논쟁의 여지가 있는 발언이고, 입증이나 반증이 불가능할 정도로 이론적입니다."

캐넌은 판사를 향했다. "법정이 허락한다면, 재판장님," 그는 조용히 응수했다. "증거 문제는, 특히나 정황 증거 문제는 배심원단에게 극히 중요한 것으로, 완벽한 이해가 있어야 한다고 생각합니다." 변호인을 보며 그는 미소 지었다. "변호인께서도 분명히 이 점과 관련하여 발언을 하실 것 같습니다만."

판사가 말했다. "두 분, 법 논리에 관해서는 본 재판장이 배심원단에게 알릴 것입니다!"

캐넌은 공손하게 고개를 끄덕이고 다시 배심원들을 향해 말을 잇기 시작했다. "저와…… 그리고 제 동료의 임무는," 그는 몸을 돌려 리커스 검사보를 손짓으로 가리켰다. "죄체罪體를 입증하는 것입니다. 살인 사건의 경우 이 용어는 살해된 것으로 추정되는 사람의 죽음을 가리킵니다. 때때로 신문에 글을 쓰는 사람들은," 캐넌은 조용한 미소와 함께 기자석을 정면으로 보았다. "사체死體가 없으면 유죄 판결도 없다는 신화에 일조하고 있습니다. 그것은 반드시 맞는 말은 아닙니다. 지루한 일요일 오후에 훌륭한 읽을거리가 되기는 하겠지만 말입니다. 신문에서 언급하는 것의 정확한 뜻은, 사체의 증거가 없으면 유죄 판결도 없다는 것이리라 생각됩니다. 하지만 배심원 여러분, 두 가지는 완전히 다릅니다! 몇 가지 유명한 사건에서 죄체가 물리적으로 존재하지 않는데도 유죄 판결이 내려진 적이 있습니다. 죄체의 증거가 합리적 의심의 범위를 넘어서서 증명되었기 때문입니다.

대부분의 재판에서는 직접 증거만이 죽음을 증명하는 증거가 됩니다만, 범죄 행위에 의하여 그 죽음이 야기되었음을 보여 주기 위해 정황 증거 역시도 채택됩니다. 자, 이 점을 기억해 두고 작년 11월 22일 밤으로 되돌아가 보기로 하겠습니다."

배심원들은 집중해서 듣고 있었다. "검찰의 의견은," 캐넌은 계속이었다. "그날, 자정 조금 전의 어느 시각에 아이샴 레딕이라는 남자를 피고인이 살해하였다는 것입니다. 레딕은 피고인의 거주지인 뉴욕 맨해튼 이스트 89가의 저택에 고용되어 일하던 사람이었습니다. 검찰은, 레딕이 피고인의 눈엣가시가 되었고, 피고인을 협박했고,

피고인이 적어도 한 번—추측건대 그보다 더 많이—상당한 액수의 금전을 레딕에게 건넸다는 증거를 보일 것입니다. 11월 22일 밤, 피고인과 아이샴 레딕 사이의 만남이 폭력으로 이어졌고……."

"이의 있습니다." 변호인이 끼어들었다. "이것은 결론입니다."

"캐넌 검사, 어떤 논지를 펴려는 겁니까?" 판사가 물었다.

"이 사건을 보는 검찰의 전체적인 견해를 밝히고, 이후에 증명할 것들의 개요를 소개하려는 것입니다."

"계속하세요, 검사." 판사가 말했다. "하지만 아직 그 말을 뒷받침할 증거가 제시되지 않았다는 점을 배심원단에게 강조하겠습니다."

"고맙습니다." 변호인이 말했다. 피고인 옆 자기 자리로 되돌아가며 그는 계속 경계하는 눈빛으로 캐넌을 보았다.

캐넌은 조심스럽게, 끊어진 발언의 맥락을 다시 이었다. 이 시점의 방해는 그다지 바람직하지 않았다. 엄숙하고 고독한 법정에는 오후의 그림자가 드리워져 있었다. 그는 손목에 찬 시계를 보았다. 조금 있으면 내일까지 휴정이 선포될 것이다. 자신의 말을 배심원들이 되씹으며 하루 저녁을 보낸 이후에야 변론이 시작될 터였다. "11월 22일 밤 어느 시각인가에," 캐넌은 계속했다. "23일 이른 시간까지, 아이샴 레딕의 사체는 토막 났고 범죄의 증거를 인멸하기 위해 파손되었습니다! 발각될 가능성을 없애고 그 범죄에 대한 유죄 판결을 피하기 위해! 하지만 법 정의의 관점에서 다행스럽게도 범죄의 흔적이 모두 사라지지는 않았습니다. 사체의 증거도 복구될 수 없을 정도로 전부 사라지지는 않았고, 경찰이 신속하게 출동했을 때엔 명백해 보이는 다른 증거들 또한 남아 있었습니다.

앞으로 배심원단 앞에 증거를 제시할 것입니다. 여러분들은 그것을 보고, 중요성을 가늠하고, 숙고하게 될 것입니다. 전체 사건을 전부 들으신 후에, 여러분들의 눈으로 직접 증거를 보신 후에, 만일 합리적 의심의 범위를 넘어서서 피고인이 유죄라고 생각하신다면……그것을 뒷받침할 평결을 본 법정에 제출하는 것이 여러분의 임무이고 의무겠지요." 잠시 그는 조용히 서 있다가 덧붙였다. "감사합니다."

판사는 벽에 걸린 구식 웨스턴 유니언 시계를 보고 의사봉을 한번 두드린 다음 이튿날 아침까지 휴정을 선언했다. 그가 퇴장하는 동안 법정의 사람들은 공손하게 일어섰다.

II

　모든 것은 탤리 쇼를 만나면서 시작되었다. 시인들에게는 미안한 말이지만, 그녀와의 만남은 정원에서 노래하는 나이팅게일 소리를 들었다거나 사막에서 며칠 동안 갈증에 시달리다 차가운 물이 솟는 샘을 발견한 그런 기분은 아니었다. 하지만 그날, 나도 뉴욕도 난생 처음 만나게 된 그녀가 7번가에서 택시 기사와 말다툼하며 서 있던 순간 모든 것이 시작되었다. 운명이라는 것을 믿는다면, 나의 행동 또한 운명적이었다. 내가 지내는 호텔 앞에 택시 한 대가 섰고 여자 승객은 택시비가 충분치 않았다. 완강한 기사는 자기가 짐을 가져가 겠다고 했는데, 여자는 작은 가방 하나만 놓고 가 달라고 절박하게 사정하고 있었다.

　델라필드 호텔은—작지만 그렇게까지 초라하지는 않은—숙박객 대부분이 쇼 비즈니스 관련자들이었고 도어맨도 없었다. 만일 있었 다면 그녀는 돈을 빌릴 수 있었을지도 모른다. 사람들을 헤치고 로 비로 향하는데 여자의 목소리가 들려왔다. "말도 안 돼요! 모자라는 돈이 1달러밖에 안 되잖아요!"

　"어쩔 수 없수다." 기사가 대꾸했다. "짐을 보관하고 있을 테니까 그 1달러를 가져 오슈."

"나도 모르겠어요……. 돈이 분명히 있었는데 어디로 갔는지 모르겠단 말이에요." 그녀는 핸드백을 필사적으로 뒤졌다. "점심 먹을 때 떨어뜨렸나 봐요. 그때까지는 분명히 있었어요. 기차 타기 전에 역에서……."

나는 호텔 문을 손으로 연 채 문간에 서서 그들의 다툼을 듣다가 호기심이 동해 인도로 내려섰다. 계속 귀를 기울이는 동안 문은 다시 닫혔다. "이봐요, 아가씨." 기사는 심드렁하게 말했다. "그럴 수도 있고 아닐 수도 있겠지. 그건 내 알 바 아니니까 댁이 돈을 가져올 때까지 가방을 보관하거나, 아니면 경찰을 부르겠소."

여자는 겁에 질렸다. "아니, 제발요! 하나만 가져가세요. 모자 상자를 가져가세요. 그 정도면 괜찮죠? 손가방은 놓아 두시고요."

그는 고개를 저었다. "안 될 말이지! 둘 다 가져가야겠소!"

"저도 하나는 있어야 해요. 아니면 호텔에 들어갈 수가 없어요. 지금 선불을 치를 돈이 없으니까 가방이라도 맡겨야 한단 말이에요."

"둘 다 가져가겠소." 기사의 목소리는 최종 통보였다.

어느새 나는 여자 옆으로 다가가 스스로 놀랍게도 이렇게 이야기했다. "이 아가씨가 허락한다면 제가 드리죠." 기사는 작고 의심 많은 눈초리를 내게 돌렸고, 여자도 놀라는 눈으로 돌아보았다. "얼마나 모자라는 겁니까?" 그에게 물었다.

"1달러."

"여기 있습니다. 자 이제 짐을 돌려주시죠." 그는 황갈색 모자 상자와 작은 가죽 가방을 보도에 내려놓고는 차를 빙 돌아 운전석으로 들어가더니 떠났다. 여자는 가만히 서 있기만 했다. 나는 그녀에게 말을 걸었다. "자, 두 가지 선택이 있어요. 저한테 고맙다고 하시거나, 아니면 제가 이 짐을 가져가거나."

"정말 친절한 분이시네요." 그녀는 당황스런 미소를 지었다. "정말 고맙습니다."

"돈을 다 잃어버렸나 봐요?" 내가 물었다.

"네." 그녀는 비참한 눈빛으로 핸드백을 쳐다보았다.

"어디서 잃었는지 혹시 알겠어요?"

"아마 역이었을 거예요……. 필라델피아 역이요." 그녀는 말을 쏟아내기 시작했다. "샌드위치를 먹으러 역에 잠시 멈췄어요. 그러고는 기차를 탔고요. 호텔에 도착하기 전까지는 살펴보지 않았어요. 역에서 짐꾼을 쓰지도 않고 다른 것도 하나도 안 사고……."

"돈을 더 보내 달라고 전보를 칠 수는 없나요?" 절망적으로 고개를 젓는 그녀를 보고 말을 이었다. "어쨌든 길바닥에 이렇게 서 있을 필요는 없죠. 자, 커피 한잔 살 테니까 마시면서 어떻게 할지 생각해 봅시다." 델라필드 호텔엔 24시간 여는 자그마한 음식 판매대가 있었고 나는 그쪽으로 향했다. 하지만 그녀의 짐을 들다가 깜짝 놀라고 말았다. 모자 상자는 예상보다 무겁지도 가볍지도 않았지만 자그마한 가죽 가방은 안에 소화전이라도 들어 있는 듯 무거웠다. "들고 다니기에 좀 무겁다고 생각 안 하세요?" 나는 예의 바르게 물었다.

그녀는 동의했다. 조금 불안한 듯했다. "그렇죠, 그래도 운동이 되잖아요." 그러더니 웃어 넘겼다.

우리는 의자에 앉았고 그녀는 차를 주문했다. 아무도 없는 카운터는 수십 년에 걸친 크림치즈와 젤리 샌드위치 귀신의 흔적으로 장식되어 있었다. 나는 그녀에게 물었다. "일단, 이쪽에 전화할 수 있는 사람―친구나 친척 있으세요?"

"아니요. 뉴욕엔 하나도 없어요."

"어디서 오셨다구요?"

"필라델피아요······."

"해법은 간단하군." 나는 그녀에게 말했다. "제가 5달러 빌려 드릴 테니까 그 돈으로 돌아가세요. 오늘 밤 기차를 타고. 열차는 거의 항상 있으니까."

"그럴 수 없어요." 그녀의 목소리는 굉장히 낮았다.

"5달러 말이에요? 나중에 갚으면 되죠."

"그 말이 아니고, 저는, 그냥, 필라델피아로 돌아갈 수 없어요." 나를 향해 몸을 돌리는 그녀는 뭔가 대단한 결심을 품은 듯 두 눈을 부릅뜨고 있었다.

"왜요?"

그녀는 답하지 않았다. 그 순간 내 생각이 틀렸음을 깨달았다. 그녀가 크게 눈을 뜬 것은 굳은 결심 때문이 아니라 공포 때문이었다! 나는 얼른 말했다. "알았어요, 화제를 바꿉시다. 아가씨 소개를 해 주세요. 제가 여행자 원조 협회 사람은 아니지만, 한번 얘기하면서 좋은 방법을······."

그제야 그녀는 자기 이름이 탤리 쇼라고 말해 주었다. 가족이 없는데, 마지막 피붙이였던 나이 든 삼촌은 지난주에 세상을 뜨고 말았고 그녀는 얼마 되지 않는 남은 돈을 모두 가지고 뉴욕으로 왔다. 그렇게 그녀는 돈도 친구도 직업도 없이 그 자리에 있었던 것이다. 그녀의 이야기를 듣는 동안 나는 기분이 아주 좋아졌다. 이야기하는 내내 그녀는 찻잎 점이라도 치는 양 찻잔 바닥을 내려다보며, 잔을 손에 들고 손가락으로 돌리고 돌리고 또 돌렸다. 몸놀림, 얼굴과 가느다란 목, 사랑스러운 옆모습에는 우아함이 배어 있었다. 소위 말하는 숨이 멎을 정도의 아름다움은 아니었다. 그녀의 매력은 수줍음과 조용함─부드러움과 침착함이 조화된─속에 숨어 있었다.

높다란 조명에서 내려앉은 빛이 머릿결에서 춤을 추었다. 그녀의 섬세한 단정함은, 따스하고 도톰한 입술과 동양적으로 신비하게 도드라진 광대뼈와는 대조적이었다.

"돈을 잃어버리지 않았으면 뉴욕에서 무엇을 하려고 했나요?" 나는 물었다.

"꼭 계획이 있었던 것은 아니에요." 그녀는 어깨를 으쓱해 보였다. "물론…… 일자리를 구해야 했겠죠."

"전에 직업이 있었나요?"

"네. 비슷하게는요. 윌 삼촌이 돌아가시기 전에는."

"타이핑이나 속기 같은 건?"

"아니요, 그런 건 배워야 해요."

"하고 싶었던 거 없어요? 노래할 줄 알아요? 춤은? 배우가 되고 싶은 적은 없었어요?"

그녀는 찻잔을 똑바로 내려놓고 미소 지었다. "노래는 전혀요. 춤은 좋아하지만……. 오케스트라에 맞춰 그냥 평범하게 추는 정도구요, 연기 같은 건 하나도 몰라요. 댁은요?"

"저도 그런 걸 잘은 몰라요." 나는 그녀에게 대답해 주었다. "거의 모르죠. 하지만 경제적으로 필요하거나 여름 시즌을 맞아 일시적 고용의 문제가 찾아오면……. 〈황태자의 첫사랑〉 합창단에서 노래도 해 보았고, 〈메리 위도〉 무대에서는 형편없는 왈츠를 추기도 했고, 여름 극장에서 다섯 줄쯤의 대사 정도는 해 본 적도 있죠." 나는 담배에 불을 붙이고 말을 이었다. "카니발에서 티켓을 팔기도 했고, 서커스의 광대 일을 하기도 했고, 네바다 도박장에서 딜러도……."

"와," 그녀는 조금 혼란스러운 표정으로 나를 뚫어지게 보았다. "그러니까 배우시군요!"

"어쩔 수 없을 때만요." 그녀에게 말해 주었다. "원해서 했던 건 아니에요. 진짜 하고 싶어서 하는 일이 하나 있긴 한데, 이렇게 말할 자격이 있다면, 전 마술사예요."

"트릭 할 줄 아세요?"

"그럼요. 근데 저랑 오래 지내면 훤히 다 보여요."

처음으로 그녀는 크게 웃었다. 그 순간만큼은 자신의 문제를 잊은 듯했다. "저 마술사 좋아해요!" 그녀는 탄성을 질렀다. "어릴 때부터 마술사하고 광대는 너무너무 좋아했어요."

"저도 비슷해요." 그녀에게 답했다. "광대는 별로 안 좋아하지만."

"질투 나서 그러시는 거죠!" 그녀는 나를 주의 깊게 바라보다가,

마치 처음 대하는 것처럼 새삼스럽게 놀라며 말했다. "루라고 하셨죠. 진짜 성함은 어떻게 되세요?"

"루 마운틴. 최근에는 패트릭 패리스라는—혹은 패리스 교수라는 이름으로 활동하고 있어요."

"지금 출연하는 쇼가 있으세요?"

"나이트클럽에서 플로어 쇼를 하고 있죠. 참고로 돈은 별로 못 벌어요. 허공에서 돈을 만들어 내지 못하는 마술사에게 사람들이 별로 호의적이진 않더라구요. 그러니 그걸 염두에 두시고, 제가 할 수 있는 걸 빨리 해 봅시다. 이렇게 공중에 손을 흔들면……." 나는 손짓을 하는 체하며 손바닥에 호텔 방 열쇠를 붙였다. "아가씨에게 드릴, 바로 오늘, 이곳의 모든 비밀, 모든 미스터리와 기쁨, 로맨스와 마력을 드립니다. 바로—타지마할의!" 나는 호텔 열쇠를 집어 들었다.

"그게 뭔데요?" 그녀가 물었다.

"따뜻한 목욕, 약간은 딱딱한 침대, 방수처리된 사방의 벽, 정체 모를 천장과 바닥이 있는 곳으로 통하는 열쇠죠. 내 방 열쇠입니다. 302호. 델라필드 호텔, 바로 우리가 있는 이 건물." 미소와 함께 바라 보던 그녀의 얼굴에서 순간 미소가 사라졌다. "잠깐요!" 나는 황급히 덧붙였다. "이상한 생각은 하지 마세요. 아가씨는 오늘 지내야 할 곳이 필요하고…… 며칠 걸릴지도 모르죠. 전 이미 한 달 치 방값을 냈어요. 아가씨가 여기서 지내고, 저는 한 이틀 어딘가 잘 데를 찾아보죠. 아참 그러고 보니! 바로 이 부근 아파트에 사는 친구가 있어요. 벌써 몇 년째…… 주말에 놀러오라고 난리거든요."

주저하듯 미소가 다시 나타났다. "아, 맞다." 그녀는 말하고선 얼굴이 밝아졌다. "호텔 쪽에선 뭐라고 안 할까요?"

"전혀 아니라고는 할 수 없겠고. 이 사람들이야 두 명 분을 내라고 하고 싶겠지만, 우린 누구나 죄를 짓고 살잖아요. 물론 저 사람들은 도덕주의자는 아니죠. 현실주의자들이지. 하지만 청소하는 아주머니하고 벨 캡틴에게 약간의 손놀림만 한다면…… 영원토록 지낼 수 있을 겁니다." 의자에서 일어서며 나는 그녀의 짐을 들었다. "갑시다. 지금 들어가시죠." 그녀는 판매대 뒤쪽 호텔로 이어진 문으로 나를 따라왔다. 나는 짐을 바닥에 놓고 로비 안쪽으로 머리를 밀어 넣었다. 벨 캡틴인 맥스가 신문 판매대에 기대서서 잡지를 읽고 있었다. 손쉬운 돈벌이를 냄새 맡는 확실한 본능으로, 그는 내 눈길이 자신에게 닿자마자 고개를 들었다. 즉시 잡지를 치우고 어슬렁거리며 다가왔다. 식당 쪽으로 뒷걸음질 쳐 물러서자 그가 따라 들어왔다.

"이분은 몬트리올에서 오신 나이 드신 고모님이거든요." 나는 탤리에게 끄덕이며 그에게 말했다. "고모님이 진흙 마사지 받으러 오셨죠. 근데 스파 여기저기를 알아봐도 방이 없어서 그런데 말이죠, 며칠 내 방을 좀 쓰셔야겠어요."

"엄청나게 젊어 보이시네요." 그는 그녀를 뚫어지게 쳐다보다 소감을 말했다.

"그렇죠? 물이 좋아서 그래요. 자, 그러니까 프런트 데스크에서 눈치채지 못하게 짐을 몰래 302호까지 올려 줄래요?"

"프런트 모르게 양키 스타디움이라도 옮길 수 있죠." 그는 나를 안

심시켜 주었다.

"좋아요." 나는 끄덕이며 지폐 한 장을 건넸다. "여기 수고비구요, 위층에서 봅시다."

맥스는 모자 상자를 들고, 이어 작은 가죽 가방을 들다가 어깨가 빠질 뻔했다. "맙소사, 아니 여자분이 도대체 뭐 이렇게 무거운 걸 들고 다녀요? 안에 난쟁이 군단이라도 들어 있나?"

탤리는 얼굴을 붉히며 그로부터 가방을 빼앗으려 했다. "제가 가져갈게요." 그녀가 말했다. "이건 꽤 무거워서……."

맥스는 눈을 찌푸렸다. "여자 레슬링 선수 같지는 않으신데." 이 말과 함께 그녀의 손을 밀어냈다. "이것보다 훨씬 무거운 취객들도 옮겨 봤습니다." 그는 로비로 걸음을 옮겨 문자 그대로 사라졌다.

302호는 건물의 뒤쪽, 그러니까 7번가의 반대쪽을 향하고 있었다. 중간 크기의 방으로 격자무늬 벽지가 발라져 있고, 방문과 창문의 나무 장식은 흰 칠이 되어 있었다. 나이 든 가구들은 검은색 에나멜 칠로 인하여 조금쯤은 새것처럼 보였는데, 침대, 옷장, 등받이 꼿꼿한 의자, 작은 전화 받침대 역시 마찬가지였다. 손잡이와 문고리들은 작고 둥그런 나무로 교체되었는데 역시 검은색으로 칠해져 있었다. 질풍노도의 시기인 20년대로 거슬러 올라가는 램프들은 옛 받침대에 기다랗고 끔찍한 모던 스타일 갓이 씌워져 있었다. 변하지 않은 건 벽의 그림뿐이었다. 흰개미들이 갉아 먹어서 그림틀에서 떨어지는 날까지 계속 붙어 있을 게 확실했다.

탤리는 이 광경을 조용히 살펴보았다. "이 방의 최대 장점이라면,"

나는 그녀에게 말해 주었다. "월말까지 방세가 전부 계산되어 있다는 거죠." 놀랍게도 그녀는 내 손을 만졌다.

"저에겐 얼마나 좋은 곳인지 몰라요." 그녀의 대답이었다.

"그렇게 생각한다면 전체 구조도 알려 드리죠. 이 안에서 길을 잃지야 않겠지만 미리 알려 드리면 헤매느라 시간을 허비하지 않아도 되니까. 여기가 욕실입니다. 막다른 곳이에요. 여기가 옷장인데, 혹시라도 안에 들어가서 몸을 돌리지는 마세요. 어느 날 제가 그랬다가 하루 저녁 공연을 못 했죠." 나는 침대 옆으로 늘어뜨려진 서널 천을 들추고 바닥의 사물함을 꺼냈다. 계속해서 설명했다. "이것이 부엌입니다. 방에서 요리를 하면 안 되지만, 음식 만드는 도중에 직원만 안 들어오면 괜찮아요." 나는 사물함을 열고 그녀에게 열쇠를 주었다. "사용하지 않을 땐 잠가 놓으세요. 여급들은 그래도 알 테지만─그 사람들은 뭐든지 알지요─내일 아침에 여기 1달러 지폐를 쥐어주면 아무 말 안 할 겁니다."

나는 사물함에서 전기 프라이팬, 야외용 플라스틱 접시, 컵, 스푼과 포크 몇 벌을 꺼냈고 알루미늄 냄비 몇 개, 커피 주전자, 작고 평평한 철제 팬도 보여 주었다. "자!" 나는 자랑스럽게 말했다. "룸서비스 일체 완비! 전 커피, 설탕, 통조림 수프는 사물함 안에 잠가 놓고, 크림은 창밖에 보관해요."

탤리는 끄덕였다. "실용적이시네요, 대단해요. 성대한 만찬은 별로 안 여실 것 같네요."

"시즌이 한창일 때가 오면," 나는 겸손하게 답했다. "뭐, 그냥, 저

혼자죠."

그녀는 도구들을 사물함에 챙겨 침대 밑으로 넣었다. "너무 폐를 끼쳐 죄송해요." 그녀는 정색을 하고 말했다.

"전혀 아니에요." 나는 가볍고 장난스런 어조로 대답했다. "이거 손님이 끊이질 않아서 말예요."

일어서며 그녀는 미소 지었다. 왜 그런지 놀라도 얼굴은 땀과 불가사의한 표정으로 뒤덮여 있었다. "빨리 일자리를 찾을게요."

"서두르지 마세요, 아가씨. 신중하게 골라요. 가능하다면 맨 위부터 시작하는 겁니다. 밑으로 내려가는 거야 마음먹으면 언제든지 할 수 있으니까." 나는 모자를 집고 복도로 나섰다. "아침에 봅시다. 12시쯤 다시 올게요. 커피 한잔 대접해 주세요."

"그 전에 일어날 거예요."

"네, 아마 전 못 일어날 거 같지만."

길을 걸으며, 시내에 아는 사람이 누가 있는지 어디 가야 잘 곳을 찾을 수 있을지를 궁리했다. 나는 큰 소리로 노래를 불렀다.

> 달빛 아래 홀로 나를 찾아 주오
> 그러면 이야기를 해 드리다
> 달빛만이 이야기해 줄 거예요
> 저 골짜기 끝 과수원에서

나는 기분이 좋았다.

III

변호인단의 수석 변호사 찰스 덴먼은 빈틈없고 마른 체격에 피부색이 짙고 냉소적인 사람이었다. 법정 창문가에 서 있는 그의 몸에는 빛이 실루엣 져 있었고 몸 뒤쪽으로 먼지가 천천히 떠돌았다. 덴먼은 오전 내내 배심원들에게 연설하며, 전날 검사의 모두진술을 허물어뜨리는 중이었다. 그가 말했다.

"대개는 이 시점에서 변호인 측에서 앞으로 무엇을 증명해 내겠다는 개요를 제시하게 됩니다. 물론 다시 말씀드리지만 변호인이나 검찰의 주장 자체는 증거가 아니지만, 저희는 변론 요지를 아직 드러내지 않을 계획입니다."

그는 거의 속삭이듯 목소리를 낮췄다. "왜냐하면, 솔직히, 검찰 측에서 이 사건의 진실이나 견고한 논리를 발견해 내지 못하고 있다고 여겨지기 때문입니다. 지금 증거를 제시할 의무는 검찰 측이 지고 있으니 일단 지켜보려고 합니다.

배심원 여러분들께선 꽤나 희귀한 이야기를 들어 달라는 요청을 받으실 겁니다. 누군가가 살해당했다고 추정된다는 것이지요. 시체도 없고, 동기도 없고, 목격자도 없습니다. 이런 야트막한 허구의 실타래를 기반으로, 모든 합리적 의심을 넘어서서, 살인을 저질렀다는 결정을 내려 달라는 요청을 받으실 겁니다. 이곳이 권위 있는 법정이고 무고한 사람의 목숨이 달려 있다는 점만 빼면, 이 이야기 전부는 굉장히 믿기 어렵습니다. 30분짜리 텔레비전 드라마의 가치도 없을 것입니다."

배심원석으로부터 응답의 웃음이 되돌아왔다. 덴먼은 말을 이었다. "그렇지만 재판이 진행되는 동안 저희는 최선을 다해 기소 혐의에 일관성이 없고 의심스러운 부분이 많다는 점을 증명해 보일 것입니다. 앞으로 제시될 혐의에는 그 혐의를 뒷받침할 증거가 부족하다는 점을 알아차리는 데에 그다지 도움이 필요치 않으실 거라 저는 확신합니다."

그는 돌아서서 캐넌이 앉아 있는 방향으로 고개를 끄덕여 보였다. "어제, 존경하는 저의 동료인 캐넌 씨가 말씀하시길―그대로 인용하자면……." 덴먼은 변호인석으로 유유히 걸어가 종이 한 장을 골라내서는, 무거운 뿔테 안경을 천천히 썼다. 그러더니 종이를 앞에 들고 또박또박 읽었다. "여기 기소된 피고인에게 자신의 무죄를 입증할 의무는 없다는 것을 배심원 여러분들께서는 기억하셔야 합니다. 그것은 피고인이 아니라 수사 당국의 의무이고, 바로 저의 의무입니다." 덴먼은 종이를 탁자 위에 내려놓고 안경을 벗었다. "물론 캐넌 씨는 다른 많은 말씀도 덧붙이셨습니다." 덴먼은 돌아서서 가벼운 걸음으로 배심원석 쪽으로 돌아갔다. "저는 검사의 전체 발언을 인용하지 않았습니다. 왜냐하면 다소 장황했다는 데에 여러분들도 동의하실 거라고 믿기 때문입니다."

덴먼의 표정은 이제 매우 진지했다. "하지만 그 발언의 중요성을 기억해 주시기를 부탁드립니다. 선언을 하는 것과 행동으로 보이는 것은 전혀 다릅니다. 증거와 자료들이 제시되고—물론 매우 인상적으로 제시될 것입니다만—그러한 것들이 어떤 사실을 증명하는지 스스로 자문해 보시기 바랍니다. '이것은 무슨 의미인가?'라고 스스로 되뇌어 보십시오. 벌어졌던 사실의 증거인가? 전체 사건의 견지에서 보았을 때 실제로 의미가 있는 것인가? 무고한 사람들이 정황 증거만으로 유죄판결을 받은 경우가 많이 있고……."

캐넌은 벌떡 일어서며 끼어들었다. "이의 있습니다, 재판장님!"

"이의를 받아들입니다." 재판장이 판시判示했다. 판사는 배심원들에게 지시했다. "변호인의 마지막 말은 무시하시기 바랍니다."

덴먼은 몰래 웃음 지었다. 판사가 무시하라고 했지만 개중엔 기억하는 사람도 있을 것이다. 덴먼은 검찰 측에게로 쏠려 있던 최초의 동질감을 자신에게 돌려놓기 위해 굉장히 열심히 노력했다. 긴 시간이 흐를수록 피로가 몰려왔다. 이번 사건에 대해서는 그도 잘 알 수가 없었다. 무고한 사람은 물론이고 죄지은 사람도 변호하는 것이 변호사로서 자신의 임무라고 그는 생각해 왔다. 특유의 냉소주의에 입각해서 직업에 충실했다. 의뢰인들의 권리를 위해 싸웠고, 법에 의해 보장된 권리를 보호해 주었으며, 때로는 변호에 드는 비용까지 자비로 댄 적도 있었다. 친분 관계 때문도 아니었고 금전적 이익 때문은 더더욱 아니었다. 법 앞에서의 평등을 위해 싸우며 얻는 만족감 때문이었다. 유죄라고 생각되는 피고인들에게 오히려 더 동정심이 느껴지기도 했다. 이번 사건의 의뢰인은 무죄를 주장했다. 의뢰인들이 자신에게 거짓말을 하는 경우는 거의 없었고, 혹시라도 거짓이라는 확신이 들면 변론 맡기를 거부해 왔다. 하지만 이 사람에 대해서는 종잡을 수가 없었다. 덴먼은 자신이 진실을 전부 알고 있는지 확신하지 못했다. 하지만 알고 있는 부분이 그를 매혹시켰다.

"이제 덧붙이고 싶은 말은 별로 없습니다." 그는 계속했다. "다만 저의 의뢰인이 '무죄'를 주장한다는 점을 상기해 주시기 바랍니다. 그 말은 곧 기소 혐의점들이 부인할 수 없도록 증명될 시점까지는 피고인이 무죄라는 뜻입니다. 그리고 여러분, 그 시점은 절대 오지 않을 것입니다! 저는 여러분들에게 판단의 균형감각을 유지하시고 의심의 감정을 지속시키며 양쪽 의견에 마음을 열어 달라고 요청드리는 동시에 부탁드립니다." 덴먼은 배심원들 앞에 잠시 조용히 서 있다가 부드럽게 끄덕이고는 돌아서서 변호인석으로 돌아갔다.

판사는 휴정을 선언했다.

덴먼의 보조 변호사인, 튀어나온 푸른 눈과 군인 머리를 한 젊은이 하나가 서류 챙기는 것을 도왔다. "아주 잘된 것 같습니다." 그는 상사에게 말했다. 덴먼은 의뢰인이 호송되어 사라지는 모습을 눈으로 좇았다.

"그런 대로." 그는 젊은이에게 대답해 주었다. "그래도 아직은 알 수 없지. 마지막 결판이 나기 전까지는."

기자들이 낮은 나무문을 열고 덴먼에게 다가왔다. "재판 결과를 낙관한다고 써도 무방하겠습니까, 변호사님?" 기자들 중 하나가 물었다.

"그거 말고 다른 게 있나요?" 덴먼은 웃으며 반문했다.

IV

탤리를 만난 다음 날 아침, 낭연히 나는 정오 즈음하여 델라필드로 돌아갔고 그녀는 문을 열어 주었다. 그녀는 완벽히 꾸미고…… 전날과 똑같은 옷을 갖춰 입고 있었다. 유일한 옷인 모양이었다. 적어도 가지고 온 유일한 옷이거나. 머리를 말끔히 빗질하고 화장한 모습이 아름다웠다. 전기 히터와 커피 주전자가 옷장 위에 이미 준비되어 있었고, 그렇게 우리는 앉아서 아침 식사를 했다—내가 가져간 도넛 한 봉지와 함께. 나는 의자에 앉아 컵을 만지작거리며, 대화를 나눠 보려 했다. "일어난 지 오래됐어요?"

"아, 네." 그녀가 대답했다. "아까……."

"그래요, 일찍 일어나는 게 좋은 거죠. 잠은 잘 잤어요?"

"그럼요! 그쪽은요?"

정말이지 맥 빠진 대화였지만 나는 마음에 들었다. 그냥 마주 앉아 대화하는 자체만으로도 최고였다. "아주 잘 잤죠." 그녀에게 대답했다. "친구 강아지하고 밤새 같이 잤어요. 친구에게 개 한 마리가 있는데, 이 녀석이 꼭 손님용 침대에서 자거든요. 다른 손님이 와도 비키려고 하지를 않아요. 그래도 좀 설득을 하면 침대를 같이 쓰는 것까진 허락해 주죠. 저랑도 침대는 같이 쓰겠다고 했지만 베개만큼은 절대 안 주던데요."

그녀는 웃었다. 아침에 듣는 그 웃음소리는 햇살만큼이나 밝았다.

"어젯밤에 일하셨어요?"

"그럼요. 공연 세 번 다 했죠."

"재밌으세요?"

"뭐 그냥저냥 그래요." 말하고 나니 입바른 소리일 뿐이라는 생각
이 들었다. 공연은 재미있었다. 마술이야말로 인생 최고의 것이라고
생각하던 때가 아직도 생생했다. 그래서 나는 그녀에게 그런 것들을
말해 주기 시작했다…….

농장에 있는 우리 집은 크고 네모난 목조 건물이었다. 전면부에
는 앞뒤 폭은 좁아도 건물 전체에 걸쳐 있는 현관 마루가 있었고 그
곳엔 단순하고 평범한 나무 말뚝이, 아니 기둥이 2, 3미터 간격으로
난간을 지지했다. 여름이면 아버지와 어머니는 흔들의자 두 개를 가
져다 놓고 날이 저문 후 앉아 있곤 했다. 집은 삼 층이었는데 완전히
평평한, 색 바랜 빨간 금속 지붕으로 덮여 있었다. 지붕 위에는 2제
곱미터 크기의 유리로 둘러싸인 돔이 있었고 그 위에는 길고 정교한
피뢰침이 아이오와의 하늘을 찔렀다. 돔 안으로는 삼층 방에서 연결
된 사다리를 통해서만 들어갈 수 있었다. 하지만 온통 호박벌, 말벌,
비둘기 차지였기에 들어가는 사람은 아무도 없었다. 대체 왜 만들어
졌는지, 아니 대체 왜 만들 생각이라도 했는지, 벌판 한가운데에 그
렇게 요란해 보이는 건축물이 왜 필요했는지, 나로선 도저히 짐작할
수 없었다. 남북전쟁 한참 전의 먼 옛날 어느 선각자가 만들고, 오랜

세월이 지난 후 우리 할아버지가 사들인 집이었다. 농가들이 항상 그렇듯 이 집 역시 또 한 번의 페인트칠이 필요했다.

앞마당에는 30센티미터 높이에서 절대 더 이상 자라지 않는 것만 같은 풀밭과 한가운데 커다란 떡갈나무가 있었다. 아버지는 나뭇가지에 폐타이어를 매달아 그네를 만들어 놓았다. 하지만 나는 한 번도 타고 놀았던 기억이 없다. 같이 놀 형제니 누이가 없었던 탓이리라. 혼자 그네를 타고 노는 건 우스운 짓 같았으니까. 뒤쪽 저 멀리엔 농장에 필요한 건물들이 모여 있었다—헛간, 농기구 보관소, 옥수수 창고, 곡식 저장탑, 닭장 등등. 유년기부터 늘 보며 자랐기에 동물엔 전혀 흥미가 일지 않았고 신기할 것도 없었다. 어린 시절 나의 첫 임무는 계란을 모아 오고 엄마를 도와 닭 모이를 주는 일이었다. 그 후 외양간, 젖 짜는 일, 그리고 들판으로. 하나씩 졸업해 나갔다.

이렇게 말하면 너무 어린 나이에 지나칠 정도로 힘들게 일했다는 인상을 주기 쉽지만 그렇지는 않았다. 내 생활은 다른 많은 시골 아이들과 비슷하거나 오히려 더 나았다고 생각한다. 우리는 잡일을 해주는 인부를 늘 고용했고, 어머니는 집안일 하는 젊은 여자를 썼다. 농장은 번창했고 생활수준도 괜찮았다. 하지만 농장이라는 곳은 진심으로 그곳이 내 인생의 일부라고 생각하지 않으면 외로운 공간이다. 불행하게도, 나는 농장에 살긴 했지만 나의 일부는 결코 아니었다. 어두워지고 나면 땅이 확장되는 듯했고, 온 세상을 멀리, 점점 더 멀리 밀어내서 우리 농장이 고립된 섬인 듯 느껴졌다. 세상의 나머지는 아주 멀었다. 저기 먼 곳에 고속도로가 있었지만 나와 연결된 것은 아니었다. 멀리 다른 집 창문의 희미한 불빛 역시 또 다른 섬의 일부일 뿐 나와는 관련이 없었다. 처음엔 늘 주저하며 느린 불협화음으로 시작되는 청개구리 울음은, 누군가 지휘라도 하듯 조금씩 음량과 자신감이 부풀어 오르며 커져 가다 모종의 선율에 따라 잠시 잦아들었다가는 갑자기 어느 순간 요란하게 귀를 찢는다. 반투명의 어둠이 깔려 오기 시작하면 돔 안의 비둘기들이 불안하게 울어 댈 때가 있는데, 그러면 반딧불이는 자신들만의 섬세한 빛을 밝히고 무엇인가를 찾아다니기 시작한다. 차가운 아침 이슬 속에서의 죽음이 아니라면 영원히 발견하지 못할 무엇인가를.

열 번째 생일 직전 아홉 살 때, 매년 봄가을에 배달되는 통신 판매 카탈로그에 마술 세트가 실려 있었다. 몇 시간 동안 나는 상품 소개를 한 단어 한 단어 전부 외울 때까지 읽고 또 읽었다. 세상 무엇보다도 그 세트를 갖고 싶었다. 새로이 내게 생겨난 욕망의 열병 속에, 이제껏 무엇인가 진정으로 원한 적이 한 번도 없었음을 나는 깨달았다!

나는 생일 선물로 마술 세트를 사 달라고 어머니를 졸랐다. 생각해 두었던 액수보다 훨씬 비싼 금액이었지만 어머니는 나를 당해 낼 수 없었다. 우리는 원형 식탁에 앉아 함께 주문서를 채워 넣었다. 내 손으로 직접 봉투에 주소를 쓰고 우표를 붙였다. 그날 밤은 흥분에 거의 잠을 이루지 못했고, 아침에는 RFD지방 우편 무료 집배 서비스 우편배달부가 모델 T 포드 자동차를 몰고 나타나기만을 목을 빼고 기다렸다. 편지가 안전하게 발송된 후 나는 깊은―그리고 만족스러운―숨을 내쉬었다.

이제껏 마술 세트가 도착하던 날 같은 때는 없었다. 햇살이 그토록 빛나는 날은, 하늘이 그토록 파란 날은, 세상이 그토록 아름다운 날은, 앞으로도 없을 것이다. 세트는 검은색의 커다란 사각형 상자에 담겨 배송되었고, 포장지 그림은 꼬부라진 긴 구레나룻과 가죽 머리카락의 메피스토펠레스의 마술사였다. 이브닝드레스 차림의 그는 온순한 토끼를 실크 모자에서 꺼내고 있었다. 상자 안에는 설명서와 함께 물 잔에서 동전을 사라지게 하고 1센트 동전을 10센트로 만들고 달걀에서 실크 손수건이 나오게 만드는 간단한 도구가 있었다. 그리고 커다란 골판지 주사위, 유리 마술 지팡이, 색이 변하는 종이…… 눈속임과 환상의 세계가 주는 온갖 매혹이 그 안에 있었다. 무릎 위에 놓인 검은색 종이 상자 안에 카발라의 비밀, 연금술의 신비, 어둠의 미사를 여는 열쇠가 들어 있었고, 나는 어느새 파라켈수스의 동료이자 '카가스테르'의 친구, 이집트인의 후계자가 되었다.

그날 이후 마술 세트는 늘 내 주변에 있었다. 커 가면서 나는 용돈과 아직 얼마 되지 않는 임금을 더 복잡한 도구를 사는 데에 썼다. 방 안에서 틈날 때마다 연습했다. 마술용 카드나 은색 동전을 지니고 다니며 헛간에서, 들판에서, 머리와 상관없이 저절로 손이 움직일 때까지 연마했다.

마술사로서 처음으로 관객 앞에 선 것은 우리 농장에서 10킬로미터 떨어진 페어팩스 마을에서였다. 우리 가족은 일요일마다 차를 몰고 페어팩스에 있는 유니테리언 교회에 다녔다. 교회 저녁 식사가 있던 날, 식후 프로그램에 발표하겠다고 자원했더니 목사님은 다소 경계하며 받아들여 주었다. 벌써 20년째 모임에 참석해 오고 있는 아버지의 체면도 있었거니와 더 이상 새로운 발표거리도 없었던 것이다. 참석자들의 몇 가지 장기들은 벌써 여러 번, 이미 싫증 난 똑같은 관객 앞에서 반복되어 오고 있었다. 그날 밤엔 포클랜드 섬—남아메리카 남쪽 끝에 위치한 곳으로 굉장히 따분하다는 특징 외에는 아무 특징도 없는 곳—에 대한 15분짜리 여행담, 음악 과외 선생으로 일하던 과부 랜디 풀러 부인의 피아노 콘서트, 오스탠더 집 남매의 노래 듀엣, 마지막으로 내가 무대에 올랐다.

내 마술에 공연장이, 아니 교회가, 문자 그대로 떠나갈 듯했다. 가족과 이웃과 교회 신도들의 몇 안 되는 관객 앞에 서서 박수를 받던 순간은 결코 잊을 수 없다. 내겐 우레처럼 커다랗게 들렸다. 그날 밤 집에 돌아오는 길, 아버지는 축하한다면서 10달러를 주셨다. 나는 주머니에 챙겨 넣었다. 프로 마술사로서의 첫 수입이었다.

고등학교를 졸업한 여름, 나는 열일곱이었다. 부모님은 이미 그해 가을 나를 에임스에 있는 농업대학에 입학시키기로 결정해 놓으셨다. 나는 그러거나 말거나 크게 개의치 않았던 듯하다. 좋지도 나쁘지도 않았다. 가을이 되어 가라고 하면 갈 참이었다. 그냥 그런 정도였다. 하지만 7월, 우리 카운티의 관청 소재지인 오네이다—페어팩스 반대 방향으로 15킬로미터 떨어진 곳—에서 카니발이 열렸다.

마침 어머니가 그 주 내내 몸이 불편했기에 부모님은 가지 않았다. 옆 농장의 머레이 가족이 차를 몰고 오네이다로 갈 예정이어서 내게 같이 가자고 권했다. 당시는 아직 소리는 나지 않았지만 영화도 있던 시절이고, 아버지가 높은 안테나를 설치해서 튜브 열두 개짜리 거대한 수퍼 헤테로다인 라디오도 듣고 있었다. 그러니 영화나 라디오가 신기한 것은 아니었지만 극장에서 하는 연극은 본 적이 없었고 서커스나 카니발에 가 본 적도 없었다. 쇼 같은 것을 공연하는 극장은 인근 150킬로미터 이내엔 없었고, 자동차를 운전해 갈 수 있는 웬만한 거리에 카니발이 오는 건 극히 드문 일이었다.

머레이 가족과 나는 해가 저문 후에 카니발 장소에 도착했다. 오렌지, 파랑, 초록, 빨강의 불빛이 줄을 이루어 밤하늘의 벨벳 속에 흔들리고 있었다. 커다란 금빛 달을 배경으로 회전차가 천천히 궤도를 돌았고, 뛰어오르는 말과 달려 나가는 사자를 실은 회전목마가 빙글빙글 돌아갔다. 솜사탕, 버터 팝콘, 튀긴 핫도그, 익어 가는 땅콩, 매운 타말리와 칠리, 땅에 깔린 톱밥과 지푸라기의 냄새가 조용한 대초원의 밤공기에 몇 겹의 띠를 이루고 있었다. 나의 오감은, 눈으로 귀로 코로 맹공격을 받았다. 첫 순간 나는 완전히 홀려 버렸다. 처음 느껴 보는 흥분과 들뜬 기분에 취하고 말았다.

나는 머레이 가족으로부터 재빨리 떨어져 나왔다. 어떤 알 수 없는 기운에 이끌려 통로 한가운데에 주차되어 있는 자그마한 빨간 트레일러로 곧장 다가갔다. 코에 핏줄이 곤두서고 머리는 봉두난발을 한 중년 남자 하나가 계단 위에 앉아 있었다. 그는 여름의 열기 속에 셔츠 단추를 열고 소매를 걷어 올려 털이 잔뜩 난 가슴과 기미 가득한 팔을 내보이고 있었다. "혹시 여기 주인이세요?" 내가 물었다.

그는 무거운 눈길을 천천히 돌려 내가 있음을 확인했다. 그러더니 무어라 투덜거리는 소리를 냈다—그렇다는 말인지 아니라는 말인지 알 수 없었다.

"일자리가 필요합니다." 나는 그에게 진지하게 말했다. "아저씨 밑에서 일하고 싶어요. 시키는 건 어떤 일이든지 할 수……."

"어떤 일이라도 다 필요 없어." 그가 대답했다.

"전 가축을 잘 다루는데요." 그에게 말했다. 내 귀는 소리와 흥분으로 윙윙거렸다.

"집에 가거라, 애야."

주머니에 들어가 있던 손이 무의식중에 1달러짜리 은화를 쥐고 있음을 깨닫고 나는 바지에서 꺼냈다. 그리고 그의 눈앞에 들어 보인 후 동전이 사라졌다 나타나기를 반복해서 보여 주었다. 동전은 팔로 올라갔다가 멈추고, 다시 손바닥까지 굴러 내려왔다가 허공으로 사라졌다. 뒤쪽에서는 실뜨기 게임, 낚시 게임, 회전 과녁 쏘기, 우유병 맞히기 게임, 그리고 여러 잡다한 놀이로 호객하는 소리가 요란했다. 탈것들은—롤러코스터, 범퍼카, 회전 그네—밤공기 속에 부딪히고 철커덕거리는 기계 소리를 냈다. 삼인조 흑인 밴드는 새로운 쇼의 시작을 알리는 즉흥 음악을 연주했다. 그 소리를 뚫고 환상의 집, 멍키 드롬, 잔혹 동물 쇼의 소리가 들려왔고, 일반 사격장과 동전 사격장, 코르크 사격장, 납 사격장, 점수표가 오가는 소리……. 내가 붉은 코 남자 앞에서 동전 묘기를 선보이는 동안 온 세상은 고동치고 수축하며 나를 부르고 있었다. 그는 갑자기 일어서더니 트레일러 계단 맨 위에 서서 나를 굽어보았다. "솜씨가 나쁘지 않네, 친구." 그는 천천히 말했다. "일을 하고 싶다고?"

"네…… 네, 맞아요!" 나는 열망 속에서 말을 더듬었다.

남자는 어둠의 혼란과 소음에 대고 이름을 불렀다. "어이, 힘!" 즉시 트레일러 뒤에서 사람의 형상이 드러났다. 두껍고 강인한 목, 끔찍한 흉터가 있는 귀에 두터운 근육질 몸매의 남자였다. "힘, 이 친구 한번 살펴봐. 솜씨가 괜찮아." 그는 내게 다시 해 보라고 손짓했다.

힘은 탐색하는 듯한 차가운 눈초리로 나를 보았다. "그렇네요." 결국 그도 동의했다. "깔끔한 촌뜨기 얼굴이군. 영업에 써먹을 만하겠는데요." 그는 트레일러 안의 남자를 향했다. "이 친구하고 얘기하셨습니까?" 코에 핏발 선 남자는 고개를 저었다. "알았습니다." 힘이 말했다. "제가 얘기하죠."

우리는 밥집—음식 만드는 텐트—까지 조용히 걸어가서 지저분한 판자 테이블에 앉았다. 힘은 널빤지 위에 팔을 올리고 나를 주의 깊게 살펴보았다. "이 근처에 사나?" 그가 물었다.

"아닌데요." 나는 거짓말을 했다. 왜인지는 몰라도 뭔가 조심해야 한다는 생각 때문이었을 것이다. "미네소타에 있는 작은 마을에서 왔어요. 여기서 한 500킬로미터쯤 돼요."

힘은 그 말에 만족스럽다는 신음 소리를 내뱉었다. "혹시 너 찾아서 쫓아올 사람이 있나?"

"아뇨." 나는 마음속에서 부모를 단호히 지우며 대답했다.

그는 끄덕였다. "알았다, 꼬마야. 이렇게 하자. 표 파는 일을 주마.

우선 여자들 나오는 쇼부터 해. 입장료는 30센트야. 1달러 받으면 거스름돈이 생기지. 1달러짜리를 주는 손님들이 봉이야. 넌 45센트만 거슬러 주는 거야. 빨리빨리 들어가게 재촉하는 직원이 따로 있으니까, 손님은 한참 지나서 발견할 수밖에 없어." 그는 주머니에 손을 넣고 동전 한 움큼을 꺼냈다. "자, 이렇게. 내가 보여 주지. 내가 너한테 표를 줬다 치자. 난 네 왼쪽 손아귀에 티켓을 쥐여 줘. 왜 왼쪽이냐? 왜냐하면 그 봉들은 대개 오른쪽 주머니에 동전을 넣거든. 이유가 있어⋯⋯. 나중에 보여 주지. 이제 거스름돈 달라고 오른손 내밀어 봐. 자, 내가 세어 볼게⋯⋯. 손님, 1달러니까, 30센트, 35, 45, 50, 75⋯⋯ 1달러입니다. 감사합니다."

나는 그의 셈에 반사적으로 고개를 끄덕이고 있었고, 내 손에는 1센트, 5센트, 10센트 동전이 수북했다. "좋아." 힘은 사악한 웃음과 함께 말했다. "직접 세어 봐라, 꼬마야." 그의 말대로 세어 보자 손에는 50센트가 있었다. 원래는 70이어야 했다. 힘은 강의를 계속했다. "그러니까 이 봉은 손에 동전을 가득 쥐고 서 있게 되지. 세어 보기 전에 네가 큰 소리로 말하는 거야. '자, 앞으로 가세요⋯⋯. 빨리 들어가세요! 다른 분들 들어가셔야 하니까 거기 서 계시면 안 됩니다. 금방 시작하는데 시간이 없어요! 들어가세요!' 그러면 우리 직원이 나와서 떠밀고, 줄이 앞으로 움직여 나가지. 그치는 자기 주머니에 동전을 넣어. 직접 오른손에서 주머니로. 왼손에서 오른손으로 옮기지 않아도 되니까 알 수가 없어. 그렇게 하는 거야. 알았냐?"

그 순간, 알겠다는 말이 차마 입에서 나오지 않았다. 나는 비참하게 그를 보았고, 기대에 가득 찬 그의 눈은 내게 꽂혀 있었다. 내 마음을 읽기라도 한 것처럼 그는 어깨를 으쓱해 보이며 어색하게 한 걸음을 옮겼다. 내 목소리는 저 멀리서 들려왔다. 창피함과 흥분이 뒤섞인 소리였다. "네……. 알겠습니다!"

"좋아." 힘이 말했다. "넌 밥집에서 공짜 식사를 할 수 있고, 숙소 텐트 아무데서나 잘 수 있어. 일주일 수급은 10달러야." 나의 반발을 기다리던 그의 야만스러운 얼굴은, 아무런 반응도 하지 않자 누그러졌다. "일주일 사이에 넌 그거보다 세 배는 많이 나한테서 쩨벼 가게 될 거야." 그는 텐트 입구로 걸어가다가 잠시 멈추더니 덧붙였다. "50센트 이하로 주는 사람한테는 절대로 잔돈으로 장난치지 마라. 큰 지폐는 양껏 챙기고. 그리고 너무 심하게 내 돈 쩨비지 않도록 손가락 조심해라." 어깨를 으쓱하며 그는 조금 용서하는 몸짓으로 손바닥을 들어 보였다. "알아서 조금만 챙겨. 약간은 상관없어. 하지만 이건 잊지 마라. 나도 내 몫을 챙겨야 해." 그는 밤의 소란스러움 속으로 걸어 나갔다.

V

"증인은 증인석으로 올라오십시오." 법원 서기가 알렸다. 캐넌은 증인 의자로 다가가서 자연스럽게 물었다. "성명이 어떻게 되시죠?"

"대니엘 F. 마이클슨입니다."

"증인은 뉴욕 시경 소속이죠?"

"그렇습니다. 동부 강력계 소속의 경감보입니다."

"작년 11월 22일 아침에 어떤 일이 있었는지 기억합니까?"

"예, 기억합니다." 더 편한 자세를 찾기 위해 의자 위에서 고쳐 앉으며 경감보는 그날 이스트 89가에 있는 석조 주택을 살펴보라는 명령을 받았다고 말했다.

"익명의 전화 신고 때문이었습니까?"

"그렇습니다. 신고가 들어왔는데, 어떤 남자가 맨해튼 동부의 지하철역에서 공중전화를 걸어 왔습니다. 이스트 86가 역이었습니다."

"증인이 직접 전화를 받았나요?" 캐넌은 덧붙였다. "그 사람이 뭐라고 했습니까?"

"제가 받았습니다. 그 사람이 말하길, '그 집 굴뚝에서 고약한 냄새가 납니다. 살인 사건이 있었던 것 같아요'라고 했습니다."

캐넌은 한동안 피고인을 뚫어지게 쳐다보고는 다시금 증인에게 주의를 돌렸다. "전화 통화 이후 증인은 현장으로 갔지요. 동행한 사람이 있습니까?"

"예, 있습니다. 제임스 로워리라는 형사와 함께였습니다."

"현장에 도착했을 때 무슨 일이 있었습니까?"

"그 주소는 커다란 석조 건물로 개인 주택이었습니다. 정문은 통유리에 소용돌이 문양의 금속 보호대가 씌워져 있었습니다. 우리는 벨을 울렸고, 다시 얼마간 문을 세게 두드렸는데……."

"얼마나 오래?"

"10분 정도입니다. 집 안으로부터 벨 소리가 들려오는 것을 보아 초인종 고장은 아니었습니다."

"그게 몇 시였습니까?"

"처음 도착했을 때 건물 앞에 순찰차를 주차시키고 시계를 봤습니다. 오전 10시 28분이었습니다."

"알겠습니다. 자, 이제 벨을 울리고, 10분간 문을 두드렸습니다. 그 후엔 무엇을 했습니까?"

"누군가의 장난이거나 이웃의 트집 전화일 가능성을 배제할 수 없었습니다. 그냥 돌아갈까 하고 둘이 얘기하고 있는데 남자가 문을 열었습니다."

"남자는 어떤 옷차림이었습니까?"

"가운을 걸치고는 있었지만 속옷 차림이었습니다."

"용모는 어땠나요? 면도는 했습니까? 머리를 빗었습니까?"

"아닙니다. 면도를 하지 않은데다 머리는 헝클어져 있었습니다."

"동일 인물이 법정 안에 있습니까?"

"그렇습니다." 형사는 피고인을 오랫동안 바라보았다. "저쪽에 앉아 있습니다."

"그쪽으로 가서서 남자 팔에 손을 얹어 보십시오." 경찰관은 피고인이 앉아 있는 곳으로 뻣뻣하게 걸어가서는 팔을 잠시 만지고 증인석으로 돌아왔다. "자, 그러면." 캐넌이 다시 질문을 이어갔다. "문을 열고 피고인이 뭐라던가요?"

"굉장히 놀란 것 같았습니다. 저를 보더니……."

"이의 있습니다!" 덴먼의 목소리가 울려 퍼졌다.

판사도 동의했다. "인정합니다."

"알겠습니다." 캐넌은 흔들리지 않았다. "문이 열린 다음엔 무슨 일이 있었습니까?"

마이클슨이 대답했다. "아무 일도 없었습니다……. 1, 2분 정도 그 사람은 가만히 서 있기만 했습니다. 제가 신분증을 보여 주었더니 무슨 일이냐고 하더군요. 이곳에서 살인사건이 있다는 제보가 들어와서 업무상 살펴보러 왔다고 말했습니다."

"그러니까 뭐라고 하던가요?"

"아무 말도 하지 않았습니다. 몹시 이상하게 행동하면서……."

"이의 있습니다!" 덴먼의 목소리는 무뚝뚝했다.

"인정합니다." 판사도 다시 동의했다.

"고개를 흔들던가요?" 캐넌이 물었다.

"그렇습니다. 머리를 천천히 양쪽으로 흔들었습니다. 저는 제 말을 한 번 더 반복해야 했습니다. 그랬더니 그제야 영장이 있느냐고 물었습니다. 지금은 없지만 원한다면 가져올 수 있다고 대답했습니다. 로워리 형사를 여기 기다리게 하고 영장을 갖고 다시 오겠다고 말했습니다."

"그러니까 피고인의 대답은 어땠습니까?"

"이렇게 말했습니다. '들어오셔도 됩니다, 지금.'"

캐넌은 증인이 차근차근 집 안을 묘사하도록 질문을 이끌었다. 마이클슨은 피고인의 침실과 침실에 붙어 있는 욕실 사진을 보고는 자신이 있을 때 찍은 사진이라고 세부 사항들을 짚어 가며 증언했다. 캐넌은 사진을 증거물로 제출했고 그것은 회람용으로 표시되었다.

"사진에 대해선 추후에 다시 이야기하도록 하겠습니다······. 재판장님의 허가가 있다면 말입니다." 캐넌이 설명했다. "지금은 제 신문을 계속해 나가도록 하겠습니다." 덴먼이 이의 제기를 하지 않았기에 검사는 계속했다. "지하층으로 내려갔을 때 무엇을 보았는지 말씀해 주시기 바랍니다."

"커다란 보일러실이 있었고, 세탁실과 욕실도 있었습니다." 마이클슨은 덧붙였다. "그리고 또······."

"일단 보일러실에 한정해 봅시다. 그 방은 집의 앞뒤 어느 쪽에 위치하고 있지요?"

"뒤쪽입니다."

"창문이 있습니까?"

"그렇습니다. 두 개 있습니다. 둘 다 꽤 작고 벽 높은 쪽에······ 그러니까 지표면 바로 위에 위치해 있습니다."

"다시 말해 밖에서 안을 들여다보기는 어렵다는 말이지요?" 캐넌이 물었다.

"네." 마이클슨이 답변했다. "몸을 완전히 구부리지 않는다면 밖에서 안을 볼 수 없다고 할 수 있습니다."

"보일러실에 이상한 점이 있었나요?"

"그 저택엔 커다란 보일러가 필요합니다. 꽤 큰 집이니까요. 그날은 날씨가 따뜻했는데도 정말 엄청난 불이 지펴져 있……."

"잠시만요." 캐넌이 말을 잘랐다. "재판장님이 허락하신다면, 그리고 변호인 측의 이의 제기가 없다면, 작년 11월 22일과 23일의 기온을 말씀드리고자 합니다. 출처는 기상청의 공식 자료이고 필요하다면 전문가를 증인으로 세울 수 있습니다."

"저는 이의가 없습니다." 덴먼이 심드렁하게 말했다.

"하십시오, 캐넌 씨." 판사가 지시했다.

"작년 가을의 따뜻한 기간에," 캐넌이 말했다 "11월 22일의 공식 기온은 최저 20도, 최고 25도입니다. 11월 23일은 최저 22도, 최고 25도입니다." 그는 기록 카드를 배심원들에게 돌렸다. "됐습니다. 마이클슨 씨, 계속하십시오."

마이클슨 경감보는 증언을 재개했다. "보일러는 엄청나게 뜨거워서 제가 손을 대지 못할 정도였습니다."

"손을 대 보았습니까?"

"그렇습니다. 온도를 보려고 했습니다. 보일러의 바깥쪽은 두꺼운 단열재가 설치되어 있었습니다만, 단열재 위로도 뜨거워서 만질 수가 없었습니다."

"이상하다고 생각했습니까?"

"그렇습니다. 날씨가 굉장히…… 따뜻했기 때문에 난방이 필요 없었습니다. 게다가 그렇게 뜨겁게 때면 보일러 고장의 원인이 됩니다. 그 후에 전 보일러실을 둘러보았고 최근에 말끔히 청소되었다는 걸 알 수 있었습니다."

"얼마나 최근에?"

"극히 최근입니다. 방 안이 굉장히 뜨거웠지만 한쪽 구석에 아직도 작은 물웅덩이가 고여 있었습니다."

"보일러실 바닥을 묘사해 주시겠습니까?"

"크고 네모난 콘크리트 격자로 된 단단한 바닥이었습니다. 블록이 맞닿은 곳마다 작은 틈이 있었습니다."

"방에서 또 무엇을 알 수 있었습니까?"

"바닥과 벽의 자국으로 보아 꽤 큰 목재 작업대가 보일러실 안에 있었음을 알 수 있었습니다."

"그런데 보이지 않았습니까?"

"그렇습니다."

"잠시만요." 덴먼이 끼어들었다. "이의를 제기합니다. 거의 75년이나 된 건물 내력으로 미루어 보아 보일러실 작업대는 꽤 여러 번 바뀌었을 거라 짐작됩니다. 그 모든 작업대 역시 지금은 존재하지 않습니다! 검사는, 음…… 존재하지도 않는 작업대를 지나치게 추론

해 내려 하고 있다고 생각합니다."

"존경하는 재판장님, 이것은 지극히 중요한 관련이 있는 문제입니다." 캐넌은 판사를 향했다. "살인이 일어났던 밤까지 보일러실에 작업대가 있었다는 것을 증명할 수 있습니다……. 그리고 그것은 굉장히 중요한 증거입니다."

"계속하십시오." 판사가 말했다. "이후에 증명하지 못한다면 모든 관련 사실이 부정될 것임을 기억하세요."

"과열된 보일러, 바닥의 물, 사라진 작업대를 보고 증인은 더 조사해 보기로 하셨죠. 무엇을 발견했습니까?" 캐넌이 마이클슨에게 물었다.

"보일러실 안에서 말입니까?"

"네. 보일러실 안에만 한정해서."

마이클슨은 혀로 입술을 적시고는 피고인을 정면으로 향하고 있던 몸을 살짝 돌렸다. "그러니까," 그는 천천히 말했다. "보일러 옆쪽 바닥에는 콘크리트가 떨어져 나간 곳이 있습니다. 작은 접시 모양이고 그 구멍의 일부는 보일러 아래쪽으로 몇 센티미터 들어가 있고……."

"이것이 바닥에 이가 빠진…… 구멍의 사진이 맞습니까?" 캐넌이 사진을 보여 주며 물었다.

"그렇습니다." 마이클슨이 대답했다. 캐넌은 사진을 증거물로 제출하고 마이클슨에게 계속하라고 했다. "그 떨어져 나간 곳은," 경찰관은 말을 이었다. "보일러 입구에서 조금 떨어진 옆면에 위치하고 있습니다. 바닥도 그쪽을 향해 약간 기울어져 있습니다. 바닥 틈에 거의 보이지 않는 곳에 사람의 손가락 일부가 있었습니다!"

캐넌은 유리 마개를 씌운 의학용 유리병을 보여 주었다. 맑은 포름알데히드에 약 두 마디 길이의 손가락이 떠 있었다. "바로 이 손가락입니까?"

마이클슨은 신중한 태도로 동일한 깃이라고 말했다. "그렇습니다. 제가 손톱에 V자를 새겨 표시해 놓았습니다. 바로 그 손톱입니다!" 그것도 증거로 제출되었다.

"손가락을 발견한 후에는 어떻게 하셨습니까?"

"로워리 형사가 피고인과 함께 기다리고 있는 위층으로 서둘러 올라가서 본부에 전화를 했습니다. 법의학 부서에 제가 본 것을 전해 달라고…… 법의학 팀과 사진 팀도 보내 달라고 했습니다."

"고맙습니다, 경감보님. 이것으로 마치겠습니다." 캐넌이 말했다. 그러고는 변호인 석으로 몸을 돌리고 물었다. "반대 신문하시겠습니까, 덴먼 씨?"

"예." 덴먼이 일어섰다. 그는 쪽지로 뒤덮인 서류를 잠시 보고는 경쾌하게 마이클슨에게 다가갔다. "받으셨다는 의문의 전화 말인데…… 증인에게 직접 걸려 왔습니까?"

"아닙니다. 경찰서로 왔고 저에게 돌려졌습니다."

"누군지는 모르고 남자 목소리라고 하셨죠?"

"그렇습니다. 남자 목소리라는 것을 알 수 있었습니다."

"굵은 목소리였나요?"

"아닙니다. 뭐랄까……. 평범했습니다."

"베이스나 낮은 바리톤은 아니었군요. 테너와 바리톤 중간이었습니까?"

"맞습니다."

"여자 중에도 일부 콘트랄토 목소리가 있지 않나요?"

"그렇다고 들었습니다."

"자, 낮은 콘트랄토 목소리라면 전화상으로는 여자 목소리도 남자의 테너 목소리와 아주 비슷하게 들릴 수 있습니다. 특히나 그 여자가 자기 목소리를 숨기려 한다면 말이죠. 이걸 생각해 보십시오. 증인께서는, 100퍼센트 확실하게, 전화 건 장본인이 목소리를 위장한 여자가 아니었다고는 장담할 수 없을 것입니다!"

"글쎄요……, 그건……."

"예나 아니요로 답해 주세요!"

"예……." 마이클슨은 주저하며 답했다. "여자가 아니라고 장담할 수는 없지만, 그래도 제가 듣기에는……."

"의견은 필요 없습니다, 증인! 사실 관계만 말씀하세요. 미지의 인물로부터 온 미지의 전화로 돌아가 봅시다. 남자인지 여자인지 증인도 알 수 없는, 괜한 말썽을 일으키려는 목적일지도 모르는 전화가 왔습니다. 그 사람이 뭐라고 했지요?"

"그 사람이 말하길, '그 집 굴뚝에서 끔찍한 냄새가 나요. 살인사건이 있었던 것 같아요'라고 했습니다." 계속되는 심문에서 마이클슨은 전화가 걸려 온 공중전화의 주소, 대략의 시간, 발신 위치를 추적

한 과정을 설명했다.

"알겠습니다." 마침내 덴먼이 말했다. "그런 믿기 어려운 방법으로 들어온 신고에 따라 강력반이 투입되는 게 통상적인 일입니까?"

"그렇습니다!" 마이클슨은 갑자기 단호하게 강조했다. "특이한 방법으로 정보나 단서를 경찰에 제공하는 경우가 많습니다." 그의 발언은 배심원들에게 뚜렷한 인상을 남겼다.

덴먼은 초점을 돌리려 했다. "괴짜, 기인, 광인, 미지의 인물들, 개인적 원한관계도 있는…… 그런 사람들이 제공하는 단서를 뒤좇아 다니느라 굉장히 바쁠 것 같군요. 그렇다면 증인, 뉴욕에 있는 모든 보일러의 재와 찌꺼기들을 전부 강력반에서 일일이 검사하는 게 맞나요?"

"보일러에 시신이 있다면 조사합니다!" 마이클슨은 엄숙하게 응답했다.

한숨과 함께, 덴먼은 증인 신문을 계속했다.

VI

탤리에겐 내적인 확신이랄까, 삶을 묵묵히 받아들이는 어떤 자세가 있었다. 기나긴 방황과 불안정의 시간을 보내온 내게 그것은 깊은 매력으로 다가왔다. 몇 주간 그녀는 일자리를 구하기 위해 헛된 노력을 기울였다. 생활이 될 만한 모델 일이나 사무직, 그 밖에 대우가 좋은 일을 얻기 위해선 인맥을 쌓아야 한다. 거기엔 몇 달, 아니 그보다 더 오랜 시간이 걸릴 것이 분명했다. 그 외에는 비숙련직, 보수가 적은 일, 지루하고 단조로운 일들밖에는 남아 있지 않았다.

내가 일하는 클럽인 '마르티니크'에선 첫 번째 공연이 매일 밤 9시 30분에 시작되었다. 그래서 나는 9시가 되기 전에 클럽에 도착해서 의상을 갈아입고 소도구를 확인하고 분장을 했다. 그러면서 매일 저녁 규칙적으로 델라필드 호텔에서 탤리를 만났고, 함께 8번가 싸구려 식당에서 저녁을 먹고 브로드웨이까지 산책을 다녀오곤 했다. 사람들 틈에 섞여 거닐다가 극장이나 영화관의 로비 진열창을 구경할 때도 있었다. 좁고 지저분한 가게들은 밤이 되면 초록, 라벤더, 장미 등 색색의 네온으로 반짝였고, 레코드 할인점 앞에선 음악이 거리를 향해 소음을 쏟아 내었다. 등껍질에 그림이 그려진 거북이들은 진열장에서 벗어나기 위해 하염없이 서로의 등을 타 넘었다. 가게 어디에 있건 우울한 눈빛을 보내오는 수난 예수의 석고상으로 가득한 진열장도 있었다. 뒷면에 풍만한 여자 나체가 그려진 카드를 쌓아 놓은 가게도 있었다. 묘하게 생긴 바나나캡에 맨홀 뚜껑만 한 머리글자를 수놓느라 바쁜 작은 점포들이 있었고, 장난 좋아하는 사람들을 위해 만든 고무 개똥, 온도계와 고도계가 붙어 있는 놋쇠 자유의 여신상, 생일과 별자리가 새겨져 있는 인조견 넥타이, 스페인풍 숄, 다목적 칼, 엉덩이와 가슴이 앞뒤로 움직이는 입체 사진, 뉴욕 기념 팔찌, 정체불명의(주소불명의) 제작자가 평생 애프터서비스를 보장해주는 2달러 75센트짜리 시계, 아랍인이 본다면 분개해서 코란을 찢어 버릴지도 모를 가짜 페르시아 양탄자도 있었다.

오락실에 가면 적 함선을 격침시키는 기계, 손아귀 힘을 측정하는 기계, 벗은 여자가 보이는 요지경 기계가 있었다. 가판점에서는 오렌지 주스, 파파야 주스, 코코넛 밀크, 민트향 포도주스를 팔았고, 햄버거와 핫도그 가판대도 보였다. 무도장에 가면 티켓 한 다발로 지치고 지루해하는 이국적인 여자들과 마음껏 춤출 수 있었다. 대마초 담배 혹은 다른 약을 파는 곳도 있었다.

사람들은 서로를 밀치고 헤집고 행진해 나갔다—밤과 함께 찾아오고 아침이면 사라지는 리듬에 맞추어. 그곳은 꿈의 거리였지만 대부분은 그다지 좋지 않은 꿈이었다!

저녁이 오면 우리는 식사를 하고 손을 맞잡고 이야기하고 웃고 기웃거리며 걸어 다녔다. 클럽에 가야 할 시간이 다가오면 탤리를 호텔에 데려다주고, 다음 날 아침 보자는 약속과 함께 떠나왔다. 어느 밤, 영화관 로비에서 사진을 구경하고 있는데 불현듯 탤리가 서커스단에—빅 원The Big One—합류할 수도 있겠다는 생각이 들었다. 바로 얼마 전에 그 서커스단의 뉴욕 시즌이 시작되었던 것이다.

"좋은 생각이 있어." 나는 그녀에게 말했다. "서커스 일을 해 보면 어때? 쇼걸 수입이 그다지 나쁘지 않아. 그리고 경험도 별로 필요 없고. 예쁘기만 하면 되거든. 거의 아홉 달 동안 숙식이 해결되는 일자리가 생기는 거야. 어때? 내일 낮 공연하는 매디슨 스퀘어 가든에 가서…… 한번 살펴보자."

"당신은 서커스 일 해 본 적 있어요?" 그녀가 물었다.

"당연히 있지. 두 시즌 동안 해 봤어. 전쟁 전이었어. 그땐 정말 어려서…… 그러고 보니 굉장히 오래전 일인 것만 같네."

탤리는 손을 내 팔에 끼어 왔다. "서커스는…… 어때요?" 우리는 호텔로 돌아오기 시작했고, 이따금씩 인파를 피해 차도로 내려서기도 하며 군중을 뚫고 천천히 걸었다.

"당연히 '빅 원'이라고 하면……." 나는 그녀에게 말해 주었다. "딱 한 가지를 말하는 거지. 빅 원은 단 하나뿐이니까 말이야. 그 서커스는 매년 여기 맨해튼의 매디슨 스퀘어 가든에서 시즌을 시작해. 거긴 꽤 어려운 무대지……. 모든 게 전부 다닥다닥 붙어 있으니까. 뉴욕 공연 기간이 끝나고 순회를 떠나게 되면 천막을 설치하게 돼. 70킬로미터나 되는 천이 들어. 1년에 2만5천 킬로미터를 여행하고, 12월에 플로리다에 도착할 때쯤이면 지쳐 떨어지게 돼. 정말 신물이 날 정도가 되는 거지."

"그렇게나 힘들어요?"

"그럼." 기억이 생생했다. 카니발에서 '빅 원'으로 옮겨 갔던 젊은이, 그 똑똑이, 멋진 놈을. 카니발에서 보낸 몇 년을 돌이켜 보건대 그다지 일하기 좋은 곳은 아니었다. 카니발에 비하면 빅 원은 호화판이었다. "그래도 적응하게 돼. 폭풍우에도, 억수 같은 비가 내려도, 허리케인이 와도─무슨 날씨가 와도 할 수 있어. 강풍, 모래 폭풍, 온도계가 43도까지 올라가도 별거 아니게 돼. 200일 조금 넘는 동안에 400번 공연을 해야 하고, 그 기간에 25개 주에 흩어져 있는 80개 도시에서 서커스장을 만들고 공연한 후에 철수해야 되지."

"그걸 다 어떻게 해요?"

"그게 말야, '빅 원'은 전세 기차가 있거든. 기차엔 구역이 네 개가 있어. 그 안에서 잠도 자고 음식도 먹어. 장비와 스태프들이 다 있고…… 동물도 마찬가지고…… 서커스가 천막을 다 치고 자리를 잡으면 70제곱킬로미터나 차지해."

"만일…… 내가…… 일자리를 얻으면, 당신은 나랑 같이 안 갈 거예요?"

"응." 그녀에게 나는 말했다. "나도 같이 가고 싶고, 실제로 재미도 있을 거야. 하지만 난 마술사로서 이름을 알리기 위해서 벌써 오랫동안 일해 왔어. 다시 서커스로 돌아간다면 광대 일을 해야 할 텐데, 얼굴에 광대 분장을 얹으면 아무도 내 이름을 다시는 듣지 못할 거야. '빅 원'에서 일하는 사람은 천오백 명 정도가 되는데 그들 틈에서 광대 하나를 특별 취급해 주는 사람은 아무도 없거든."

우리는 이미 호텔에 도착해 있었고 나는 서둘러야 했다. "내일 한 번 같이 가 보자." 그녀는 나를 보며 끄덕였지만, 그다지 기뻐하는 것 같지는 않았다.

다음 날 우리는 공연장 뒤쪽, 벽에 바싹 붙은 통로에 서 있었다. 우리 앞에서는 거대한 줄이 만들어져, 여기저기 끊어졌다가 다시 채워지고, 생겨나고, 뭉쳐 들었다. 탤리의 눈은 현란한 색상의 소용돌이를 훑었다. 커다란 금박 촛대를 든 기수들과 아름답게 손질된 말들. 빨간 양말을 신은 살아 있는 야채들. 동양의 군주들이 부러워했을, 힘센 황소와 가마를 얹은 높다란 코끼리들. 달력의 달月로 분장한 키크고 건강하고 사랑스러운 쇼걸들과 각각을 둘러싼 시동, 따리꾼, 기괴한 난쟁이들. 기다란 목에 우스꽝스런 공단 나비넥타이를 달고 큰 키로 기우뚱거리는 기린들. 광대 수레에 매인 얼룩말들. 기둥과 계단이 있고 벨벳과 실크가 드리워진 로코코식 꽃수레와 그 위로 금은 장식과 흩뿌려진 별들. 불꽃과 색색의 연기를 내뿜으며 우주 여행자들을 가득 태운 플라스틱과 크롬으로 만든 우주선. 깃털 달린 헬멧과 금색 가슴 보호대와 짧고 넓은 칼로 무장한 고대 로마 병사들. 하얗고 짧은 녹비와 맥고모자, 상아색 권총을 단 무희들, 금색과 붉은색의 우리 안에서 끝없이 거니는 호랑이들, 병원 간호사만큼이나 청결하게 씻기고 훈련받은 분홍빛 뽀얀 돼지들. 표범 가죽과 매끄러운 타이츠를 입은 곡예사들. 셰헤라자드 이야기에 등장하는 페르시아 미녀들과 그 옆의 이프리츠, 지니, 노예들. 그들이 모두들 줄을 이루었다.

카니발 특유의 큰 머리를 한 마더 구스의 등장인물들—보 핍과 꼬마 잭 호너, 뿔피리 소년 블루, 허바드 할머니와 하트의 악당. 전차와 사륜마차, 대관식 마차와 짐마차. 어깨에 커다란 지구를 짊어진 아틀라스, 그리고 광대들. 수많은 광대들.

다양한 키와 의상과 색의 광대들. 웃거나 울거나 팔자걸음을 걷거나 뛰는, 모형 자동차를 모는, 가짜 동물을 타는, 멋지고 쾌활한 광대들!

잠시 탤리는 혼란에 눈을 감았고, 다시 떴을 때엔 광대 하나가 바로 옆에서 그녀를 보고 있었다. 좁아진 그의 머리끝에 자그마한 모자가 얹혀 있었고, 모자 밴드엔 큰 꿩 깃털이 꽂혀 있고 정교한 주름도 잡혀 있었다. 광대는 뭔가 마음에 안 든다는 듯 크고 빨간 입술을 삐죽 내밀고 있었지만 눈은—넓다란 검은색 화장으로 치켜 올라간—사라지지 않는 놀라움의 표정으로 그녀를 뚫어지게 바라보았다. "놀랐나요? 분장이에요." 갈라진 목소리로 광대가 말을 걸었다.

그녀는 당황스러움도 잊고 크게 웃었다. "죄송해요. 깜짝 놀라서요."

"이 친구는 해미 놀란이야." 나는 그녀에게 말했다. "예전에 같이 광대 일 하던 시절부터 알아. 해미, 이쪽은 내 친구 탤리 쇼."

"아가씨, 안녕." 해미는 평상시 목소리로 소개에 응했다.

"요즘 좀 어때?" 내가 물었다.

"그냥 그래." 광대가 대답했다. "늘 비슷하지……. 아직 시즌 시작한 지 얼마 안 되긴 했지만 말이야. 이쪽 바닥이야 별로 변하는 게 없잖나."

"해미, 여기 탤리가 일자리가 필요해. 아직도 시튼이 프로그램 책임자인가?"

"그래. 아직도."

"혹시 여자가 필요할까?"

해미 놀란은 천천히 고개를 저었다. 거대한 주름 장식 옷깃이 목을 감싸며 풍선 같은 의상이 몸집을 더 커 보이게 했다. "지금은 일자리 알아볼 때로는 별로야. 5월 1일 인원들이 아직 안 나갔거든."

탤리는 무슨 소린지 모르겠다는 눈길로 나를 보았다. 나는 설명해 주었다. "남쪽 지방에서 서커스에 합류해서 북부까지 따라온 사람들을 얘기하는 거야. 지방 순회를 시작하는 5월 1일경에 많이들 그만두거든. 그 사람들을 5월 1일 인원이라고 해."

"3, 4주 더 기다리게." 해미가 충고해 주었다.

"자네 말이 맞는 것 같아." 나도 동의했다.

해미는 탤리를 쳐다보았다. 짙은 화장을 하고 있으니 무슨 생각을 하는지 읽기 어려웠다. 하지만 그의 목소리엔 불확실함이 없었다. "예쁘장한 아가씨네. 루, 자네 아직 마술 공연 하나?"

"하지."

"자네 공연에 출연시켜 봐. 자네가 직접 쓰면 되겠구먼."

오랫동안 솔로 공연을 해 오던 나는 여자를 출연시켜 다채롭게 만들어 보자는 생각은 한 번도 하지 못했다. 예매율이 높아지며 꽤나 안정화되어 가는 중이고, 에이전트는 내 공연으로 더 많은 돈을 벌어들이는 중이었다. "괜찮은 생각이야." 나는 탤리를 돌아보고 물었다. "어떻게 생각해? 나와 같이 일해 볼래?"

"좋아요⋯⋯. 당신이 좋다면." 그녀는 조용히 대답했다.

그렇게 나는 파트너를 얻게 되었다. 서커스에서의 그날 이후 나는 매일 오후⋯⋯ 오후 내내⋯⋯ 탤리를 연습시켰다. 그녀가 계속 무대 위에 남아 있을 수 있도록 몇 개의 특별 코너도 만들었다. 내 공연은 기본적으로 세 개의 주요 마술—소형 모조 낚시대로 허공에서 금붕어 낚기, 병에서 우유를 부으며 사라지게 만들기, 바구니에서 로프가 기어 나와 코브라처럼 서 있게 하기—을 토대로 하고, 그 사이사이 짧은 트릭들을 빠른 속도로 하나씩 보여 주는 구조였다.

정교한 시간 간격 조정과 준비된 움직임을 통해 탤리가 관객의 눈을 일순간 사로잡으면, 나는 그 사이 관객의 시선을 피해 움직일 수 있었다. 그 덕분에 공연은 수준이 올라가고 더 빨라졌으며 더 복잡한 마술을 보여 줄 수 있게 되었다.

우리는 그녀를 위해 디자인된 무대의상을 준비했다. 반짝이로 장식한, 원피스 수영복 비슷하게 생긴 하얀 옷이었다. 그것과 함께 그녀는 검정색의 긴 스타킹과 긴 장갑을 착용했다. 의상을 갖춰 입은 그녀를 처음 보았을 때 나는 숨이 멎는 듯했다. 정말이지 충격적으로 아름다웠다!

나는 내 의상에 검은색 고전식 이브닝 망토를 추가했다. 보통 망토와 달리 망토를 펼쳤다 닫으면서 안감 색을 빨강에서 보라로, 노랑으로 바꿀 수 있었다. 하지만 매일 똑같이 반복되던 공연에 새로운 색조와 생명을 불어넣은 존재는 나의 의상이 아니라 탤리였다.

탤리와 결혼한 후, 나는 델라필드 호텔로 되돌아갔다. 며칠이 지났는데 무엇인가 없어졌음을 뒤늦게 깨달았다. 탤리가 가지고 있던 작은 가죽 가방이 보이지 않았다. "탤리," 나는 물었다. "짐은 다 어디 갔어?"

"무슨 짐?" 그녀는 침대 아래에서 커피 메이커를 꺼내는 중이었다. "뭔지 알잖아."

"글쎄……, 모자 상자는 옷장 안에 있잖아요."

"그래, 근데 가죽 가방 있잖아. 우라늄인지 뭔지 넣어서 엄청나게 무겁던 거 말이야."

"아, 그거." 그녀는 별것 아닌 듯 대답하며, 무릎 꿇고 있던 곳에서 고개를 들지 않았다. "없앴어요."

"왜?"

"가지고 있을 필요가 없으니까."

"안에 뭐가 있었는데?"

"별거 없었어요. 그냥 옛날 물건들."

왜 그게 중요하다고 생각했는지는 모르겠다. 아마 그녀가 세상에 가진 재산은 가방 두 개가 전부였는데 그중 하나가 사라졌기 때문일 것이다. "다른 데에 옷 넣어 둔 건 없어?" 나는 물었다.

"없어요." 그녀는 바닥에서 일어서서, 눈가에서 머리카락을 쓸어내고 손을 털었다. "좋든 싫든 당신은 날 선택했잖아. 여기 있는 옷이 전부라구요." 그녀는 미소 지으며 몸을 기울여 내게 키스해 왔다.

"가진 게 별로 없다는 거 알았잖아. 혹시 이혼하고 싶어요?"

"이혼이라니. 이혼은커녕 틈나는 대로 나가서 옷을 더 사 줄 건데." 그녀는 분주하게 커피를 만들었고 나는 더 이상 그것에 대해 언급하지 않았다. 하지만 그 무거운 가방에 대한 궁금증은 어쩔 수 없었다. 그녀가 언젠가 말해 줄 날이 오겠지만 그 전까지 몇 가지 의문은 계속될 것이다. 왜 그렇게 시둘러 집을 떠났으며, 친지는 어째서 세상에 하나도 없는지, 그리고 왜 옷을 더 가져오지 않았는지에 대해서.

나는 여자에 대해 아는 척하는 사람은 아니지만 어쩔 수 없는 경우가 아니라면 어떤 여자라도 몸에 걸친 옷 한 벌과 속옷 몇 개만 들고 고향을 떠나오지 않는다는 사실 정도는 알고 있었다.

VII

캐넌은 증인으로 출석한 법의학 수사대 소속 해럴드 라포스키를 신문하고 있었다. 라포스키는 메이어스와 케인이라는 두 명의 경찰관과 함께 현장에 도착했다고 증언했다. 세 사람은 우선 보일러실을, 그 후에 지하층의 나머지를 주의 깊게 조사했다. 그리고 마지막으로 집 전체를 수색했다.

"자," 캐넌이 말했다. "몇 가지를 증인에게 보여 드리겠습니다. 증인이 알고 있는 것이라면 말씀해 주시기 바랍니다. 우선, 이것을 알아보시겠습니까?" 그는 얇은 골판지 상자를 열고 작고 그을린, 거의 평평한 금속 조각을 꺼냈다. 짙은 불의 흔적이 그 납덩어리에 남아 있었다.

"예. 제가 그 총알을 보일러 밑 재받이에서 발견했습니다."

캐넌은 탄알을 건넸다. "어떤 근거로 같은 물건이라고 확신하시는지 말씀해 주십시오."

라포스키는 총알을 손가락으로 돌려보았다. "그때 제가 칼끝으로 제 머리글자를 새겨 놓았습니다." 그는 캐넌에게 총알을 되돌려 주었다.

캐넌은 총알을 증거물로 제출했다. 법원 서기가 받아들고 회람용 표시를 했다. 캐넌은 증인에게 돌아가더니 또 다른 작은 상자를 꺼냈다. 가로세로 5센티미터가 넘지 않는 크기였다. "열어 보고 그 안에 무엇이 있는지 말씀해 주십시오."

라포스키는 상자를 열었다. "치아가 하나 있군요."

"본 적이 있는 것입니까?"

"그렇습니다." 라포스키는 치아를 발견한 날짜와 시간, 집 안의 위치를 이어서 설명했다.

"어디였는지, 시간과 장소를 구체적으로 말씀해 주시겠습니까?" 캐넌이 물었다.

"총알과 똑같은 곳에서……."

"총알과 똑같은 곳? 더 구체적으로 말씀해 주십시오, 라포스키 씨."

"보일러 연소실 아래 재받이에서 발견했습니다."

"증인이 발견했던 치아와 이것이 동일한 물건임을 확실하게 확인할 수 있나요?"

"예. 치아가 심하게 그을리고 타 버렸다는 게 보이실 겁니다. 그래서 연필이나 다른 펜으로 표식을 해 두기가 불가능했습니다. 저는 작은 표시를…… '플러스' 기호 비슷한 것을 붉은색 매니큐어로 그려 놓았습니다."

"그것과 같은 표시가 보입니까?"

"네. 보입니다."

"같은 표시라는 것을 확신합니까?"

"확신합니다."

"이것 또한 증거로 제출하겠습니다." 캐넌은 서기에게 상자를 건네고는 두꺼운 갈색 마닐라지 봉투를 꺼냈다. "이 봉투를 잘 살펴봐 주시기 바랍니다. 본 적이 있습니까?"

"네. 봉투 접는 부분에 제 이름인 해럴드 라포스키라는 글자와 작년 11월 23일이라는 날짜가 쓰여 있습니다."

"안에는 무엇이 있습니까?"

"재가 조금 들어 있습니다."

"그 재는 어디서 나온 것이지요?"

"보일러 소각로 아래쪽, 재받이에서 나온 것입니다."

"치아가 발견된 곳, 그리고 총탄이 나온 곳과 똑같은 곳이지요. 그렇죠?"

"네. 같은 곳입니다."

"알겠습니다. 자, 이제 재에 관해서입니다. 재받이에 재가 많았나요?"

"아주 많은 건 아니지만 꽤 있었습니다. 재받이 바닥 전체를 뒤덮을 정도는 되었습니다. 재받이는 아주 깨끗하게 청소가 되어 있었습니다."

"증인이 청소했습니까?"

"경찰이 가기 전에 청소되어 있었습니다."

"경찰이 가기 전에 청소가 되어 있었다면, 총탄과 치아가 있었던 것은 어떻게 설명할 수 있습니까?"

"이의 있습니다." 덴먼이 판사에게 소리쳤다. "지금 질문의 답은 증인의 추측에 불과할 수밖에 없습니다."

판사가 판단하기 전에 캐넌이 질문의 문구를 바꾸었다. "이렇게 질문하겠습니다. 치아와 총알이 연소실 내부에 석탄과 섞여 있다가 청소가 된 후에 철망 사이로 떨어지는 것이 가능하지 않나요?"

"가능합니다." 라포스키는 끄덕였다.

"증인은 그러니까 재 표본을 봉투에 넣고 봉한 뒤 이름을 써 넣었지요?"

"맞습니다. 봉투로 재 일부를 떠 넣은 다음 봉하고 서명했습니다."

"고맙습니다." 이렇게 말한 캐넌은 봉투를 증거물로 제출했다. 라포스키는 내려가고 허먼 메이어스가 증인석으로 호출되었다.

캐넌의 질문에 대한 대답으로 메이어스는 자신이 지하 보일러실을 조사할 때 라포스키와 동행했던 경찰 동료라고 소개했다. "라포스키 씨가 보일러를 조사할 때 증인은 무엇을 하고 있었나요, 메이어스 씨?"

"방의 나머지 부분을 둘러보고 있었습니다." 두터운 어깨와 큰 몸집의 메이어스는 화난 기색으로 얼굴을 붉히며 질문을 기다리지 못하겠다는 듯 대답했다. "철두철미하게 조사했습니다."

"발견된 것이 있었나요?"

"당연히 있었죠." 많은 다른 경찰관과 마찬가지로 메이어스는 재판을 시간 낭비로 생각하고 있었다.

"이의 있습니다!" 덴먼은 메이어스를 흥미롭게 보았다. 성질 급한 증인은 믿을 수 없는 법이다. "증인은 선입견을 담아 증언하고 있습니다."

"제 질문에만 대답해 주세요, 메이어스 씨." 캐넌이 부드럽게 말했다. "그래야 덴먼 씨가 끼어들지 않을 테니까요." 메이어스는 덴먼을 호전적으로 노려보고는 끄덕였다. "보일러실을 조사했을 때 무엇이 나왔는지 말씀해 주시기 바랍니다."

"쓰레기통이 보였습니다."

"내용물이 차 있는 쓰레기통이었나요?"

"그렇습니다. 온갖 쓰레기들로 가득 차 있었습니다."

캐넌은 말려 있는 기름종이를 조심스레 펼쳤다. 30센티미터 정도의 길이로, 안에서는 기다란 뼛조각이 나왔다. 불에 심하게 그을려 있어서 검은 나무토막 비슷했다. 뼈에는 종이 꼬리표가 달려 있었다. "이것을 알아보시겠습니까?" 캐넌이 종이로 뼈를 감싸 건네자 메이어스는 마지못해 살펴보는 척했다. 캐넌이 이어서 물었다. "어디서 이것을 발견했습니까?"

"조금 전에 말씀드린 쓰레기통 안이었습니다."

"보일러실 안에 있던 쓰레기통 말입니까?"

"맞습니다."

"증인이 발견한 이것이 무엇입니까?"

"뼈의 일부분입니다."

"이것을 발견하고 증인은 어떻게 하셨습니까?" 캐넌이 물었다.

"이 꼬리표를 붙이고, 제 이름과 날짜를 써 넣었습니다."

뼈를 증거로 제출하고 캐넌은 계속했다. "메이어스 씨, 달리 주의를 끌 만한 것이 있었나요?"

"있었습니다."

캐넌은 그에게 작은 나무 조각과 캔버스 천 조각—둘 다 심하게 그을린—을 건넸다. "증인이 발견한 것들이 맞습니까?"

"네." 메이어스는 자신의 표식을 확인해 주었고 두 가지는 서기에게 증거물로 건네졌다. 그런 후 메이어스는 물러갔고 아서 케인이 선서를 했다. 케인은 자신도 라포스키와 메이어스와 함께 지하층과 집 안을 수색했다고 밝혔다.

"지하층을 조사하며 무엇을 발견했습니까?" 캐넌이 물었다.

"그러니까," 케인이 대답했다. "샤워기가 있는 욕실에서……"

"잠시만요." 캐넌이 끼어들었다. "그 이야기를 하기 전에, 증인도 보일러실을 같이 조사했습니까?"

"그렇습니다."

"무엇을 발견했습니까?"

"콘크리트 바닥에 있는 틈 사이에서 흙을 긁어냈습니다. 그 표본을 유리 시험관에 넣고 스티커를 붙였습니다. 라벨에 제 이름과 날짜를 써 넣었습니다."

"이 라벨이 맞습니까? 이 시험관이 맞습니까?"

"맞습니다."

"여기에 '보일러'라는 단어도 보이는군요." 캐넌은 증인이 볼 수 있도록 높이 들어 보였다. "증인이 쓴 것입니까?"

"네. 제가 라벨에 '보일러'라고 썼습니다."

"그렇게 쓴 이유가 뭐죠?"

"라벨이 작아서 글자를 많이 쓸 수가 없었습니다. 그래서 보일러 실에서 발견된 흙 표본이라고 표시하기 위해서 '보일러'라고 쓴 것입니다."

"알겠습니다. 그러면 아까 말씀하신 욕실로 돌아가겠습니다. 욕실 내부를 설명해 주시죠."

"가로 2.5미터, 세로 3미터 크기의 작은 욕실입니다. 변기와 세면대, 샤워기가 있습니다. 욕실 바닥과 샤워기 아래 바닥은 아직 물기가 많았고 물이 고인 곳들도 있었습니다."

"거기서 증인은 무엇을 하셨죠?"

"세면대 아래에 있는 하수도관을 뜯어내고 잔존물을 수거했습니다. 그런 곳에는 으레 잔존물이 있으니까 말입니다. 거기서 수거한 것들도 시험관에 넣고, 라벨을 붙이고, 제 이름과 날짜를 써 넣었습니다. 이 두 번째 시험관에는 '욕실—지하'라고 써 넣었습니다. 건물의 지하층에 있는 욕실에서 수거한 것들이라는 의미였습니다."

"이 시험관입니까?" 케인이 확인하자 캐넌은 시험관 두 개를 증거로 제출했다. "그러고는," 캐넌은 계속했다. "증인은 지하의 다른 방들도 조사했죠. 무엇을 발견했습니까?"

"세탁실에 금속 서랍장이랄까 도구 상자랄까 하는 것이 있었습니다. 흔한 가정용 연장들이 들어 있었습니다."

"어떤 것들이었는지 말씀해 주시죠."

"망치가 하나, 자귀 하나, 플라이어, 니퍼, 톱 두개, 드라이버, 작은 크기의 납땜용 인두 하나, 못 몇 봉지가 있었습니다."

"이것이 증인이 발견한 자귀 맞습니까?" 캐넌은 꽤 큰, 집게발 모양의 자귀를 케인에게 건넸다. 증인은 자신이 표시해 둔 머리글자를 보고 확인했다. "마지막으로 하나 남았습니다. 머리카락 몇 개가 들어 있는 이 흰 봉투엔 증인의 이름과 11월 23일이라는 표시가 되어 있습니다. 이 봉투에 대해서, 머리카락이 어디서 나왔는지 말씀해 주시겠습니까?"

"머리카락은 그 집에 살던 운전사 아이샴 레딕의 머리빗에서 나온 것입니다. 빗은 집의 꼭대기 층 고용인 숙소에 위치한 레딕의 방에 있었습니다. 저는 레딕의 빗에서 머리카락을 수거하고 봉투에 넣고, 봉하고, 제 이름과 날짜를 써 넣었습니다."

"감사합니다. 여기까지입니다." 캐넌이 신문을 마쳤다.

덴먼은 반대 신문을 위해 일어서서 라포스키를 호출했다. 그는 라포스키의 다른 증언은 당분간 무시하고 손상된 증거 자료인 치아에 집중했다. 동일성이 확인될지도 모르는 치아는 지극히 위험한 증거였고 덴먼은 그 중요성을 축소시키고 싶었다. 그는 자신의 메모를 참조했다. "라포스키 씨, 치아라는 게 거의 대부분 비슷하게 보이지 않습니까?"

"치과 의사에겐 그렇지 않습니다."

"증인은 치과 의사입니까?"

"아닙니다."

덴먼은 견본을 살펴보듯 증인을 뚫어지게 쳐다보았다. "제 질문에만 대답해 주시기 바랍니다. 라포스키 씨, 제가 만일 증인에게, 가령, 백 개의 서로 다른 치아를 보여 준 후 그중 하나를 고르고는 같은 것이냐고 묻는다면…… 그것도 몇 달이나 지난 뒤에…… 자신 있게 확언할 수는 없지 않겠습니까?"

"표시를 해 둔다면 확언할 수 있습니다." 라포스키는 방어적으로 대답했다.

"물론 그렇겠죠. 하지만 작년에 발견했다고 하는 그 치아에 증인의 이름을 써 놓으셨던가요?"

"아닙니다. 저는……."

"아니죠. 증인의 머리글자를 쓰거나 파 놓으셨던가요?"

"그럴 수는 없었죠. 그건……."

"예와 아니요로 답해 주세요. 아주 간단한 겁니다. 예, 혹은 아니요로 대답해 주세요."

"예와 아니요, 둘 다입니다." 라포스키가 웃으며 대답했다.

"아주 재미있군요, 라포스키 씨." 덴먼의 입술은 비웃듯 올라갔다. "증인은 치과 의사가 아니실 뿐만 아니라 보아하니 코미디언도 아니군요. 아주 빠른 시간 안에 증인이 무엇무엇이 아닌지 굉장히 잘 증명해 보여 주셨습니다. 앵무새처럼 남의 말을 따라하는 능력은 탁월하시네요. 어쩌면 증인은 앵무새처럼 훈련을 통해서 배우신 모양입니다!"

"재판장님, 이의를 제기합니다!" 캐넌이 말했다. "변호인은 증인을 불필요하게 모욕하고 있습니다."

판사는 조용히 대답했다. "증인의 탓이 없다고는 할 수 없습니다. 변호인, 신문을 계속 진행하십시오."

그 대화에 만족한 덴먼은 차갑게 라포스키를 노려보았다. "제가 알기로는 증인은 발견한 치아에 매니큐어로 표시했죠? 맞습니까?"

라포스키는 불편하게 들썩였다. "네."

"왜 하필 매니큐어였습니까?"

"그게, 에나멜질에 달라붙으니까요."

"흥미롭군요, 아주 흥미로워요. 혹시 특별히 선호하는 색깔이 있으십니까?"

"아닙니다. 색깔은 상관없습니다."

"그렇다면 혹시 발견될지도 모르는 치아에 표시하기 위해서 늘 매니큐어 병을 들고 다니십니까?"

라포스키의 얼굴이 붉어졌다. "아닙니다. 그 집에서 발견한 병입니다……. 가정부 방에 있었습니다."

"집 안에서 발견했군요. 상표와 이름이 무엇이었나요?"

증인은 캐넌을 바라보았지만 도움의 손길은 오지 않았다. "기억나지 않습니다." 그는 덴먼의 질문에 느리게 대답했다.

"병에 표시된 색깔 이름이 무엇이던가요?"

"모릅니다. 아마 빨간색이었겠죠."

"추측은 곤란합니다, 라포스키 씨." 덴먼의 목소리는 부드럽게 꾸짖는 말투였다. "오늘 여기 방청석에 오신 여자분이라면 누구라도 세상에 그냥 빨강이라는 매니큐어는 없다는 걸 증인에게 알려 드릴 수 있을 겁니다. 매니큐어엔 각각 서로 다른 이름이 있습니다. 가령 예를 들어, 프로스티 핑크나 선셋 메모리즈, 레디 프레디……." 방청객들이 웃기 시작했다. 판사는 재빨리 법정 안을 정리했다. 덴먼은 계속해서 몰아붙였다. "왜 '플러스' 기호로 표시를 했습니까?"

"간단하고 그리기 쉬우니까요." 라포스키는 덫에 걸려 들어갔다.

"그렇죠, 그렇죠." 덴먼이 중얼거렸다. "그것보다 간단한 기호가 두 개가 있죠. 우선 '마이너스' 기호는 플러스 기호보다 절반이나 쉽군요. 또 다른 하나는 단순히 점을 하나 찍는 것이고 말입니다. 자, 라포스키 씨, 이것이 동일한 치아인지 아닌지, 증인은 사실은 잘 모르면서 추측하고 있는 것 아닙니까? 치아의 모양 자체를 증인은 인식하지 못합니다. 어떤 제품의 매니큐어였는지, 무슨 색이었는지도 모릅니다. 게다가 표시된 기호는 학교를 1년만 다니면 어떤 아이라도 쓸 수 있는 간단한 기호입니다."

"동일한 치아라는 것을 저는 확신합니다." 라포스키는 딱딱하게 대답했다.

덴먼은 부드럽게 그를 찔렀다. "바보만이 확신한다, 라는 옛말도 있죠. 라포스키 씨."

"재판장님!" 캐넌이 화난 목소리로 외쳤다.

"변호인의 마지막 말은 삭제하세요." 판사가 지시하고 배심원석을 돌아보았다. "덴먼 씨가 방금 한 말은 잊기 바랍니다. 법에 의하면, 증인은 스스로 가장 확신하는 증거를 제출하도록 되어 있습니다."

덴먼은 공손하게 절을 했다. "실례했습니다." 그는 얌전하게 말했다. "증인이 또 다른 무언가를 증명하려는 줄 알았습니다."

"이의 있습니다!" 캐넌이 외쳤다.

판사는 끄덕이고는 톡톡 두드려 주의를 집중시켰다. "이제 그만하세요, 덴먼 씨." 딱딱한 표정의 그는 웃고 있지 않았다.

덴먼은 라포스키의 신문을 마쳤다. 증인을 바보로 보이게 하기 위해 할 만큼은 다했다. 그러나 배심원들에게 각인된 효과에 대해서는 확신할 수 없었다. 덴먼은 혼자 어깨를 으쓱하고는, 메모를 살피며 메이어스를 증인석으로 불렀다.

VIII

탤리와 나는 '마르티니크' 클럽에서 하루 세 번 공연을 했다. 통상적인 일이었다. 대부분의 클럽에선 그 정도 횟수의 공연을 시켰고, 고혈을 빨아먹는 곳이라면 네 번, 심지어 다섯 번까지도 시켰다. 첫 번째 쇼는 9시 30분경에 시작했다. 자정 직전에 한 번이 더 있었고 마지막 공연은 1시 30분이었다. 침대에 들 때면 아침이 다 되어 있었기에, 말하자면 거꾸로 된 인생이라 할 수 있었다. 정오 혹은 이른 오후 시간에 일어나면, 불과 몇 시간 지나지 않아 저녁 식사 시간이 된다. 그 얼마 안 되는 시간 동안 다른 이들이 일상적으로 하는 모든 일을 다 해야 한다.

이러한 생활에서 중요한 건 사물을 보는 관점이다. 의미 있는 시간, 중요한 시간은 어둠의 시간, 밤 시간이다. 낮 시간은 단지 빨래를 하거나 공연 연습, 에이전트에게 전화할 시간을 의미할 뿐이다. 밤이 되어 불빛이 켜지면 삶도 함께 켜진다. 인생 자체가 나이트클럽과 비슷하다고 말할 수도 있다. 혹시라도 볼일 때문에 낮 시간에 나이트클럽에 가 보면 지극히 우울하고 버려진 공간을 마주하게 될 것이다. 복도와 여러 방은 조용하고 청소하는 아주머니와 인부들만이 오간다—그들은 당연히 황량한 작업등 아래에서 일해야 한다. 의자는 테이블 위에 쌓여 있고, 청소기가 지나가기 위해 테이블은 벽에서 떨어져 놓여 있다. 카펫은 우중충해 보이고, 그림과 거울은 끔찍하게 촌스러우며, 벽은 칠을 새로 해야 할 만큼 지저분하다. 무엇보다도 모든 방을 통틀어, 가구나 설비 하나하나에서 전부 쉰 맥주 냄새가 난다. 주방 안에선 직원이 음식 재료를 주문하고 있고, 바에도 술을 점검하는 직원이 있다. 사무실에서는 경리 직원이 전날의 자료를 정리하고 있다. 마치 폐업하는 레스토랑 비슷한 분위기다.

하지만 밤이 되면, 달라진다. 은은한 불빛이 클럽 전체를 감싸고, 오케스트라의 음악이 실내를 가득 채운다. 테이블마다 하얀 테이블보가 드리워지고 바텐더들은 마라카스를 연주하듯 칵테일 셰이커를 흔든다. 완전히 다른 세상이다.

조금 지나면 이 세상이 진짜 세상이 된다.

공연 사이에 할 일은 거의 없다. 멀리 가거나 딱히 뭔가를 하기도 어렵기에 출연자들은 대부분 구겨지지 않게 옷을 걸어놓고는 무대 뒤 어딘가에 앉아서 이야기하거나 카드놀이를 한다. 잡지나 신문을 읽는 사람도, 편지를 쓰거나 길게 전화 통화하는 사람도 있다.

탤리와 나는 자그마한 분장실을 나눠 썼다. 큰 옷장이나 거의 다름없는 크기의 그곳에는 직각 의자 두 개와 조명이 있는 분장 테이블이 있었다. 첫 공연이 끝나면 우리는 평상복으로 갈아입고 산책을 나가곤 했다. 두 번째와 세 번째 공연 사이엔 분장실에서 대기했다.

그리고 내내 이야기를 나누었다.

매일 밤, 그녀는 조금씩 자신에 대해 이야기했다. 아주 어렸을 때

부모님이 자동차 사고로 돌아가시는 바람에 삼촌과 숙모 집에서 살게 되었다고 했다. 숙모는 8년 후 돌아가셨다. "윌 삼촌과 나뿐이었어요." 그녀는 이렇게 말했다. "그때도 나이가 꽤 지긋하셨지만, 왜 그런지 나이 들었다는 생각은 안 들었어요. 풍채가 좋은 분이었고 머리는 거의 대머리. 그러니까 면도한 것처럼 깨끗했어요. 말수가 적고 불평도 없는 분이었고, 성격이 극히 너그러운데다…… 생활력도 없으셨어요."

그녀의 말을 들으며 나는 키워 주셨다는 그분과 함께 있는 그녀의 모습을, 당시의 그녀를 상상해 보았다. "생활력이 없으시다니? 무슨 일을 하셨는데?"

"제판製版 일." 그녀가 대답했다. "보통 솜씨가 아니었어요. 예술가였어. 진짜 예술가 있잖아요. 이걸 보면……." 그녀는 손목에서 작은 팔찌를 빼고 거기 달려 있던 자그마한 로켓을 열었다. "이게 나에요……. 열네 살 생일에 윌 삼촌이 조각해 주셨어요." 나는 로켓을 받아들고 금색 표면을 불빛에 비추어 보았다. 어린 소녀의 얼굴이 나를 향해 웃고 있었다. 인물의 세밀한 묘사, 깃털과도 같은 세공 라인이 절묘했다. 말로 표현할 수 없이 정교한 솜씨였다. 나는 끄덕이며 로켓을 조용히 닫고 그녀에게 돌려주었다. 그녀는 계속 이야기를 이어 나갔다. "그분은 조각가가 되고 싶어 하셨고…… 뒤러를 잇는 위대한 조각가가 되고 싶었대요. 젊은 시절엔 유럽에 가서 공부하셨어요. 그때는 예술로서의 제판은 이미 사양기였어요. 다시 귀국한 후에 결혼을 하셨고 생활을 위해서…… 사진 제판 일을 하셨어요."

"그러면 그게…… 평생 하신 일인가?"

"응. 맞아요." 그녀의 목소리엔 과거에 대한 연민이 묻어났다. "계속 직업이 있었고…… 벌이가 괜찮았어요. 집에도 제판 도구와 작업대를 갖추고, 동판을 새기거나 에칭 작업을 틈틈이 하셨어요. 완성된 작품은 내던져서 깨뜨렸고. 혹시 마음에 들어 하는 사람이 있으면 주기도 했고……."

어느 날 분장실에서 탤리는 무대 의상인 긴 벨벳 장갑을 솔질하고 있었다. 단순한 작업인데도 굉장히 공들여 하는 모습이 집안일을 꼼꼼히 하는 모습을 연상시켰다. 그런 가정적인 면모와 반쯤 나체인 겉모습 사이의 부조화가 감동적이었다. 나는 삼촌 집에서 자라나던 그녀를 생각해 보았다. "당신 살았던 집 얘기 좀 더 해 봐……." 그녀에게 말했다. "뭘 삼촌이 제판하시던 거기 얘기 말야."

잠시 그녀는 솔질을 계속했고, 마음에 들게 완벽에 이른 장갑을 옷걸이에 걸었다. 그녀는 나를 무시하고 자그마한 분장실을 가볍게 가로질러 오더니만, 갑자기 웃으며 내 무릎 위에 주저앉았다. 두 사람 무게 덕에 늙은 의자가 삐그덕 신음을 내뱉었고, 아마도 그 소리가 얇은 차단벽 너머로 들렸던 것 같다. 옆 분장실에서 어린 댄서가 소리쳤다. "이봐요! 일하러 와서 그런 짓 하면 안 돼요!" 탤리는 얼굴을 붉히더니 서둘러 일어서려 했다. 나는 그녀의 허리를 잡고 가만히 있도록 했다. "굳이 아니라고 할 거 뭐 있어." 나는 웃으며 그녀에게 말했다. "자기들 마음대로 생각하게 내버려 두자구!" 댄서는 큰 소리 나게 벽을 두드려 응답했다.

탤리는 내 어깨에 팔을 감아 왔다. 담배에 불을 붙인 나는 그녀에게 건넸다. "계속해. 훼방꾼은 무시하고."

"그러니까," 그녀가 대답했다. "우리는 필라델피아의 작은 거리에 살았는데…… 하지만 신시내티나 시카고였어도 거리 모습은 똑같았을 거야."

"신시내티나 시카고에 가 본 적 있어?" 나는 미소 지으며 물었다.

고개를 저으며 그녀도 미소를 보내 왔다. "아니. 그래도 우리 동네는 내가 아는 다른 필라델피아 거리랑 너무 똑같으니까 분명히 어딜 가나 똑같은 곳이 있을 거 같아서……."

"그렇겠지."

"집이 줄지어 있는 거리 있잖아요, 한 블록 처음부터 끝까지 도로 양쪽 집이 다 똑같이 생긴 그런 곳. 그래도 같은 블록은 전부 똑같긴 하지만 블록끼리는 조금씩 달랐어요. 그러니까," 그녀는 조심스럽게 단어를 가다듬었다. "우리 블록에 있는 집은 옆 블록 집들과는 좀 달랐고, 그 옆 블록과도 조금 달랐고…… 무슨 뜻인지 알겠죠?"

"그래." 그녀에게 대답해 주었다. "이해돼."

"우리 블록은 집들이 이 층이었어요. 지하실도 있고. 전부 이웃집하고 벽을 맞대고 있었고 대문 바로 앞이 인도였어요. 인도에서 현관문까지는 작은 시멘트 계단 여섯 개가 있었고. 계단 위에서 자주 놀았으니까 숫자도 정확히 알아요. 계단 위쪽에서 공을 튕기고 왼발로 깡총거리면서 세는 놀이. 그리고 오른발로 서서 공을 다시 굴리고. 우리 블록 여자애들은 전부 그렇게 놀았어요.

집집마다 자그마하게 나무로 된 현관마루가 있었는데 흰색 칠이 되어 있었고 나무 기둥 두 개씩이 있었어요. 이층엔 녹색 퇴창이 있었고. 아, 그리고 또 있다! 우리 블록 사람들은 창문에 전부 다 대리석 창턱이 있다고 자랑스러워했어요. 진짜 대리석은 아니었지만 비슷하게 보여서 우린 다들 대리석이라고 불렀거든요."

"저기 있잖아, 이런 말 하면 당신 충격 받을지도 모르지만, 그렇게 블록 전체가 똑같은 데는 필라델피아밖에 없어."

"정말?" 그녀는 찡그리더니 테이블 쪽으로 몸을 굽히고 담배를 껐다.

"이층 침실들은 아래층 식당하고 거실 바로 위에 있었고…… 그다지 보잘것없었죠. 그냥 서민 주택이어서."

"그 안에 네가 있으면, 이 아가씨야," 나는 그녀의 목 뒤에 키스하며 말해 주었다. "대저택이나 마찬가지지."

"아니야." 그녀는 심각하게 되받았다. "진짜로 작은 집이었어요. 겨울이면 윌 삼촌이 아래층 현관마루를 유리로 덮었어요. 숙모가 살아 계셨을 때엔 늘 다른 집을 찾았지만…… 이사를 못 하고 돌아가셨어요." 그녀는 한숨을 내쉬었다. "그분들을 이렇게 얘기하고 있으니 기분이 이상하다."

어느 밤, 나는 분장실에 앉아서 신문을 읽고 있었다. 기울어진 의자가 벽에 닿고 분장 테이블 위에 발을 얹어 균형을 유지한 자세였다. 신문에는 봉인된 봉투를 바꿔치기하다 잡힌 사기꾼 기사가 실려 있었다. 요약하자면 이렇다. 한심한 인간들에게 사기꾼이 접근해서…… 잘 꼬드겨서 돈을 모아 오도록 한다. 돈의 대가로 사기꾼은 뭔가 보증이 될 만한 것을 내놓는다. 대개 정부 채권 같은 것인데, 봉투에 넣고 피해자 눈앞에서 봉한다. 이후 사기 피해자가 정신을 차리고 봉투를 열어 보면 안은 신문지로 가득 차 있다. 사기꾼은 봉투만 바꿔치기해서 가볍게 전리품을 들고 사라진 것이다. 세상에 그런 수법이 끝없이 계속 통하는 게 놀라울 뿐이었다.

나는 그 기사를 탤리에게 크게 읽어 주고는 웃었다. 하지만 놀랍게도 그녀의 반응은 완전히 반대였다. 그녀는 말했다. "윌 삼촌에게 그런 짓을 하는 사람은 없었지만, 그것만 빼곤 다 했을 거예요."

"어르신이 사기 피해자였다는 거야?"

"아니, 그건 아니지만, 그분은 다른 사람의 어려운 이야기에 늘 마음을 열었고, 항상 낙관주의자였어요. 그 두 가지 덕분에 늘 파산 상태였고요. 직장 다니시던 기간 내내 삼촌은 돈벌이가 괜찮았지만 우리에게 돈이 충분했던 적은 한 번도 없어요. 뭐, 집세는 냈지만." 그녀는 고개를 저었다. "장도 보았고 입을 것도 넉넉히 있긴 했지만…… 하지만 늘 근근이 맞춰갔어요. 윌 삼촌은 부탁하는 사람마다 돈을 꿔 줬거든요. 그리고 뭔가를 계속해서 사들였고…… 왜 자고 일어나면 떼돈 번다는 그런 거 있잖아요……. 당연히 실제로 그런 일은 없고! 그분은 30년대 거품 경제의 마지막에 부동산을 샀다가 날렸고, 묏자리에 돈을 썼지만 그 묘지는 만들어지지도 않았어요. 차체 뒤쪽에 모터가 있다는, 한 번도 만들어진 적이 없는 자동차의 주식을 사기도 했고." 그녀는 힘없이 고개를 흔들어 옛 기억을 떨처 냈다. "크게 할인된 가격으로 남미 정부 채권을 샀는데 나중에 새 정부가 들어서면서 폐기됐어요. 그분이 한 모든 게…… 잘못됐어."

갑자기 그녀의 눈에서 눈물이 솟구쳤다. 화장한 얼굴에 줄무늬를 만들며 마스카라가 흘러내렸다. "불쌍한 분이에요. 윌 삼촌은, 세상이 다 정직할 거라고 생각하셨어요. 당신 스스로 그러셨으니까. 나이 들어서 건강이 안 좋던 때도, 어린아이처럼 됐던 그때…… 여전히 기적을 믿었어요."

"진정해." 나는 그녀를 달래 주었다. "자기 얼굴이 안 보이겠지만, 마스카라 흘러내리는 게 꼭 비너스 상의 대리석 얼굴이 갈라지는 거 같아." 손수건을 건네자 그녀는 눈을 닦았다. "그래, 이제 낫네." 나는 덧붙였다. "왜 갑자기 그렇게 울었어?"

그녀는 애써 웃음 지어 보였다. "그냥 바보 같아서 그래요. 별거 아니에요. 삼촌이 돌아가신 지 아직 얼마 되질 않아서……. 생각할 때마다 마음이 아파." 그녀는 분장 테이블 앞에 서서 화장을 고치기 시작했다. "참 재미있어요. 내 인생에 남자는 단 두 명뿐인데……."

"잠깐." 내가 말했다. "그거 혹시 고백인가? 혹시 그렇다 해도, 변호사와 에이전트 없이 나도 보답으로 옛날 비밀을 털어놓는다거나 할 거라는 기대는 하지도 마."

"실없는 소리 하지 말아요." 그녀는 벨벳 리본으로 머리를 묶고 나를 보며 미소 지었다. "난 당신 굉장히 믿음직하다고 생각해. 어쨌든 방금 아주 헛다리 짚으셨어요. 하려던 말이 뭐였냐면, 내 인생에 사랑한 두 남자는 오로지 당신하고 윌 삼촌이라는 거였어요. 그런데 두 사람은 달라도 정말 달라. 윌 삼촌은……."

"융통성 없는 진정한 필라델피아 청교도지." 내가 말했다.

"질투하지 말아요!" 그녀의 눈이 깜빡였고 나도 웃어 주었다. "아니야." 그녀는 말을 이었다. "그분은 멋진 세계에서 혼자만 사셨어요. 반면에 당신은, 똑똑한 사람……. 당신은 모르는 게 없잖아. 안 그래요?" 까치발로 서서 그녀는 내 목에 팔을 두르고 입술에 키스했다. 그러더니 이윽고 한쪽으로 고개를 빼고 물었다. "안 그래요?"

"그동안 내 밑에서 많이 깨우쳤군." 나는 엄숙하게 동의했다. "한 가지 덧붙인다면, 내 청소년기 이후로 립스틱의 질은 퇴보한 것 같아."

그녀는 나의 희롱을 받아 주지 않고, 눈을 가까이 대고 내 얼굴을 보았다. 나는 뒤늦게야 그녀가 진지하다는 것을 깨달았다. "사랑해요." 그녀는 부드럽게 말했다. "당신과 사랑할 수 있어서 행복해요." 부드럽게 그녀는 팔을 풀고, 한 걸음 뒤로 물러서서 나를 보았다. "당신에게 미움받는 사람이 되기는 정말 싫어요, 루."

"잠깐!" 나는 황당하다는 어조로 대답했다. "갑자기 그게 무슨 말이야? 난 누구도 미워하지 않아. 난 세상을 사랑해. 난 긍정적인 사람이라구! 나는……."

"맞아요." 탤리는 돌아서서 달콤한 미소를 짓고는 코트 안으로 미끄러져 들어갔다. "캔디 바 사올래요. 당신도 하나 사다 줄까요?" 그녀는 장난치듯 물었다.

"아니." 나는 대답했다. "대신에 굴 하나만 갖다 줘. 안에 진주가 들어 있는 걸로."

　그렇게 시간은, 얼마간, 흘러갔다. 지극히 한정된, 밤의 생활이었
다. 쇼가 진행되어 오케스트라가 우리의 등장을 알리는 음악을 연주
하기 전까지 분장실에서 기다리는 삶이었다. 객석의 박수, 금요일의
급여. 때로는 새벽 거리를 호텔까지 걸어가서 트럭운전사, 우유배달
부, 경찰관 들과 함께 신새벽의 커피와 빵을 먹었다. 밤이 지나가 버
린, 불빛이 사라진, 햇살이 아직 오지 않은 브로드웨이의 새벽이었
다. 외롭고 살풍경한 거리, 황폐하고 친근감 없는 시간이었지만, 사
랑하는 여자와 함께 걷는 기분은 멋졌다.

　전혀 황폐하지도 외롭지도 않았다.

IX

중인석의 남자는 검시실 부실장인 하워드 M. 에글스턴 검시관이었다. 짙은 회색 양복, 밝은 회색 바탕에 적갈색 스트라이프 넥타이 차림을 한 그는 질문에 엄밀하고 권위 있게 답변했다. 캐넌이 물었다. "에글스턴 박사께선 검시 부서에서 얼마나 일하셨습니까?"

"7년 일했습니다."

"그 기간 동안 얼마나 많은 부검을 하셨나요?"

"1년에 말입니까?"

"그렇습니다. 1년에."

"글쎄요, 200에서 250건 사이인데…… 숫자는 매년 다릅니다."

"그렇겠지요. 어쨌거나 7년 동안 1,400에서 1,750건 사이의 부검을 하셨다고 할 수 있겠죠?"

"맞습니다."

"증인께선 그 숫자가 적게 잡은 수치라고 생각하십니까? 필요하다면 기록을 보고 정확한 숫자를 알 수 있겠지요?"

"검사님이 말씀하신 두 숫자 사이 어딘가에 정확한 숫자가 있을 것 같습니다. 공식 기록을 살펴보면 확인할 수 있습니다."

"감사합니다, 박사님. 자, 7년 동안 업무를 수행하신 결과, 엄청나게 많은 시신을 검시하셨습니다. 다양한 연령과 인종의 남자, 여자, 어린이 들을 보셨죠?"

"그렇습니다. 법에 의하면 살인, 사고사, 부자연스럽거나 의심스러운 사망에 대해서는 전부 부검을 하도록 되어 있습니다."

"신체 일부가 잘려나간 시신들, 머리나 다리나 팔이 없는 시신의 신원을 확인하는 일도 하셨겠죠?"

"네. 그런 경우도 있습니다."

"또한 특징이나 지문을 알기 어려울 만큼 심하게 부패된 시신도 있었겠죠?"

"그렇습니다."

덴먼이 일어섰다. "매우 흥미로운 정보이긴 합니다만," 변호사는 판사에게 말했다. "검사께서 무엇을 증명하시려는 건지 모르겠습니다."

이번에는 캐넌이 판사에게 말했다. "변호인도 잘 알고 계시듯, 증언의 전문성을 확립하기 위해 증인의 배경을 설명하고 있는 것입니다."

경찰 검시실의 의학적·법적 유능함을 배심원들의 머릿속에 그다지 주입하고 싶지 않은 덴먼은 내뱉었다. "본 변호인은 에글스턴 박사가 전문가임을 인정하겠습니다." 그러고는 앉았다.

캐넌은 증인에게 되돌아갔다. "자, 에글스턴 박사님, 제가 보여 드릴 증거물들이 있습니다. 법정에 제가 하나씩 소개하면서 증인에게 무엇인지 말씀해 달라고 요청드릴 것입니다. 우선 케인 씨가 확인해 준 이 자귀부터 시작하겠습니다. 증인은 이것을 검사해 보았나요?"

"해 보았습니다."

"무엇을 알 수 있었죠?"

"자귀의 두 날이 만나는 V자 부분에 잘린 털과 혈액의 흔적이 있었습니다."

"사람의 혈액입니까?"

"그렇습니다. 사람의 O형 혈액이었습니다."

"털의 종류도 확인할 수 있습니까?"

"털은 인간의 머리카락이었습니다."

"감사합니다. 여기 봉투가 있습니다. 역시 케인 씨가 확인해 준 것으로 아이샴 레딕의 머리빗에서 나온 것입니다. 머리카락도 검사해 보셨나요?"

"그렇습니다." 에글스턴이 대답했다. "봉투에 있는 머리카락은 자귀에 있는 머리카락과 동일합니다."

배심원들은 마치 하나가 된 듯 앞으로 몸을 기울인 채 눈을 에글스턴에 고정하고 있었다. "그러니까 의문의 여지없이, 확실하게, 자귀에서 나온 머리카락과 빗의 머리카락이 일치한다는 말입니까?"

"맞습니다."

"어떻게 그러한 결론에 이르게 되었는지 말씀해 주시겠습니까?"
법정에 설치되어 있던 작은 스크린과 프로젝터를 통해 크게 확대된 머리카락 단면이 보였다. 에글스턴은 건조하고 단호한 목소리로 세포 조직의 동일성 및 기타 유사한 지점들을 지적했다. 그의 설명이 끝나자 캐넌은 다시 질문으로 되돌아갔다. "여기 캔버스 천 일부가 있습니다. 해럴드 라포스키 씨가 확인해 준 것입니다. 이것도 조사해 보셨습니까?"

"해 보았습니다."

"무엇을 발견했나요?"

"캔버스 천은 불에 탔고, 페인트와 피의 흔적이 있었습니다." 에글스턴은 멈추었다가 덧붙였다. "인간의 혈액이었습니다."

"혈액형을 알 수 있었습니까?"

"네. O형이었습니다."

"이 시험관 라벨에는 케인 형사의 이름과 '보일러'라는 단어가 쓰여 있습니다. 보일러실에서 나온 것임을 나타내고 있습니다. 여기선 무엇을 발견하셨습니까?"

"보일러실의 바닥과 틈에서 긁어낸 것으로…… 먼지, 검댕, 석탄 가루, 나무와 섬유질 파편, 기름과 송진 흔적 등입니다. 또한 사람 피의 흔적도 있었습니다."

"혈액형을 알 수 있었습니까?"

"그렇습니다. O형입니다."

몇 개의 시험관을 들고 캐넌은 에글스턴에게 건넸다. 시험관에는 지하실 세면대 아래 파이프에서 나온 침전물이 들어 있었다. 캐넌은 거기에 무엇이 들어 있는지도 물었다. "먼지, 비누에 사용되는 지방 성분, 세제, 솔에서 나온 인공모와 자연모, 그리고 사람 피의 흔적이 있었습니다."

"혈액형이 나왔나요?"

"그렇습니다. O형입니다."

"자 이제, 에글스턴 박사님." 캐넌은 말을 이었다. "제 손에 봉투가 있습니다. 크고 무거운 마닐라지 봉투입니다. 라포스키 씨가 확인한 것으로 보일러 소각로 아래의 재받이에서 채취한 재 샘플이 들어 있습니다. 증인은 이것을 검사하셨죠. 어떤 분석 결과가 나왔는지 알려 주시겠습니까?"

의학 검시실 부실장은 주머니에서 종잇조각을 꺼내서 잠시 살펴보고는 단조롭고 평범한 목소리로 화학 성분명을 길게 나열했다. 읽기가 끝난 뒤 캐넌이 배심원 쪽을 돌아보고 말했다. "증인에게 다시 한 번 반복하도록 요청하겠습니다." 그는 잠시 미소 지었다. "한마디도 알아들을 수가 없어서 말입니다." 배심원들은 진지한 얼굴로 끄덕였다.

"다시 말씀드리자면," 에글스턴이 다시 시작했다. "석탄재, 나무재, 식물성 물질에서 나온 것들 이외에……."

"식물성이라면?"

"면, 린넨입니다. 그리고 그 외에 단백질에서 유래된 물질이 검출되었습니다."

캐넌은 말을 끊었다. 아주 천천히, 한 단어 한 단어를 끊어서 발음하며 그는 물었다. "그 말은 곧 인간의 살이…… 아니, 과거 인간의 살이었던 물질이 있었을 가능성을 의미합니까?"

"맞습니다."

법정에는 오랫동안 고요한 침묵이 흘렀다. 캐넌은 이 침묵을 최대한 길게 끌다가 가볍게 기침을 하여 깨뜨리고는 계속해서 증거물을 제시했다. "자, 박사님, 또 하나 중요한 물증입니다." 검사는 기름종이 두루마리를 풀었다. 안에는 검게 그을린 뼈와 그에 부착된 메이어스 형사의 이름이 담긴 꼬리표가 있었다. "이것을 검사해 보셨는지 말씀해 주시기 바랍니다." 캐넌이 말했다. "만일 하셨다면 무엇을 발견했는지도 말씀해 주십시오."

"조사해 보았습니다." 에글스턴이 말했다. "그것은 의학적으로 경골이라고 부르는 뼛조각입니다."

"일반인들이 쓰는 말로 정강이뼈가 맞습니까?"

"네."

"뼈에 대해서 더 소개해 주신다면?"

"그것은 인간에게서 나온 것이고 성인 남자의 것입니다."

"그 남자의 키를 추정할 수 있습니까?"

"네. 어느 정도는 할 수 있습니다. 그 남성은 178센티미터와 183센티미터 사이입니다."

"어떻게 계산하는 거죠, 박사님?"

에글스턴은 사람 몸의 비율과 측정에 근거해서 자세한 설명을 늘어놓았다.

캐넌은 다시 질문을 던졌다. "골격의 기형이 몸의 비율에 영향을 끼칠 수는 없습니까?"

에글스턴은 그러한 기형이 가능하다고 동의하면서도, 만일 그러하다면 그 또한 알아낼 수 있다고 대답했다. "그러면 이 경우엔 기형의 가능성이 존재하지 않는다는 말씀입니까?" 캐넌이 물었다.

"그렇습니다." 에글스턴은 답했다. "그 뼈는 정상적으로 발달된 남성의 것입니다."

"알겠습니다. 이제 마지막 하나입니다." 캐넌은 잘린 손가락을 담은 포름알데히드 병을 보여 주었다. 에글스턴은 그것을 조사해 보았으며, 인간의 손가락 일부가 잘 보존되어 있고 손가락 중간 마디와 손끝 사이라고 말했다. 오른손의 셋째 손가락이라고 했다.

"손에서 어떻게 잘려 나갔는지 증언해 주실 수 있나요?" 캐넌이 물었다.

"날카로운 도구로 잘렸습니다."

"날카로운 어떤 것인지를 알아낼 수 있습니까?"

"없습니다."

"자귀처럼 날카로운 도구로 잘리지 않았겠습니까?"

"자귀로 잘렸을 수도 있습니다."

"감사합니다, 박사님. 이것으로 마치겠습니다." 캐넌은 덴먼을 향했다. "변호인께 넘겨 드립니다."

"반대 신문을 차후로 연기하겠습니다." 덴먼은 자리에서 일어서지 않고 대답했다.

캐넌은 이후 경찰관 찰스 L. 리스코를 증인석으로 불렀다. 리스코가 선서를 하자 캐넌이 물었다. "증인은 뉴욕 시 경찰청에서 신원 조회국 직원으로 일하시지요. 맞습니까?"

"네. 맞습니다."

"증인의 업무는 경찰청에서 찍은 지문을 보관하고, 비교 분석을 해서 가능하다면 동일한 지문을 찾아내는 것이지요?"

"그렇습니다."

"그 업무를 얼마나 오랫동안 하셨습니까?"

"11년 했습니다."

"여기 잘린 손가락이 전달되었죠?" 캐넌은 리스코가 볼 수 있게 시험관을 들었다.

"맞습니다. 강력반에서 제게 보냈고, 제가 지문 사본을 만들었습니다."

"지문 사본이 명확했습니까? 정확한 조사가 가능할 수 있을 정도로?"

"네. 깨끗했습니다. 아주 만족스러운 사본을 뜰 수 있었습니다."

"그런 후에 무엇을 하셨나요?"

"사본을 가지고 신원을 조회했습니다."

"그건 무슨 뜻입니까?"

"신원 조회를 위한 통상적인 절차를 밟았습니다." 리스코가 설명했다. "우선 여기 뉴욕 시에 등록된 자료와 대조했습니다."

"신원이 나왔습니까?"

"네. 곧바로 나왔습니다. 택시 운전면허증 신청 양식에 있는 아이샴 레딕의 것과 동일했습니다."

"어떻게 동일인임을 확인하는지 보여 주시겠습니까?"

잘려진 손가락에서 뜬 지문의 복사본, 그리고 신청서에 있던 동일한 손가락 지문 복사본이 스크린에 나타났다. 리스코는 서른네 가지 식별자를 기준으로 두 지문의 동일한 특징을 지적하며 같은 사람이라고 했다. 그 또한 덴먼의 반대 신문 없이 내려갔고, 캐넌은 링컨 M. 민스를 증언대로 불러올렸다.

　"증인은 뉴욕 시 경찰청의 면허국 직원이지요?"

　"네. 그렇습니다."

　"아이샴 레딕이 택시 면허를 신청할 때 제출했던 신청서 원본을 가지고 있죠?"

　"네. 그렇습니다."

　"아이샴 레딕의 신체적 특징과 관련된 부분을 읽어 주십시오."

　신청서에 기재된 그대로 민스는 크게 읽었다. "성별 남. 연령 서른여섯. 눈동자 색 청색. 머리색 짙은 갈색. 몸무게 80킬로그램. 키 180센티미터."

　"잠시만요, 민스 씨. 다시 읽어 주시겠습니까, 기록에 나와 있는 키 부분을?"

　"예. 180센티미터입니다."

　"아이샴 레딕이 자필로 쓴 것입니까?"

　"아이샴 레딕이라는 서명을 한 사람이 써 넣은 것입니다."

　이 부분에서 덴먼은 신청서가 레딕의 자필이라는 점에 이의를 제기했다. 그 이의는 법정에서 받아들여졌다. 민스는 물러갔고, 필적 감정가인 앨빈 G. 하트니가 검찰 측 증인으로 올라왔다. 레딕의 방에서 발견된 다른 필적과 비교하면 신청서에 있는 필체가 동일하다는 감정 결과가 있었다. 그 후에 민스는 다시 증인석으로 올라왔다.

"레딕이 자필로 쓴 면허 신청서에서, 자신의 키를 얼마로 기재했는지 다시 한 번 읽어 주십시오."

"180센티미터입니다." 민스는 읽었다.

"183이나 194센티미터라고 쓰지 않았죠?"

"맞습니다."

"180센티미터입니까?"

"그렇게 썼습니다."

"이상입니다." 또 한 번 덴먼은 반대 신문의 권리를 나중으로 미루었다. 캐넌이 신원 확인의 그물망을 다 완성할 때까지 기다리고 있음이 분명했다. 덴먼의 옆자리엔 피고인이 고개를 약간 낮추고 손을 테이블 위에 모은 채 앉아 있었다.

증인석에 올라온 다음 증인은 치과의사인 스탠리 보스였다. 그는 자신이 뉴욕 시내에서 개업하고 있고 현재 위치에서 거의 10년간 병원을 운영해 왔다고 밝혔다. 캐넌은 이윽고 라포스키 형사가 발견하고 확인한 치아와 관련한 신문을 시작했다. "이 치아를 전에 본 적이 있는지 말씀해 주십시오."

"예. 본 적 있습니다. 아주 낯익은 치아입니다."

"무엇을 근거로 그렇게 말할 수 있는지 답변해 주시겠습니까?"

평범한 얼굴의 작고 마른 치과의사는 불안정한 모습으로 테 없는 안경을 고쳐 썼다. 목소리를 가다듬고 그는 입을 열었다. "음…… 작년에, 환자 한 명이 전화를 걸어 와서⋯⋯."

캐넌은 부드럽게 말을 막았다. "혹시 가능하다면 정확한 날짜를 말씀해 주시지요."

"네, 네, 가능합니다. 기록을 찾아보았습니다. 환자가 내원하기 일주일 전이었습니다. 내원한 것이 9월 19일이었으니까, 전화를 한 건 9월 12일이었습니다."

"감사합니다. 계속하시죠."

"네." 보스는 다시 한 번 목청을 가다듬었다. "예약을 잡겠다는 전화를 받았습니다. 새 환자로⋯⋯ 처음 찾아오는 사람이었습니다. 이름이 아이샴 레딕이라고 했습니다. 우리 병원을 어떻게 알게 되었냐고 물었더니 전화번호부에서 봤다고 하더군요. 저는 환자가 많다고, 일주일 동안 예약이 꽉 차 있다고 했습니다. 그는 가능한 시간에 맞춰 오겠다고 했고, 그래서 9월 19일로 날짜를 잡았습니다."

"그가 약속 시간에 맞춰 나타났나요?"

"네. 정확한 시간이었습니다. 저희 병원에선 제 처가 간호사 일을 보고 있는데, 처가 그의 개인정보를 기록했습니다. 수술을 대비해서 혈액형도 기록해 두었습니다. 그것은⋯⋯."

"이의 있습니다!" 덴먼이 말을 가로챘다.

"인정합니다." 재판장도 동의했다.

"보스 부인은 나중에 부르도록 하겠습니다." 캐넌이 말했다. "계속 말씀해 보세요, 보스 박사님."

"레딕 씨는 뒤쪽 어금니 세 개가 아프다고 말했습니다. 전 엑스레이를 찍었지만 충치는 하나도 없었습니다. 이가 불편할 이유가 없어 보였습니다. 다만 환자는 앞니가 하나 빠져 있어서 외모에 큰 영향을 끼치고 있었지요. 우리는 의치를 해 넣는 게 어떠냐는 이야기를 나누었습니다. 그는 비용이 얼마인지가 문제라고 했고, 저는 극히 합리적인, 사실 굉장히 낮은 가격에 의치를 해 주겠다고 했습니다. 그는 제안을 받아들였습니다."

"박사님, 아이샴 레딕의 어떤 이가 없었는지, 같은 위치에 있는 박사님의 치아를 손으로 가리켜 주시겠습니까?"

보스는 입을 넓게 벌리고 찡그린 얼굴로 왼쪽 첫 번째 앞니를 가리켰다. 잠시 그 자세 그대로 있다가 손가락을 빼고 입술을 닫았다.

"증인은 그래서 아이샴 레딕에게 의치를 만들어 주었습니까?"

"그렇습니다. 제가 직접 만들었습니다."

"정밀 측정한 크기대로 만들었나요?"

"맞습니다. 매우 세밀하고 정확하게 측정했습니다. 저는 환자의 치료 기록, 측정 치수, 색조까지 전부 기록해 둡니다."

"색에 정도가 있습니까? 얼마나 많은가요?"

"인공 치아에는 피부색만큼이나 다양한 색이 있습니다. 의치가 환자의 원래 치아 옆에 위치할 때엔 비슷한 색조를 반드시 맞추어야 합니다."

"그러니까, 보스 박사님께서 여기 증거로 제출된 이 치아를 보고는, 아이샴 레딕에게 만들어 준 것과 똑같다고 알아보셨군요?"

"그렇습니다. 같은 이입니다."

"어떻게 해서 이 치아가 같은 것이라고 확인하게 되었는지 그 과정을 말씀해 주십시오. 경찰이 찾아왔나요?"

"신문에서 기사를 봤습니다. 처음엔 인근에서 벌어진 일이라는 점 때문에 눈길이 갔습니다. 그러다 아이샴 레딕이라는 이름을 읽고는 제 환자였다는 것을 생각해 냈습니다. 신문 기사엔 이 하나가 발견되었다고 했는데, 제가 만들어 준 것인지 여부는 알 수 없었습니다. 하지만 저는 일반적인 절차에 따라 그의 모든 치아에 대한 기록과 엑스레이를 가지고 있었습니다. 신분을 확인하는 데 제가 도움이 될지도 모르는 일이었습니다."

"아주 훌륭한 일을 하셨습니다. 그래서 박사님은 경찰에 도움을 주겠다고 연락하셨죠?"

"네. 그것이 저의 임무라고 생각했습니다." 보스는 득의양양하게 말했다.

다음으로 보스 부인이 증인석에 올라와, 치아를 뽑거나 수술할 경우에 대비해서 혈액형을 기록해 둔다고 증언했다.

"레딕 씨의 혈액형은 무엇이었나요?"

"제가 가진 기록에 의하면 O형입니다."

"그건 그 사람이 자기 입으로 말한 겁니까?"

"아니에요." 간호사가 대답했다. "그 사람은 모르고 있었어요. 전에 알았는지는 몰라도 최소한 기억은 못 하고 있었어요. 제가 혈액을 채취해서 실험실로 보냈습니다. 실험실에서 보낸 결과를 제가 진료 카드에 적어 넣었지요."

X

희곡 〈포기Porgy〉에 나오는 대사를 살짝 바꿔치자면 "행복은 잠시 머물다가 지나간다." 행복의 느낌을—일정한 시간이 지나고 나면— 떠올리기 쉽지 않은 이유는, 아마도 그것이 일시적인데다 손에 잡히지 않으며, 거품과 같기 때문일 것이다. 만족감을 행복으로 착각하는 경우가 많은데, 만족감이란 행복함과 비참함 사이의 타협이라는 것이 나의 생각이다. 수많은 순간들을 훗날 되돌아보면 완전한 행복의 순간을 정확히 집어내기란 불가능하다. 하지만 만족감이 지배하던 긴 기간을 기억해 내기는 꽤나 쉽다.

그러나 우리가 '마르티니크'에서 일하던 뉴욕에서의 몇 달에 걸친 결혼 기간이 행복한 시간이었음은 확실하다. 우리가 사는 세상은 두 개의 방뿐이었다—격자무늬 벽지를 바른 호텔방과 아주 작은 횅뎅그렁한 분장실. 두 방을 연결하는 기나긴 거리는 우리가 한 방에서 다른 방으로 움직이는 동안 때로는 네온으로, 때로는 어두운 밤의 그림자를 지워 나가는 희붐한 새벽빛으로 밝혀져 있었다.

탤리는 우리가 누리고 있었던 것들을 나보다 더 잘 이해하고 있었다. 그녀가 포기하고 싶어 하지 않았던 이유가 그것이었는지도 모르겠지만, 어쨌든 우리에겐 선택의 기회가 없었다. '마르티니크'에서의 공연이 끝나기 불과 며칠 전, 나는 필라델피아 라크 클럽에서 5주간 공연한다는 계약서를 들고 호텔로 서둘러 돌아왔다. 탤리는 내 설명을 조용히 듣기만 했다. 침대 위에 앉은 그녀는 손가락 위의 결혼 금 반지를 불안하게 비틀면서 무표정한 얼굴을 유지했다. 설명을 마치자 그녀는 이렇게 말했다. "루, 있잖아요, 그 계약 안 하면 좋겠어." 그녀의 목소리는 너무 작아서 알아듣기 힘들 정도였다.

"탤리, 들어봐." 나는 말했다. "당신 필라델피아에서 떠나온 지 거의 석 달이나 됐어. 그 정도면 숙부 일을 극복할 시간으로 충분해. 이제는 돌아갈 수 있어야 해."

천천히 고개를 젓는 그녀는 내 눈을 보려 하지 않았다. 그 무표정한 얼굴 아래 그녀가 무엇인지 알 수 없는 어떤 감정을 애써 숨기고 있음을 알 수 있었다. 탤리는 몇 번 침을 삼키더니 말했다. "월 삼촌…… 때문이 아니에요." 그녀는 고개를 떨어뜨리고 손을 뚫어지게 바라보았다. "나도 같이 가야 하나요?" 그녀는 조용히 물었다.

나는 담배에 불을 붙였다. "당연히 그렇지, 우리 아기." 나는 애써 가벼운 목소리로 이야기했다. "필라델피아 클럽의 매니저가 말하기를 '난 마술사 따위는 아무 관심도 없으니까 여자도 꼭 같이 와야 합니다'라고 했거든."

그녀는 웃지 않았다. 그녀는 내게 말한다기보다는 혼잣말하듯 속 생각을 입 밖으로 이야기했다. "왜 돌아가야 하는 거야……. 시카고나 로스앤젤레스나 다른 데가 아니고 왜 하필?"

"이 직업은 찾아오는 일거리를 받아야 해. 어떤 면에선 우리가 운이 좋은 거지. 놀면서 기다리지 않아도 되잖아."

탤리는 침대에서 일어서서 방 안을 서성이다가 옷장 앞에 서서 머리빗을 가지런히 놓고, 창문으로 다가가 창밖을 한 번 쳐다보더니 의자로 돌아와 가만히 앉았다. 그러는 내내 무언가를 생각하는 눈치였지만 무슨 생각인지는 도무지 알 수 없었다. 마침내 그녀가 물었다. "루, 당신만 가고 난 여기 남아 있으면 안 돼요?"

"그건 안 될 말이지." 그녀에게 말했다. "그 사람은 지금의 우리 공연을 계약하고 싶어 하는 거지, 내 솔로 공연을 보고 싶어 하는 게 아니란 말이야."

"이렇게 된 것도 무슨 운명일지 모르겠네." 말하는 그녀의 목소리는 풀이 죽어 있었다.

그다음 주, 우리는 뉴욕에서 공연을 마치고 필라델피아로 떠나기 위해 짐을 꾸리기 시작했다. 내겐 오래된 옷 트렁크가 있었고, 탤리 역시 자기 물건을 챙기기 시작했다. 이제 모자 상자로는 그녀의 옷을 담기에 모자랐다. 그녀는 자랑스러운 얼굴로 여행 가방 세트를 샀다. 가방 두 개는 보통 크기였고 세 번째는 꽤 작은 1박용 여행 가방이었다. 마지막으로 업무상 전화를 하고, 트렁크를 보내고, 소소한 잡일을 처리하며 하루 종일 밖에 있다가 델라필드 호텔에 돌아와서 체크아웃했다. 맥스가 택시까지 짐을 들어 주었다. "또 만나요." 그는 이렇게 말하며 탤리에게 작은 가방을 건넸다. 그렇게 우리는 필라델피아로 떠났다.

필라델피아에서는 로커스트 스트리트와 13가를 따라 많은 나이트클럽이 모여 있다. 개중엔 괜찮은 곳도, 그다지 좋지 않은 곳도 있다. 우리가 공연할 라크종달새 클럽은 신규 개업한 작은 곳으로 현대성과 세련미, 지루함과 천박함 사이에서 자신만의 엔터테인먼트 스타일을 찾으려 애쓰고 있었다. 클럽은 잡다한 공연 프로그램을 만들어 놓고 있었다. 공연을 시작하면 레미 홀이라는 코미디언이 보석금을 내고 풀려나온 성범죄자의 섬세함으로, 모자의 도움을 받아 다른 사람 흉내를 내고는 나머지 출연자들을 소개했다. 목소리가 좋은 여자 가수가 매력적이었으며, '종달새 자매'라는 다섯 명의 댄서들은 예쁘장하고 얌전한 얼굴과 날씬한 다리, 빌려 입은 의상으로 누가 누군지 서로 구분되지 않았다. 마지막으로 탤리와 내가 나갔다.

라크 클럽의 내부는 작았다. 벽에는 벨루어 천이 드리워져 있었으며 테이블과 의자와 바는 신식으로 가벼운 나무 소재였다. 손님들은 어깨를 맞대고 옹기종기 앉았는데 춤추는 플로어도 웨이터의 쟁반보다 별로 넓지 않았다. 그 플로어에서 공연이 이루어졌다. 뒤에서는 빨간 코트 차림의 뮤지션 일곱 명이 음악을 연주했다. 리더가 바이올린을, 기타리스트가 기타를 연주했지만 유감스럽게도 두 악기 모두 일렉트릭이었다. 두 연주자들이 볼륨 조정을 헛갈리기라도 하면 마이크를 통한 하울링은 마귀할멈이 할복하는 소리 비슷하게 울려 퍼졌다.

라크가 자랑하는 명물은 클럽 한가운데에 도드라지게 솟아 있는, 실물보다 큰 커다란 대리석 조각이었다. 나체의 남녀가 키스하는 모습이었다. 바닥에서 올라오는 작은 스포트라이트가 대리석을 하얗게 비추었는데, 배경의 검은 벨루어 천에 대비되어 관람자들의 눈에는 밀가루 저장소에서 희롱질하는 아프로디테와 남자친구처럼 보였다.

문제의 전화는 라크 클럽에서 공연한 지 일주일이 되었을 때 걸려왔다. 탤리와 나는 또 다른 쇼비즈니스 호텔인 맥앤드루스 호텔에 묵고 있었다. 나이트클럽 밀집 지역의 믿을 수 없이 좁은 골목에 위치한 호텔 건물은 최소한 50년은 되어 보였다. 맥앤드루스는 관리가 잘된 편안한 곳으로, 유행에는 조금 뒤처졌지만 유독 로비 인테리어만은 최신식이었다. 형광 조명과 크롬 가구, 인조 가죽, 멋들어진 액세서리에다 천장은 새먼핑크색이었다. L자 모양의 로비에는, L의 세로 부분에 엘리베이터 두 개와 안내 데스크가 위치했다. 다른 면에는 위층으로 통하는 계단과 '하일랜드 바 앤드 그릴'로 통하는 문이 있었다. 하일랜드 바가 교차로 모퉁이에 위치하고 있던 관계로, 안에는 서로 다른 두 거리로 이어지는 문 두 개가 있었다.

우리의 방은 꼭대기 층, 건물 앞면 모서리였다. 맥앤드루스 호텔의 복도 조명은 어두웠는데 어깨 높이까지는 초콜릿색으로, 위로 천장까지는 갈색으로 점차 옅어지도록 칠이 되어 있었다. 바닥에는 케케묵은 붉은 카펫이 깔려 있었고, 하루 중 가장 밝은 시간에도 복도는 어둡고 낡아 보였다. 하지만 방은 매우 편했다.

우리 방에는 커다란 더블베드, 25센트 동전을 넣으면 1시간 동안 켜지는 텔레비전, 푹신하고 색 바랜 의자 몇 개, 커다란 독서용 램프 두 개가 있었다. 욕실은 구식 리놀륨 바닥이었고, 안에 들어가면 발톱 달린 발 모양의 철제 받침대 위로 높은 욕조가 있었다. 엄청나게 넓은 붙박이장 두 개가 있어, 그중 하나에 탤리가 전기냄비를 설치하고 주방으로 사용했다.

그날이 닥쳤을 때, 전화가 걸려 왔던 날, 우리는 늦잠을 자고 있었다. 전화기가 울렸고, 나는 탤리가 받기를 기다리며 한동안 그대로 내버려 두었다. 하지만 전혀 움직이려는 기색이 없어 내가 어쩔 수 없이 힘을 모아 팔을 뻗고 수화기를 들고는 귀에 대고 말했다. "네……, 무슨 일입니까?"

선 너머의 괴이한 침묵에 잠기운이 확 달아났다. 퍼뜩 정신을 차리고 귀를 기울여 보았지만 여전히 아무 소리도 없었다. "여보세요! 여보세요!" 나는 잠시 말을 멈췄다가 수화기를 흔들었다. "여보세요?"

한참이 지나서야 건너편의 상대가 희미하게 말했다. "물건의 대가로 2만5천 달러를 주겠소."

"누구십니까?" 나는 물었다. "2만5천 달러를 무엇의 대가로 주겠다는 겁니까?"

"알잖소." 대답이 들려왔고 전화가 끊겼다.

나는 천천히 수화기를 내려놓았다. 침대 밑으로 다리를 내린 후에 탁자의 담배로 손을 뻗었다. 곰곰이 생각해 보니 누군가 장난 전화를 한 듯했다. 나를 아는 누군가가, 아마도 같이 출연하는 누군가가 장난치고 있다는 생각이 들었다. 그 생각을 떨쳤지만 이미 잠이 달아나 버렸기에 일어나 커피를 만들었다. 물이 끓고 있는데 탤리가 일어나 앉았다. "참 한심한 하녀일세." 나는 그녀에게 말했다. "커피 한 잔 할래?"

"응. 고마워요." 허공으로 팔을 뻗은 그녀는 고개를 흔들더니 다시 뒤로 누웠다. 베개 위로 머리카락이 흩어졌다. 나는 컵을 그녀에게 내밀고 그녀 곁 침대에 걸터앉았다.

"혹시 아까 전화벨이 울렸어?" 그녀는 커피를 홀짝이며 물었다.

"세인트 메리 성당의 종은 분명히 아니었지."

"누구였는데?" 잠결의 목소리로 그녀는 무심하게 물었다.

"목소리였지. 정체불명의 목소리. 진부한 말이지만 그렇게밖에 표현할 수가 없네."

"농담 그만 해." 그녀가 대답했다. "누구였어요? 잘못 걸려 온 전화?"

"레미 홀일지도 몰라. 그 친구가 유머 감각을 발휘한답시고……."

"뭐라고 했는데?"

"누군지 모르지만 목소리를 감추고 '물건의 대가로 2만5천 달러를 주겠소'라고 했어."

"뭐라구요!" 탤리가 침대에 벌떡 일어나 앉은 탓에 커피가 쏟아졌다. 나는 얼른 일어서서 떨리는 그녀의 손으로부터 컵을 받아들었다. 그녀의 얼굴은 공포로 흙빛이었고 말을 잇지 못했다.

"여보!" 나는 컵을 테이블에 내려놓고 그녀의 두 손을 감싸 쥐었다. "탤리! 왜 그러는 거야? 무슨 일이야. 말해 봐!"

그녀는 손을 빼더니 내 목을 끌어안고 가슴에 얼굴을 파묻었다.

우리는 오랫동안 그렇게 마주 앉아 아무 말 없이 서로 안고만 있었다. 마침내 그녀가 입을 열었다. "루, 모르겠어요……. 어떻게 해야 할지 모르겠어……."

"무슨 일이야, 탤리? 말해 봐. 뭔지는 몰라도 어떻게 대처할지 같이 생각해 보자." 나는 담배에 불을 붙이고 그녀를 베개 위에 다시 눕힌 다음 입에 담배를 대 주었다.

"어디서부터 얘기를 시작해야 할지 모르겠어요." 그녀는 느리게 말했다. "언제부터 시작되었는지조차도 모르겠어……. 남자 한 명이 있었거든요. 우리는 그 사람을 그린리프라고 불렀어요."

"그게 누구였는데?"

"몰라……. 그 사람이 누군지는 진짜 하나도 몰라요."

"만난 적이 있어? 어떻게 생겼어?"

"만난 적은 없어요. 전화로 몇 번 얘기만 해 봤는데……."

떨리기 시작하는 그녀의 어깨를 나는 매만져 주었다. "괜찮으니까 얘기해 봐. 자, 당신은 전화로 그 남자랑 얘기를 했어. 무엇에 대해서?"

"동판에 대해서……. 윌 삼촌이 만들고 있던 위조지폐 동판에 대해서……."

"뭐라구?" 믿기지 않는 말에 나는 그녀를 쳐다보았다. 떨리는 그녀의 입이 보여 조금 부드러운 목소리로 덧붙였다. "나한테 설명을 해 줘야 할 것 같아……. 처음부터 차근차근." 나는 옷장에서 깨끗한 손수건 하나를 가져다주었다. 그녀는 눈을 닦더니 웃어 보이려 했다.

"언젠가," 그녀가 말했다. "윌 삼촌이, 얼마나 남을 잘 믿는지 얘기한 적 있잖아요. 그분은 평생 너그럽고 착했고, 멋진 사람이었어요. 사람들은 그런 삼촌을 이용해 먹었고요. 돈을 벌 수 있다는 말도 안 되는 아이디어와 계획으로. 결국 나이 드신 후엔 아무것도 남지 않게 되었어요.

오랫동안 몸담고 있던 회사가 팔렸는데 새로 온 사장이 삼촌 나이가 너무 많다면서 회사에서 쫓아냈어요. 삼촌은 처음엔 잘 믿지 못하셨어요. 온종일 집 안에 앉아서 신문 구인란을 읽는 척, 이런저런 회사에 편지를 보내는 척하셨지만…… 당연히 일자리는 없었어요. 그렇게 오랜 시간이 지나고 나서야 삼촌은 현실을 받아들이게 되었고, 마음에 상처를 입으셨어요. 어느덧 일하기엔 너무 나이 들고 그냥 노인에 불과한, 월급만큼의 가치가 없는 사람이 되었다는 사실에."

팔로 몸을 감싼 그녀는 과거의 기억을 더듬었다. "그분의 정신은…… 미쳤다는 말이 아니고, 그분은 현실 세계에서 살아가기를 거부하셨어요. 조금씩 변해 가는 모습이 보였어요. 처음엔 사소한 것들부터 시작됐어요. 면도를 며칠씩, 그러더니 일주일도, 거르셨고요, 넥타이를 매지 않게 되었고, 구두끈이 끊어지면 그냥 아래쪽에서 묶으셨어요.

먹는 걸 좋아하던 분이었는데 점점 적게 드셨고, 고기와 감자를 안 드셨고, 오래돼서 상한 빵 덩어리 숨겨 놓은 게 삼촌 방에서 나올 때도 있었어요. 애들처럼…… 왜 애들이 집에서 빨리 도망가려고 음식을 어디 숨겨 두잖아. 딱 그런 게 생각났어요. 어린애처럼 변해 가고 있었던 거예요……. 생각이나 대화가 꼬마애 같았어요."

"생활은 어떻게 했고?" 나는 물었다.

"뭐, 당연히…… 직업을 얻어야 했죠. 아주 적은 액수의 노년 연금이 나왔는데 그게 모자라기 시작했어요. 난 시내에서 가게 계산원 일을 해서 돈을 보탰고, 토요일과 일요일엔 도레무스 씨 가게에 가서 카운터 일을 봤어요. 동네에서 약국을 하시는 분이었는데 어린 시절부터 우리 집하고 거래했거든요. 그렇게 일을 나가면서 집 밖에 있는 시간이 많아졌고, 그래서 월 삼촌은 혼자 지내게 되셨죠.

바람직한 건 아니었지만 어쩔 수 없었어요. 거동이 불편하거나 남 뒤치다꺼리가 필요한 건 아니었으니까요. 조금 지나자, 퇴근해서 집에 돌아와 보면 늘 삼촌은 외출하고 안 계셨어요. 시내까지 꽤 먼데 거길 걸어서 왕복하셨거든요. 날씨가 좋으면 워싱턴 스퀘어라는, 출판 지구에 있는 작은 공원에 앉아 계시곤 했어요. 전에 알던 사람들과 마주치기를 기대하셨나 봐요." 거의 들리지 않게 그녀는 덧붙였다. "난 그게 삼촌에게 좋을 거라고 생각했어. 뭔가 할 일이 있으셔야 되잖아요."

"그럼." 나는 그녀를 위로해 주었다. "당연히 출판사 있는 데로 되돌아가고 싶으셨겠지. 은퇴한 철도 직원들이 역 주변에서 서성이듯이."

"나도 그렇게 생각했어요." 탤리가 말을 이었다. "그러던 어느 날 월 삼촌이 집으로 돌아왔는데 날듯이 행복해하시는 거예요. 뭔가 숨기고 있는데 꼭 어린애처럼 우쭐해 하셨어요. 일자리를 구했다는 말을 슬쩍 하시는데, 그 이상은 절대 알려 주지 않았지만 뭔가 정부와 관련된 일이라고 했어요. 극비사항이라고! 난 꾸며 낸 것일지도 모르겠다고 생각했어요.

그 후 몇 주일에 걸쳐서, 삼촌은 아주 중요한 사람을 만나는 중이라고 하셨어요. 시내 공원에서 만나서 대화를 나눈다고. 그러던 어느 날, 수표 한 장을 들고 집에 돌아오신 거예요. 그건 현금으로 바꿀 수 있는 수표였는데, 그린리프라는 서명이 있었어요."

"얼마짜리였는데?"

"35달러. 처음에 난 제대로 된 수표라고 생각을 안 했어요. 하지만 윌 삼촌은 굉장히 행복해하셨어요. 그린리프가 뒤를 봐주고 있고, 큰일을 마칠 때까지 매주 35달러를 주겠다고 했다나. 우리는 돈이 간절히 필요했으니까 그걸 현금화하기로 결정했어요. 혹시라도 수표가 되돌아올까 싶어 돈을 안 쓰고 있었는데, 돌아오지 않는 것을 보니까 문제없는 수표더라고요. 그 후 매주 금요일이면 윌 삼촌은 수표를 갖다 주셨고 내가 서명해서 현금으로 바꿨어요."

"의심스럽지는 않았어?"

"처음엔 그랬죠. 하지만 그 후엔…… 몰라요. 윌 삼촌으로부터 돈을 뜯어가는 게 아니라 반대로 돈을 준 사람은 처음이었고, 우리는 너무나 돈이 필요했어요. 윌 삼촌은 지하에 있는 작은 작업실에서 일을 시작했어요. 하루 온종일 일하셨는데 밤까지 하실 때도 많았어요. 그러면서 작업실을 꽁꽁 걸어 잠그고 날 절대 들이지 않았어요.

무슨 일 하시냐고 물으면 대답을 피하면서 걱정하지 말라고, 다 알아서 하겠다고 하셨고! 이런 말 하면 우스울지 모르지만 그분은 큰 비밀이 생긴 아이 같았거든요. 삼촌에게 상처를 주고 싶지는 않았으니까 나도 그냥 내버려 두었어요. 아직 제판 솜씨는 녹슬지 않았으니까, 그냥 뭔가 그린리프를 위한 작은 일을 하나 보다 생각했어요. 정말로 진심으로."

"그런 사이에 당신은 그린리프를 한 번도 안 만났고?"

"응. 몇 번 윌 삼촌에게 그린리프가 전화를 걸어 온 적은 있는데, 삼촌이 지하에 있는 동안 내가 받은 적은 있어요."

이제 탤리는 기운을 완전히 되찾고 천천히, 때때로 주저하며, 이야기를 해 나갔고 나는 커피를 더 따라 주었다. 그녀는 베개에 등을 꼿꼿이 기댄 자세로 잔을 꽉 쥐고 조금씩 마셔 가며 계속 이야기했다. "어느 날 밤 그린리프가 전화를 했어요. 전화 받는 삼촌의 말을 옆에서 듣게 됐는데, 삼촌은 일이 끝났다면서 이제 제대로 된 새 직장을 얻을 기대에 차 있었어요. 그린리프는 며칠 시간이 걸린다고 하는 것 같았어요. 그러면서 삼촌에게 시내로 오라고 하는 것 같았는데, 의의로 삼촌은 아주 어린애처럼 완고해져서…… 직접 워싱턴에 가지고 가겠노라고 소리를 치셨어요. 그러다가 말다툼이 시작됐고, 그분의 눈물을 보고 얼마나 놀랐는지……. 펑펑 우시는데, 몸이 얼마나 떨리는지 서 있지도 못하시잖아요. 삼촌은 전화기 옆 의자에 주저앉았어요. 끊기 직전에 이런 말 하셨던 게 기억나요. '아무도 그건 못 가져가. 내가 일자리를 얻기 전에는!'

그러더니 비틀비틀 부엌으로 걸어가서 식탁에 앉으셨어요. 팔로 머리를 감싸고 앉은 채로 반쯤 울면서 뭐라고 중얼거리시는데, 난 심장마비나 발작 같은 게 올까 봐 정말 무서웠어요. 조금 진정시켜 드렸더니, 그동안 무슨 일이 있었는지를 말씀해 주셨어요."

월 쇼는 어느 날 워싱턴 스퀘어에서 그린리프를 만났다. 우연한 만남이긴 했지만 그 후 두 사람은 계속 만나면서 친분을 쌓아 나갔다. 삼촌은 새 친구에게 자신이 책임 제판공이었노라고 얘기해 주었다. 그러자 그린리프 또한 자신이 워싱턴의 조폐국 총책임자와 개인적 친구임을 털어놓았다. 그린리프는 친구를 통해 일자리를 알아봐 주겠노라고 약속했다. 월 쇼는 침침해지는 기억력 속에서, 조폐국이 늘 숙련된 제판공을 찾는다는 것을 기억해 냈고…… 젊은 시절에 그곳 일자리를 거절한 적이 있음도 생각해 냈다. 그 즉시 그에겐 새로운 희망이 싹텄다.

그러나 몇 주 후, 그린리프는 월 쇼의 나이가 너무 많아서 곤란하다는 워싱턴의 말을 전해 주었다. 걱정하는 마음으로, 은밀하게, 워싱턴에 있는 친구가 월 쇼의 업무 능력을 믿지 않더라는 말도 전해 주었다. 월 쇼의 사기는 깊은 나락으로 떨어져 내렸다. 그런데 그린리프가 해결책을 제시했다—곰곰이 따져 보거나 고려할 처지가 아니었던 노인은 덜컥 수락하고 말았다. 지폐의 위조 동판을 만들자는 계획이었다. 극히 숙련된 솜씨로 원본과 거의 구분할 수 없게 만드는 것이다. 그러면 그린리프가 워싱턴으로 가져가서 자기 친구에게 보여 준다. 조폐국에서 원본과 구분하지 못하면 월 쇼의 능력이 눈앞에서 생생히 입증되는 셈이고 그러면 일자리를 얻게 된다, 그런 시나리오였다. 그린리프는 윌 쇼와 대화하면서 의도적으로 '위조'라는 단어를 한 번도 입에 올리지 않았고, 윌 쇼는 정부 화폐와 관련된 규제 정책을 희망적으로 머릿속에서 제거했다……. 그린리프에게 설득당할 여지를 그렇게 스스로 만들고 말았다. 조폐국 총책임자와 그린리프의 친분을 생각할 때 그런 규제 정책과 제도에서 면책될 수 있다고 막연하게 믿었던 것이다.

월 쇼를 기꺼이 돕는 차원에서 그린리프는 제판 작업이 진행되는 동안 후한 액수의 돈을 빌려주어 생계를 해결해 주기로 했다. 그리고 지나치게 서두르지 말라는 친절한 충고도 잊지 않았다―동판이 완벽해야만 계획이 성사된다는 점을 상기시켰다. 일자리를 얻기 위해 윌 쇼는 시간을 충분히 들여야 했다. 워싱턴에서 높은 급여를 받는 자리를 차지하게 되면 그린리프에게 꾼 돈은 충분히 갚을 수 있었다.

"그런 수법에 걸려들다니, 어르신이 완전히 빠졌던 모양이군." 내가 말했다. "이건 너무나 명백한 사기 함정이잖아. 윌 쇼가 그린리프를 만나다, 그것도 우연으로. 마치 닭이 닭 잡는 매를 만난 것처럼."

"윌 삼촌은 오직 한 가지 생각에 사로잡혀 있었어요. 직업을 얻는다는 거." 그녀는 삼촌을 옹호했다. "삼촌은……, 이미 그때…… 사고력에 문제가 있었다는 걸 감안해야 해요."

"그래." 나는 동의했다. "나이가 많이 들고 아프기도 하셨지. 그런 다음엔 어떻게 됐는데?"

"무슨 일인지 다 알게 되고 난 후에 윌 삼촌에게 열쇠를 달라고 해서 지하 작업실에 내려가 봤어요. 안에는 제판 작업대가 있었고, 5, 10, 20달러 지폐의 완성된 동판이 있었어요. 정부는 당연히 위조지폐용 동판으로 취급할 테고, 그린리프가 자기 혼자 쓰려 한다는 것도 확실했어요. 빨리 집 안에서 없애야 한다는 생각이 들었어요. 아직 초저녁이어서 자물쇠 달린 작은 가죽 가방에 넣고 도레무스 씨 약국으로 가져갔어요. 거긴 직원들한테 코트와 유니폼을 넣어 두는 탈의실 라커를 하나씩 주거든요. 그 안에 가방을 넣고 잠갔죠. 그러고도 너무 걱정이 돼서 음료수 판매대에 앉아 콜라를 마셨어요.

어떻게 할지 결정해야 했어요. 필라델피아에도 조폐국이 있었는데, 엄청나게 큰 벽돌 건물로 평소에도 자주 보던 곳이었어요. 아침이 되면 동판을 거기 가져가서 조폐국 직원한테 줘 버리자고 마음을 먹었죠. 그런데 문득, 정부가 윌 삼촌을 위험인물이라 여기고는 시설에 감금할지도 모르겠다는 생각이 들었어요. 조폐국에 익명 우편으로 보내자는 생각도 해 보았지만 FBI가 우편물을 얼마나 잘 추적하는지 어디서 읽은 적이 있어서 그것도 못 하겠더라고요. 혼자 1시간 넘게 도레무스 약국에 앉아 있는데 생각을 하면 할수록 혼란스러운 거예요. 결국엔 다음 날 델라웨어 다리로 가져가서 물에 던져 넣자고 마음먹었어요.

집에 왔는데 집이 굉장히 조용하더라고요. 윌 삼촌이 계시지 않았어요. 아까까지 삼촌이 계시던 부엌으로 가 보고, 위층 삼촌 방도 찾아봤어요. 다시 부엌으로 왔는데 지하로 통하는 문이 조금 열려 있는 거예요. 불도 켜져 있었어요. 그 순간 난 윌 삼촌이 작업실에 내려갔나 보다 생각했죠. 문을 열고 부르는데…… 삼촌이 눈에 띄었어요. 계단 아래 콘크리트 바닥에 쓰러져 계셨어요."

"돌아가셨나?" 묻기는 했지만 목소리에 의문은 묻어 있지 않았다.

"네." 그녀는 말을 멈추더니 조용히 이어 나갔다. "그날 밤은 잘 기억이 나지 않아요. 의사를 불렀더니 의사가 경찰에 알렸어요. 경찰에겐 그저 통상적인 사고사로 보였죠."

"그런데 사고가 아니었어?"

"처음엔 나도 사고라고 생각했어요. 삼촌이 엄청나게 흥분하신 상태였으니까요. 그런 상태라면 계단에서 떨어지거나 굴렀을 수 있다고……. 아니면 심장마비가 왔을 수도 있고. 그렇게 목이 부러졌다고."

"경찰한테 동판에 대해서 얘기 안 했어? 그린리프에 관련된 사항이나……."

"안 했어요. 삼촌 동판은 치웠으니 그 이야기는 안 하는 편이 낫겠다는 생각이 들었어요. 경찰은 아주 친절했고 나한테 거의 말도 시키지 않았어요. 의사가 진정제를 주었고, 이웃집 여자애 한 명이 밤새 나랑 있어 주었어요. 다음 날 경찰이 다시 찾아올 때까지 생각할 시간이 생겼죠. 결국 동판이나 그린리프에 대해서는 절대 말하지 말자고 마음먹었어요. 난 그냥 윌 삼촌이 나이가 드셔서 몸이 안 좋았다고만 얘기했어요."

"그런데 사고가 아니라고 생각하게 된 이유는?"

"경찰이 두 번째로 왔다 간 후에 집 안을 둘러보았거든요. 누군가 들어와서 뒤진 게 확실했어요. 물건이 나동그라져 있고 서랍이 다 뒤집어진 그런 난장판이었다는 뜻은 아니에요. 그랬다면 경찰이 알았겠죠. 하지만 한집에 오래 살다 보면 어떤 물건은 어디에 둔다는 식의 습관이 들기 마련이잖아요. 빗자루는 옷장 오른쪽 구석에 놓고, 서랍상에 빨래를 어떻게 정리해 넣고……. 그런 작은 것들이 바뀌어 있었어요. 사라진 것은 없었지만 누군가가 다 뒤져 본 느낌이었어요. 만일 그런 일이 있었다면 월 삼촌이 돌아가신 그날 밤밖에는 없는 거잖아요. 그 이후는 내가 계속 집에 있었으니까."

"집 안 수색은 경찰이 한 게 아니었을까?"

"아니. 경찰은 그런 식으로 뒤져 보지는 않았어요." 그녀는 대답했다. "방마다 둘러보긴 했지만 뒤진 건 아니에요."

"그렇군. 그다음에는?"

"너무 무서웠어요. 동판이 어떤 의미가 있는 물건인지도 그걸 어떻게 처리해야 하는지도 몰랐거든요. 약국에서 일하는 여자애가 삼촌 장례식까지 같이 있어 주기로 했는데 그게 이틀 후였어요. 장례식을 치른 날 밤에도 그 친구가 있어 주었고. 그러고는 자기 집으로 돌아갔어요. 그 이튿날, 전화벨이 울렸어요―그린리프였어요."

"지금 다시 들으면 그린리프의 목소리를 알아들을 수 있겠어?" 내가 물었다.

그녀는 잠시 생각에 잠겼다. "아뇨. 자신은 없어요. 그런데 뭔가 부자연스러운 어투였던 것 같아요."

"부자연스럽다? 어떤 특징 같은 게 있었어?"

그녀는 내 질문을 한동안 생각했다. "딱히 그렇다는 건 아니고……. 아마 동부 사람이 아닐까 싶어요."

"필라델피아 사람 같은……, 뉴욕이나 보스턴?"

"그런 거보단 더 범위가 넓어요." 그녀는 잘 모르겠다는 듯 어깨를 으쓱해 보였다. "그냥…… 달랐어요. 어쨌든, 전화로 그 사람이 동판을 내놓으라고, 윌 삼촌이 만든 걸 달라고 했어요. 무슨 말인지 모르겠다고 대답했더니 웃더라고요. 거기에 난 화가 나서, 혹시 나중에라도 찾게 되면 정부 기관에 가져가서 윌 삼촌이 꼬임에 넘어간 과정을 다 말해 버리겠다고 했죠. 그 사람은 또 한 번 웃더니 내가 서명해서 현금으로 바꾼 수표들을 생각해 보라고 하더라고요. 그 말이 끝나고 잠시 조용하길래 전화가 끊긴 줄 알았어요. 그런데 갑자기 그 사람이 그러는 거예요. 아주 차갑고 위협적인 목소리로 '물건값은 치르겠어. 하지만 말을 안 들으면, 너희 집안에 또 한 번 사고가 나기를 바라고 있다고 생각하지'라고 했어요."

"그게 전부였어?"

"네……. 다만 끊기 전에 그 사람이 뭔가 이상한 말을 한마디 했어요. '루운 후 오오 투loon who ought to. 마땅히 ~해야 할 머저리'로 들렸어요."

"루운 후 오오 투?" 나는 반복해 보았다. "그런 말을 한 게 확실해?"

"네." 그녀는 확신하듯 말했다. "빠르게 한 말이고 정확하지는 않은데 그렇게 들렸어요. 그 사람은 '루운 후 오오 투'라고 하고는 전화를 끊었어요."

나는 자신 없이 말했다. "내 생각에 그 사람이 수화기에서 고개를 돌리면서 얘기하는 바람에 말의 일부분만 들린 것 같은데. 자기 제안을 마땅히 덥석 받아들이는 게 나은 머저리에 대해서. 아니면 뭐 그런 비슷한……." 내 귀에도 별로 신빙성 없게 들렸다. 그 사람이 그런 말을 했을 법하지도 않았다. "어쨌든," 나는 덧붙였다. "지금 그게 중요한 건 아니지. 그다음엔 어떻게 됐어?"

"정말 무서웠어요." 그녀가 말했다. "윌 삼촌의 죽음, 누군가 뒤진 집, 경찰에게 내가 한 거짓말, 그린리프가 사고 운운한 협박…… 어딘가로 도망치고 싶었고, 그래서 모자 상자에 짐을 꾸리고, 가능한 한 재빨리 집에서 뛰쳐나왔어요. 그리고 도레무스 약국에 들러 동판이 든 가방을 챙기고, 가장 빠른 뉴욕행 기차를 탄 거예요."

"그 이후는 내가 알지." 내가 말했다. "넌 키가 훤칠하고 부유한데다 재능까지 있는 남자를 만나서 결혼했지. 모든 피 끓는 여자들의 꿈을 이뤘다고나 할까!"

그녀의 긴장된 얼굴을 미소가 따스하게 데웠다. "그래, 맞아요!" 그녀도 동의했다. 앞으로 몸을 기울이고 그녀는 내 입술에 키스했다. 커피 잔이 우리 사이에서 달그락거렸다.

"덧붙이자면," 나는 가볍게 말했다. "당신은 뉴욕에서 동판을 없앴고."

"아니에요." 그녀는 대답했다. "옷장 안에 있는 새로 산 가방에 있어요."

"맙소사!" 나는 침대에서 벌떡 일어나 옷장 문을 와락 열고 작고

무거운 가방을 꺼냈다. 열어 보자 뛰어난 솜씨로 에칭된 쇳덩어리,
위조화폐 동판 한 벌이 나타났다. 그 아름다운 모조품을 바라보고
있으니 공포로 이마에 식은땀이 솟았다.

XI

덴먼은 반대 신문을 위해 검시실 부실장 에글스턴 박사를 불러낸 참이었다. 변호인은 마음속의 걱정을 잘 숨겼다. 시신이 있었고 그 시신의 주인공이 아이샴 레딕임을 검사가 잘 입증해 보였다는 게 덴먼의 생각이었다. 검사의 주장에 아직 잘 들어맞지 않는 아귀 몇 군데가 있기는 했지만 결국엔 캐넌 검사가 잘 맞춰 내리라는 데 의심이 가지 않았다. 하지만 이제는 검사가 가려는 길이 보였으므로 변호인으로서 배심원들이 받은 인상을 지우는 작업이 필요했다.

"에글스턴 박사님." 덴먼은 조용히 시작했다. "증인께선 자귀, 캔버스 천, 시험관 두 개의 내용물에서 인간의 혈액이 검출되었다고 증언하셨습니다. 맞습니까?"

"맞습니다."

"검사께서는 본인이 의학적 증언을 할 수 있는 전문가임을 보여주셨고 저희는 그것에 의문을 제기할 생각은 전혀 없습니다."

"감사합니다." 에글스턴은 건조하게 답변했다.

"발견한 혈액에 대해, 증인은 혈액형이 O형이라고 말씀하셨습니다. 맞습니까?"

"맞습니다. O형입니다."

"의학 전문가로서, 혈액형이 몇 종류나 알려져 있는지 말씀해 주실 수 있습니까?"

"네 가지가 있습니다."

"넷뿐입니까?" 덴먼의 목소리는 짐짓 놀라움을 담고 있었다. "그러니까 박사님, 수백만 명 중에서, 아니 이 지구상의 수십억 명 가운데 혈액형이 넷밖에 없다는 것입니까?"

"그렇습니다." 에글스턴은 뻣뻣하게 대답했다. "맞습니다."

"그러니까 모든 사람이 혈액형 네 개 중 하나겠군요? 증인도 한번 생각해 보세요!" 덴먼은 잠시 침묵 속에 그 점을 생각했다. "자 그럼, 박사님, 그 네 개가 무엇인지 말씀해 주실 수 있습니까?"

에글스턴은 명확하고 똑똑히 들리도록 반복했다. "인간의 혈액엔 네 가지 분류가 있습니다. O형, A형, B형, AB형입니다."

"가장 드문 것은 어떤 형입니까?"

"AB형입니다."

"가장 흔한 것은?"

"O형입니다."

"아주 재미있습니다. O형, 가장 흔한 형이라……. 말 그대로 O형인 사람은 수억 명이 있는 셈이네요. 맞습니까?"

에글스턴은 헛기침을 했다. "예."

덴먼은 돌아서서 가볍게 배심원을 본 다음에 다시 증인을 향했다. "산술적으로 계산한다면 배심원석에 있는 열두 명의 남녀 중에도 분명히 O형이 있겠군요?"

"이의 있습니다!" 캐넌이 말했다. "질문이 결론을 유도하고 있습니다."

덴먼은 짐짓 천천히 말했다. "재판장님, 배심원들이 핏줄에 피가 흐른다는 말이 별다른 결론을 유도한다고 생각하지 않습니다."

캐넌은 얼굴을 붉혔다. 하지만 판사는 캐넌에게 유리하도록 판시했다. "질문을 바꿔 주십시오"라고 덴먼에게 지시했다.

변호인은 어깨를 으쓱하고는 증인석으로 돌아왔다. "에글스턴 박사님." 그가 말했다. "다양한 곳에서 발견한 혈액이 O형이라고 분명히 말씀하셨습니다. 의학자로서 그것이 아이샴 레딕의 혈액이라고 명백히 판단할 수 있습니까?"

"없습니다." 증인은 캐넌 쪽을 바라보며 대답했다.

"그렇다면 증인이 한 모든 것은 일반론의 범주에 들어가는군요." 덴먼은 그렇게 평가절하했다.

"저는 혈액이 아이샴 레딕의 혈액형과 같다고 말씀드렸습니다."

"하지만 아이샴 레딕의 혈액이라는 점을 증명할 수는 없지요?"

"그렇습니다."

덴먼은 경멸하듯 증인으로부터 돌아서서 배심원을 향했다. 하지만 말은 여전히 에글스턴을 향하고 있었다. "다른 말로 하자면, 아무것도 증명하지 못한 셈이군요."

"그렇지 않습니다!" 에글스턴은 딱딱하게 대답했다.

덴먼은 차갑게 돌아보았다. "그러면 증인은 무엇을 증명하셨죠?"

"혈액이 아이샴 레딕의 것임이 불가능하지 않다는 점입니다." 에글스턴은 덴먼을 똑바로 바라보았다.

그 즉시 덴먼은 공격 방향을 바꾸었다. "증인이 분석한 신비의 재에 대해 더 명확히 말씀해 주셨으면 합니다. 검사에게 말씀하신 증언과 관련해서 잠시 기억을 상기시켜 드릴까 합니다." 덴먼은 종이를 읽으며 인용했다.

답 : 단백질에서 유래된 물질이 검출되었습니다.

문 : 그 말은 곧 인간의 살이…… 아니, 과거 인간의 살이었던 것이 있
    었을 가능성을 의미합니까?

답 : 맞습니다.

덴먼은 잠시 멈추고 에글스턴을 보았다. "이 대목 말씀하신 것을 기억하십니까?"

"기억합니다." 에글스턴은 답했다.

"증인께서 '단백질에서 유래되었다'고 하신 말의 의미를 이 법정에 말씀해 주시겠습니까?"

"고단백 물질…… 그러니까 현저한 양의 단백질이 검출되었다는 뜻입니다."

"단백질은 무엇입니까?"

"생화학적으로 단백질이란 아미노산이 복잡하게 결합된 자연물질을 의미합니다. 그러니까 탄소, 수소, 질소, 산소, 그리고 대부분 황을 포함하고 있으면서 모든 세포의 근본을 형성하는 것입니다."

덴먼은 다음 질문을 주의 깊게 숙고했다. 마침내 그가 물었다. "단백질은 동물성 물질과 마찬가지로 식물에서도 발견되지 않습니까?"

"그렇습니다." 에글스턴이 답했다.

"아하." 덴먼은 미소 지었다. "그렇다면 고단백 물질을 포함하고 있는 재는 식물성 물질에서 온 것일 수 있겠군요?"

"아닙니다." 에글스턴이 답했다. "화학적으로 두 가지는……."

"제 질문에만 답해 주세요!" 덴먼은 증인의 말을 가로막고는 부담을 느끼도록 잠시 말을 멈췄다. 지극히 위험한 전략이었다. 안전한 곳으로 되돌아가자고 마음먹은 그는 이렇게 말했다. "조금 전에 증인께서는 단백질이 무엇을 의미하는지 말씀하셨습니다. 맞죠?"

"그렇습니다. 생화학적 정의를 말씀드렸습니다."

덴먼은 책망하듯 고개를 흔들었다. "저는 증인에게……." 그는 판사를 향했다. "조금 전에 제가 한 질문과 증인의 답변을 서기가 다시 읽도록 해 주시겠습니까?" 판사가 지시하자 서기가 큰 소리로 읽었다.

문 : 동물성 물질뿐 아니라 식물에서도 단백질이 나오지 않습니까?

답 : 그렇습니다.

"자, 이제" 덴먼은 에글스턴에게 말하며 변론을 재개했다. "서기가 읽은 것을 들으셨죠. 제가 질문을 바꿔서 다시 묻겠습니다. 단백질이 식물성 물질에서도 나오죠? 맞습니까?"

"맞습니다." 에글스턴은 대답했다. 그렇게 급작스럽게 수세에 몰린 것이 스스로도 놀라웠다.

"좋습니다." 덴먼은 사기 행위를 방금 밝혀낸 사람처럼 행동했다. "식물성 단백질 얘기는 잠시 미뤄 둡시다." 그는 증거물이 놓인 곳으로 걸어가 기름종이 꾸러미를 들고 펼치지 않은 채 높이 들었다. "에글스턴 박사님." 그는 말했다. "이것을 다시 펼쳐 보임으로써 오늘 이 자리에 참석한 분들의 감성을 해치진 않겠습니다. 이미 확인하신 물건이니 제가 말씀드리지 않아도 알겠지요. 이것이 무엇입니까?"

"경골이라고 부르는 뼈입니다."

"인간의 뼈입니까?"

"그렇습니다. 인간의 뼈입니다."

"확실합니까?"

"그렇습니다."

"영장류의 뼈일 수는 없습니까?"

"그럴 수 있지요!" 이글스턴은 차갑게 되받았다. "인간은 영장류니까요."

캐넌의 작은 웃음소리가 뒤쪽에서 들려왔지만 덴먼은 당황한 티를 내지 않았다. "물론입니다, 박사님." 그는 온화하게 미소 지었다. "고등학교 때 누구나 생물을 배우죠. 증인이 예단해서 답변한 제 질문은 무엇이었냐면, 다시 말씀드리자면," 그는 판사를 향했다. "재판장님께서는 증인에게 제 질문을 섣불리 추측해서 답하지 말도록 주의시켜 주시겠습니까?"

"재판장님." 캐넌이 일어서며 말했다. "변호인의 질문에 대해 증인이 분명히 이치에 맞는 답변을 했다고 봅니다. 저는 덴먼 씨가 증인에 대한 우월적 지위를 남용하고 있다고 생각합니다." 앉는 그는 덴먼의 눈을 마주 보고는 기쁘게 시선을 뗴었다. 그러나 판사는 묻는 질문에만 한정해서 답변하라고 증인에게 주의를 주었다.

"좋습니다." 덴먼은 위엄을 잃지 않고 증인에게 되돌아갔다. "제 질문을 다시 처음부터 하겠습니다. 영장류의 뼈일 수는 없습니까? 인간을 제외한 유인원, 원숭이, 여우원숭이 같은? 당연하지만 라틴 아메리카의 마모셋 원숭이까지 포괄해서 드리는 질문은 아닙니다. 크기가 작으니까요."

"유인원이나 원숭이나 여우원숭이일 수는 없습니다." 에글스턴은 딱딱하게 대답했다.

"의문의 여지없이 인간입니까?"

"그렇습니다. 인간의 뼈입니다."

"그렇다면 박사님, 그 소위 다리뼈라는 것이, 정강이뼈가 정상적인 성인 남성의 것이라고 말씀하셨습니다. 어느 쪽 다리입니까?"

"왼쪽입니다."

"증인은 그 남자가 178센티미터보다 크고 183센티미터보다 작다고 한정해서 말씀하셨습니다. 맞습니까?"

"정확합니다."

"뼈를 검사했을 때 상태는 어땠습니까?"

"심하게 불타고 그을려 있었습니다."

"검사하실 때 말씀하신 경골의 전체가 있었습니까?"

"질문을 정확히 이해하지 못하겠습니다."

"이렇게 말씀드리죠. 뼈 전체가 온전하게, 불타고 그을리긴 했지만 길이나 크기에서 전체가 다 있었느냐는 말씀입니다."

"아닙니다."

"그렇다면 일부가 불에 소실된 것이로군요. 원래의 크기보다 짧아진 것이고 말이죠."

"네." 에글스턴은 동의했다. "양쪽 끝이 파손되었습니다."

"하지만 이 손상되고 불완전한 뼛조각을 보고 증인은 문제의 남성이 178센티미터보다 크다고 주장하셨습니까?"

"그렇습니다."

"어떠한 상황에서도 이 사람이 177.5센티미터가 아니라고 선서할 수 있습니까?"

에글스턴은 의자에서 불편하게 몸을 비틀었다. 5밀리미터 정도의 오차를 윤리적으로 확신할 사람은 없을 것이다. "그럴 가능성이 완전히 없다고는 말할 수 없겠죠." 그는 대답했다.

"증인의 추측을 묻는 것이 아닙니다." 덴먼은 우월한 위치를 이용해 압박했다. "이것을 묻는 것입니다. 그 남자가 177.5센티미터일 어떠한 의학적 가능성도 없냐고 묻는 것입니다."

"그러할 개연성은 적습니다."

"개연성을 말하는 것이 아닙니다." 덴먼은 재빨리 용어를 고쳤다. "가능성을 말하는 것입니다!"

"글쎄요." 에글스턴은 마지못해 동의했다. "그러할 가능성이 있긴 합니다만……."

"감사합니다!" 덴먼은 또 침착하게 키의 상한선에 대한 공격을 시작했고, 어느 정도의 공략 후 마침내 검시관으로부터 183센티미터보다 약간 클 수도 있다는 인정을 이끌어 냈다.

에글스턴 옆에 신 덴먼은 증인에게 내려가라고 말했다. 하지만 실제로는 배심원들 들으라고 하는 말이었다. "감사합니다, 에글스턴 박사님. 실제로 이 이례적인 뼛조각은, 증인께서 유인원, 원숭이, 여우원숭이에서 나온 것이 아니라고 확인해 주신 이 뼈는 불에 크게 훼손된 상태였고 물리적으로 불완전한 상태였으며, 증인께서는 사람으로부터 나온 것이라고 주장하셨습니다. 178센티미터보다 크고 183센티미터보다는 작은 남성의 왼쪽 다리에서 나왔다고 하셨습니다. 이 동일한 미지의 인물은 지난 몇 분간에 키가 줄기도 했고 또 동시에 늘어나기도 했습니다. 우리에게 시간이 더 있었다면, 난쟁이와 서커스장의 거인 양쪽에 모두 합의했을 거라고 저는 확신합니다."

지쳐 보이는 에글스턴은 증언대에서 내려가게 되어 다행으로 생각하고 있음이 한눈에 보기에도 뚜렷했다. 마지막 순간 덴먼은 그를 다시 한 번 증인석에 앉혔다. 지쳐 있는 증인에게 변호사들이 효과적으로 써먹는 수법 가운데 하나였다. 순식간에 덴먼은 에글스턴으로부터, 보일러에서 발견된 총알에는 피의 흔적이 없다는 인정을 얻어 냈다. 총탄이 녹아내릴 정도의 높은 열 속에서, 원래 묻어 있었을지 모르는 살점이나 피 또한 소실되었을지 모른다는 점을 증언하지 못하도록 기술적으로 막았음도 물론이다. 캐넌 검사는 부하 직원에게 에글스턴 박사를 나중에 다시 출석시켜 그 점을 알리게 하라고 간결하게 지시했다.

에글스턴에 이어 링컨 민스가 반대 신문을 받기 위해 올라왔다. 머릿속으로 시간을 계산해 보니 그날 폐정할 때까지 두세 명 정도의 증인을 더 불러올릴 수 있을 듯했다. 그날 밤 배심원들이 숙소에 갇히고 나면 그의 반대 신문이 마지막 신문으로 기억될 것이다. 덴먼은 바지 봉합선에 손바닥을 누르면서 질문을 시작했다. 경찰청 면허국 직원이라는 민스의 신원을 확인한 후 그는 물었다. "제가 면허를 신청하면서 키가 183센티미터라고 말하면 증인은 제 키를 손수 재보시겠습니까?"

"아닙니다." 민스가 대답했다.

"왜 아닙니까?"

"글쎄요……. 키 재는 도구를 갖추고 있지는 않습니다. 있을 필요가 없습니다. 키를 거짓말할 이유는 없으니까요."

"그것 말고 다른 이유가 있지 않을까요?"

"변호사님은 183으로 보입니다. 그 말을 믿었을 겁니다."

"하지만 만일 제가 157이라고 한다면 안 믿으셨겠죠?" 덴먼이 물었다.

"맞습니다. 그건 명백히 틀렸으니까요."

"자, 그러면 제가 82킬로그램이라고 말했다 칩시다. 증인은 믿었을까요?"

민스는 그를 뜯어보았다. "변호사님은 체구가 크시기 때문에 90킬로그램 정도 나간다고 말했을 겁니다."

"그렇다면 지금까지 증인은 제 키가 183이고 몸무게는 90이라고 생각합니다. 맞습니까, 민스 씨?"

"그렇습니다."

"183센티미터에 90킬로그램." 덴먼은 숫자를 부드럽게 반복하며 지갑에서 운전면허증을 꺼냈다. 그리고 손에 들고 읽었다. "186.5센티미터, 몸무게 78킬로그램." 그는 증인을 다시 마주 보았다. "3.5센티미터, 12킬로그램 차이가 났군요. 꽤 큰 간극입니다."

판사가 변호사에게 물었다. "면허증이 발급된 지 얼마나 됐습니까? 덴먼 씨?"

"1년 조금 넘었습니다." 덴먼은 대답했다. "그리고 그 사이에 몸무게 변화가 크게 없었다는 점도 말씀드립니다."

"고맙습니다." 판사가 대답했다. "계속하십시오."

덴먼이 이어 나갔다. "민스 씨, 증인의 몸무게는 얼마입니까?"

"72킬로그램 정도 됩니다."

"72킬로그램 정도…… 라구요? 마지막으로 몸무게를 재 본 게 언제입니까? 정확한 저울에서, 가령 병원에 가서?"

민스는 되짚어 보았다. "2, 3년쯤 전에 보험 관계로 검진받을 때였습니다."

"증인의 키는?"

"171센티미터입니다."

"신발을 신고입니까, 벗고입니까?"

"벗었을 때의 키입니다."

"그건 언제였죠?"

"동일한 보험 검진 때였습니다."

"제가 보험 검진을 받을 때엔," 덴먼이 말했다. "키를 측정하면서, 의사가 저보고는 신발을 벗으라고 하지 않았습니다. 그냥 1센티미터를 측정치에서 제했습니다."

"글쎄요." 민스가 불안하게 대답했다. "저 역시 그랬던 것 같기도 합니다만."

"괘념치 마십시오." 덴먼의 목소리는 친절했다. "증인을 덫에 걸리게 하려는 게 아닙니다. 단지 인간의 기억에는 오류가 있을 수 있다는 점을 말씀드리는 것입니다. 대부분의 사람들에겐 몸무게 재는 일이 드물 뿐 아니라, 저울이 부정확할 수도 있고, 혹은 정확한 체중을 알고 있다 하더라도 시간이 지나 그 숫자가 달라질 수 있습니다. 이순간에도 증인께서는 자신의 키가 170인지, 171인지, 173인지 알지못하고 계십니다. 몸무게 또한 68이거나 70, 72, 75킬로그램일 수 있습니다." 덴먼은 말을 멈추고는 공손하게 물었다. "맞습니까?"

"네. 그렇다고 생각합니다."

"면허 신청자들 중 많은 이가 마찬가지로 잘못 알고 있거나, 오래된 수치 혹은 잘못된 정보를 가지고 있을 수 있지 않을까요? 그들이 옳다고 생각하는 숫자를 써 넣지만 실제로는 꽤나 부정확할 수 있지 않겠습니까?"

"글쎄요, 그렇지 않습니다."

"명백한 오류를 말하는 것이 아닙니다. 민스 씨. 적게는 1~2킬로 그램에서 5킬로그램 정도, 3~4센티미터 정도……. 증인이 다루는 수천 건의 서류들이 100퍼센트 확실하다고 보증할 수 있습니까?" 덴먼의 목소리에서 순간적으로 친절함이 사라졌다.

"그렇지는 않습니다." 민스는 천천히 답변했다. "누군가 때로 실수를 할 수 있고……."

"바로 그렇습니다!" 덴먼은 자신의 메모를 살펴보았다. "지난번 증인께선 아이샴 레딕에 관련된 서류를 읽으셨습니다. 성별 남성, 나이 36, 눈 청색, 머리 짙은 밤색, 몸무게 80킬로그램, 키 180센티미터." 덴먼은 종이에서 눈을 들고 증인을 뚫어지게 쳐다보았다. "그러니까 증인, 몇 분 전 증인께선 제 체격을 짐작해 보았고, 증인의 짐작에 따르자면……."

캐넌이 일어섰다. "이의 있습니다! 이의 있습니다!"

"아이샴 레딕이 185센티미터 정도 되고 몸무게도 90킬로그램이 나갈 가능성이 있지 않나요?" 덴먼은 질문을 끝까지 마쳤다.

"재판장님," 캐넌이 이의를 제기했다. "조금 전 발언을 기록에서 삭제하고 배심원들도 참고하지 않도록 말씀해 주시기를 주장합니다!"

"어떤 근거로 말씀하시는 겁니까, 검사님?" 덴먼이 웃으며 물었다.

"그것은 의견일 뿐인데다, 순전히 가정에 입각한……."

"인정합니다." 판사도 동의했다. 그리고 배심원석을 돌아보았다.

"덴먼 씨의 마지막 말은 증거로서 받아들이지 마시고, 평결을 내리는 데에도 참고하지 마시기 바랍니다."

하지만 덴먼은 여전히 미소 짓고 있었다. 연막을 피우는 데에 이미 성공했기 때문이다. 그 중요성은 이루 말로 다할 수 없었다.

치과의사인 스탠리 보스는 마지못해 증인석으로 되돌아왔다. 덴먼은 변호인석 옆에 서서, 의사가 자리에 앉는 동안 날을 갈았다. 그리고 공격을 퍼붓기 시작했다.

XII

인쇄 동판의 존재는 근심거리였다! 엄청나게! 가능한 한 빨리 없애야 함은 명백했다. 그렇다고 낯선 호텔 방에서 벨보이를 불러 해머를 갖다 달라고 해서는 엄청난 소리를 내며 두드려 대는 것은—그렇게 해서 부서질지도 의문이지만—제대로 된 해결법이라고 할 수 없었다. 비록 아직 인쇄는 하지 않았다 하더라도 단순히 동판을 소유하고 있다는 사실 자체로도 국가의 기관에서 문제 삼을 수 있었다.

하지만 그보다 더 위험한 존재는 신원도 모르고 얼굴도 모르는 그린리프였다. 그는 상당한 시간과 비용을 들여 월 쇼가 동판을 만들도록 꼬드겼다. 만일 탤리의 말이 옳다면, 그는 노인이 죽던 날 동판을 찾으려 집 안을 뒤졌다. 이제는 탤리를 노출시키지 않고 동판을 정부에 되돌려 주는 게 불가능했다. 그린리프가 꾸어 준 돈을 그녀의 서명으로 현금화했기 때문이다. 그러니 그다음 문제가 발생한다…….

그린리프가 노인의 죽음에 책임이 있다고 가정해 보자. 월 쇼가 동판을 주지 못하자 그를 계단 밑으로 밀쳤을 것인가? 아니면 우선 쇼를 내리치고, 그 후 의식을 잃은 노인을 머리를 아래쪽으로 하여

지하실로 던져 버렸을 것인가?

한 가지는 확실했다. 즉시 동판을 없애야만 했다. 그렇다고 동판을 들고 숨길 곳을 찾아 필라델피아 거리를 헤맬 생각은 전혀 없었다. 내가 옷을 입는 동안 탤리는 조용히 침대에 머물렀다. 걱정 가득한 표정이었다.

"여보, 있잖아." 나는 재빨리 그녀에게 키스하고 말했다. "잠시 나갔다 올게……. 돌아올 때까지 여기 가만히 있어." 그녀는 끄덕였다. 나는 동판을 다시 옷장에 넣고 서둘러 방을 나섰다.

밖으로 나온 나는 시청 쪽으로 움직이며 동판을 숨길 장소를 찾았다. 상당히 긴 시간 동안, 가능하면 우리의 공연 일정이 끝나고 뉴욕으로 돌아갈 때까지, 발견되지 말아야 했다. 거리에 가득한 사람들이 전부 나를 미심쩍게 쳐다보는 듯했다. 나는 벤자민 프랭클린 파크웨이를 따라 아트 뮤지엄 쪽으로 걷다가, 도로에 둘러싸여 고립된 섬으로 남아 있는 조지 워싱턴 동상에 접근해 보았다. 그런데 아트 뮤지엄 내부에 있는 동상이야말로 내가 찾던 곳이었다. 창을 들고 말에 올라 있는 남자의 청동상에 '사자 사냥꾼'이라는 이름이 붙어 있고 그 뒤쪽으로 손질이 잘된 산울타리가 있었다. 다가가 살펴보니 땅엔 두꺼운 나무뿌리가 서로 뒤얽혀 있었다. 동상 뒤쪽 눈에 뜨이지 않는 곳에 가서 땅을 파고 뿌리 사이에 동판을 파묻을 수 있겠다 싶었다. 깊이 묻기만 한다면 꽤 오래 발견되지 않을 것이고, 그러다 보면 부식되고 망가져서 쓰지 못하게 될 수 있었다.

이제는 한시라도 빨리 호텔로 돌아가고 싶었다. 동판을 들고 다시 와서 물어야 했다. 나는 박물관의 넓은 계단을 서둘러 내려가며 손을 흔들어 택시를 잡고 호텔로 향했다.

맥앤드루스 호텔에 도착하니 신참이 택시 문을 열어 주었다. 25센트 동전을 주니 그 친구는 인도로 한 걸음 물러섰다. "날씨가 좋네요, 마운틴 씨." 그가 인사를 했다.

"그렇네요." 나도 맞장구를 쳐 주었다. 그는 깡마르고 왜소한 남자로, 어깨라고는 전혀 없고 펭귄처럼 비척비척 걷는 친구였다. 몇 번인가 비 오는 날 탤리와 나를 위해 그 친구가 서둘러 택시 문을 열어준 적이 있기에, 우리는 팁을 주고받으며 가벼운 인사를 나누는 정도의 사이였다. 택시에서 내린 나는 햇살 내리쬐는 인도 위에 잠시 그와 나란히 서게 되었다. 그때, 무언가 거대한 그림자가 순간적으로 태양을 가리는 것 같았다.

위를 올려다본 그 친구는 갑자기 소리를 지르며 나를 다시 도로로 밀었다.

그때 꽝 닫히는 문 소리 비슷한, 엄청나게 큰 소리가 났다!

돌아보니 조금 떨어진 도로에 시체 하나가 누워 있었다.

우리는 충격에 얼어붙어 버렸다. 마비된 듯 서 있는 동안, 거리에서 건물에서 차에서 몰려온 사람들이 그 끔찍한 덩어리를 둘러싸고 원을 이루며 모여들었다. 내 발치에는 슬리퍼 한 짝이 뒹굴었다. 금색 장식이 붙은 검은색의 자그마한 벨벳 침실 슬리퍼였다.

탤리의 것이었다.

세상 모든 바다의 해변을 때리는 파도들이 순간 그 자리에 멈추었다. 그러더니 뭍에서 빠져나가기 시작하여, 하나씩 하나씩 포개지더니 마침내 하나의 거대한 검은 파도가 되어 끈적이는 바다 밑바닥을 드러낸 채 밀려 나갔고, 하늘의 태양조차 그 파도 안으로 빨려 들어갔다. 검은 파도의 한가운데에서 엄청난 울부짖음이 시작되었고, 커지고 점점 더 커지는 그 소리가 다른 모든 소리를 다 삼켜 버렸으며 검은색이 너무나 깊어져 아무것도 보이지 않게 되었다. 하지만 여전히 어딘가에서는 크게 외치는 소리, 작게 속삭이는 소리, 그 사이의 소리들이 들려왔다.

이윽고 한 사람의 얼굴이 계속 내 앞을 어른거렸다. 한 번도 본 적 없는 얼굴……. 넓적한 얼굴에 검은색 눈 간격이 좁고 턱이 컸다. 마침내 소리가 모두 사라지고 단 하나의 목소리만이 남았다. 눈앞의 중후한 얼굴에서 나오는 목소리였다.

그는 브록하임이라는 이름의 형사였다. 우리는 호텔 방 안에 앉아 있었다. 방 안에는 다른 남자들도 있었다. 사복을 입은 사람도, 제복을 입은 사람도 있었다. 탤리만 빼고 온갖 사람들이 다 있었다.

"자아, 자," 브록하임은 그 말을 반복했다. "충격을 받으셨겠지요. 자아, 자, 마운틴 씨, 몇 가지 질문에 대답해 주셔야 합니다. 자, 자, 이제 정신을 차려 보세요."

경찰 한 사람이 일부 남아 있는 스카치 병을 옷장 안에서 발견하고 한 잔 따라 주었다. 받아서 마셨지만 맛은 느껴지지 않았다. "자아, 자," 브록하임이 나를 달랬다.

의자의 팔걸이를 잡고 나는 손가락을 꼭 조였다. 손가락에 생명이 없었다―으깬 감자를, 휘핑크림을, 맥주 거품을 잡는 기분이었다.

"네." 마침내 말하는 나의 목소리는 내 안의 깊고 텅 빈 곳으로부터 나왔다.

"좋습니다, 좋아요." 브록하임이 말했다. "마운틴 씨, 부인을 언제 마지막으로 보셨습니까?"

"모르겠습니다."

"자아, 자," 브록하임이 다시 시도했다. "부인이 창문에서 뛰어내릴 때 선생은 외출했다 돌아오고 계셨습니다. 오늘 아침 언젠가 부인을 보셨겠죠."

"모르겠습니다."

"음, 그렇다면, 얼마나 오래 바깥에 계셨습니까?"

많은 시계 중에서 나는 하필 내 손목에 있는 가상의 손목시계를 보았다. 아트 뮤지엄에서도 똑같은 행동을 했다. "2시간입니다." 나는 대답했다.

"좋아요!" 브록하임은 만족스럽게 대답했다. "오늘 아침 외출할 때 부인은 무엇을 하는 중이었나요?"

"침대에 있었습니다."

"침대에서, 옷을 갈아입지 않고?"

"네."

"부인은 선생이 외출하신 후에 옷을 입었나 봅니다. 뛰어내릴 때 외출복 차림이었으니까요. 왜 그랬을까요? 외출하던 중이었을까요?"

"아닐 겁니다." 베개에 기대 있던 탤리의 모습이 떠올라 나는 멍하게 대답했다. "하지만 일어나자고 마음먹었을 수도 있죠. 제가 한참 동안 나가 있었으니까요."

"오늘 아침 보았을 때 부인의 기분은 어땠습니까? 혹시 다툼이 있었나요?"

"아니요. 우리는 안 싸웁니다. 한 번도 싸운 적 없습니다……."

"무언가로 의기소침해 있었나요? 아니면 다른 어떤 거라도?"

"생각이 나질 않아요." 나는 말했다. "전부 뒤죽박죽이에요……. 형사님 말을 이해하는 것도 힘들어요. 잠깐 가서 세수 좀 하겠습니다." 나는 브록하임의 허락을 기다리지 않고 의자에서 일어나 비틀비틀 욕실로 걸어갔다. 넥타이와 셔츠를 푼 후 냉수를 틀었다. 손바닥으로 물을 떠서 얼굴을 닦고 차가운 손을 목 아래쪽에 댔다. 머리가 맑아지며, 눈앞의 비현실성이 조금씩 사라지기 시작했다. 손과 얼굴을 닦은 나는 침실로 돌아왔다. "됐습니다." 나는 브록하임을 향해 말했다. "이제 괜찮아졌어요."

"오늘 아침에 부인이 외출할 계획이 있었는지 묻던 중이었습니다."

"네……, 그 질문 기억나네요. 탤리가 외출복 차림이었다고 했죠. 그래도 침실 슬리퍼를 신고 있었잖습니까."

"그렇습니다." 브록하임이 끄덕였다. "부인의 걱정거리가 뭐였는지 말씀해 주시겠습니까? 순간적으로 내킨다고 여자가 창문에서 뛰어내리지는 않습니다."

결정의 순간이었다! 이 순간이 지나면 되돌아갈 수 없다. 지금 진실을 이야기하느냐…… 하지 않느냐, 양자택일이었다. 담배 하나를 물고 나는 주머니에서 성냥을 뒤지는 척했다. 브록하임이 자기 라이터를 꺼내기 전에 나는 일어서서 옷장을 열고, 안에 걸려 있던 재킷 주머니에서 성냥갑을 꺼냈다. 내 눈길이 옷장 구석을 훑었다.

위조 동판이 들어 있던 탤리의 작은 가방이 사라졌다!

나는 의자로 돌아와 앉았다. 탤리가 뛰어내린 것이 아니었다. 자살한 것이 아님은 확실했다. 그럴 이유가 없었을 뿐만 아니라 그녀의 기질로 보건대 심리학적으로도 설명이 불가능했다. 자살은 상황이 오랜 기간에 걸쳐 무르익었을 때 마침내 행하는 최종적이고도 절박한 행위이지만, 탤리는 그런 기색을 내비친 적이 없었다.

경찰 또한 사고에 의한 추락의 가능성을 생각하고 있을 것이다. 방의 커다란 창문 두 개 모두 길이나 넓이로 보아 실족이 가능했다. 둘 다 창턱이 비교적 낮아 바닥에서 60센티미터를 넘지 않았다. 창문 하나는 아래쪽 유리가 완전히 들어 올려지고 위쪽 창틀 반을 덮어, 크고 넓은 구멍을 만들어 놓고 있었다. 탤리가 창문을 열고 내다보다가—창턱에 팔을 대고—그러다 손이 미끄러졌다? 균형을 잃으면서 관성 때문에 몸 전체가 창밖으로 떨어지는 것이 가능할까? 바깥쪽 시멘트 창턱에는 지문이나 손바닥 자국이 남지 않을 것이기에 증명하거나 반증하기는 불가능했다.

또 다른 사실이 남아 있었다. 문제의 사실…… 가장 중요한 사실이! 동판이 사라졌다. 외출할 때만 해도 동판은 옷장 안에 놓여 있었다. 탤리가 옷을 갈아입고 호텔 안 어딘가에 놓았을까? 가능은 했지만 그럴 것 같지는 않았다. 그녀는 내가 돌아오기를 기다리고 있었다. 그녀가 없앤 것이 아니라면 그린리프가 방에 들어와서 가져갔을 것이다.

이렇게 말하면 내가 상황을 면밀하게 따져 보면서 브록하임의 질문을 교묘하게 지연시켰다고 생각될 수도 있다. 하지만 전혀 그렇지 않았다. 실제로는 그 모든 가능성이 전광석화처럼 눈앞에서 번쩍였다. 그 순간 나는 마음을 정했다. 사라진 동판에 대해 설명하고 그린리프에게―내가 한 번도 본 적이 없는 사람에게―책임을 돌리는 것은 소용없는 일이 될 게 확실했다. 누군지 알지도 못하는 사람일뿐더러 그걸 증명할 어떠한 증거도 없으니 말이다. 수백만 달러를 찍을 수 있는 동판의 존재를 알리는 행위는 범행 동기라는 손가락을 내게 겨누는 것과 마찬가지였다. 논리적으로, 경찰은 탤리가 동판을 숨겼고 내가 그것을 되찾기 위해 죽였다고 생각할지도 모르는 일이었다.

신참 도어맨과 함께 있던 내겐 확고한 알리바이가 있었지만, 그렇다고 공범이 없으란 법도 없지 않겠는가.

그래서 그 순간, 브록하임과 눈이 마주쳤을 때 나는 말했다. "걱정거리는…… 뭐, 걱정거리라고 하긴 뭐하지만 숙부가 돌아가셔서 스트레스를 받고 있었어요. 여기 필라델피아에서 돌아가신 지 넉 달이 채 안 됐거든요. 제 아내의 유일한 친척이어서 굉장히 슬퍼했습니다. 일자리 때문에 하필 이곳에 다시 오게 되어 아내는 우울해 했지만 그렇다고 자살할 정도는 아니었습니다."

브록하임은 껌 한 조각을 꺼내서 포장을 벗기고 자기 입 안에 넣었다. 천천히 씹으며 그는 설명을 덧붙였다. "금연하려고 노력하는 중입니다. 별로 효과는 없습니다만." 그러더니 나를 응시하다 물었다. "결혼하신 지는 얼마나 됐죠?" 내가 답해 주었더니 그는 이렇게 말했다. "신혼이시군요."

"예."

"부인께서 보험에 드셨습니까?"

"제가 아는 한은 없습니다. 결혼 전에 든 게 있을 수 있겠죠. 혹시 그렇다 하더라도 그다지 많은 액수는 아닐 거고 그런 대화를 나눈 적도 없습니다."

"선생이 부인에게서 받은 돈이 있습니까?"

"한 푼도 없습니다."

"확실해요?"

"그럼요."

브록하임은 어깨를 으쓱했다. "그건 알아보면 되니까." 그는 다시 침묵으로 돌아가서 껌을 씹었다. 조금 지나서 그는 다시 물었다. "전화 교환원이 말하길 오늘 아침 외출하시기 전에 전화가 걸려 왔다더군요. 누구였습니까?"

나는 그를 보았다. "쇼에 출연하는 실없는 동료 누군가였을 겁니다. 우리 잠을 깨우려고 전화한 겁니다. 잘못 걸린 전화인 척하면서……."

"그래요?" 브록하임은 일어서서 창문으로 느릿느릿 걸어갔다. "다른 전화가 걸려 온 것 같습니다……. 선생이 나간 후에요. 아주 짧은 거였습니다. 방에서 전화를 받는 즉시 끊어졌습니다. 같은 사람이었을까요?"

"그럴지 모르죠." 나는 동의했다. "이런 직업에선 늘 있는 일입니다. 쇼에 출연하는 인간들이 늘 그래요. 별로 유머 감각도 없으면서."

"맞는 말입니다." 열린 창문 옆에 서서 브록하임은 몸을 구부렸다. 고개를 내밀어 십오 층 아래를 내려다보았다. 그는 몸을 더 굽히며 창턱에 손을 댔다. 손과 손목이 그의 무게를 지탱했다. "부인께서 환기하는 걸 좋아했습니까?" 묻는 그의 목소리는 창밖으로부터 멀게 들려왔다.

"별로요." 나는 대답했다. 브록하임은 창문에서 몸을 빼고 손을 털었다. "그렇다고 싫어한 건 아니었어요. 두통이 있거나 기분이 안 좋으면 창문을 열고 밖으로 몸을 내밀었을 수도 있습니다."

"두통이 있었습니까?"

"글쎄요. 오늘 새벽엔 늦게 잠들었어요. 신선한 공기를 마시고 싶었는지도 모르겠네요."

"그래요." 브록하임은 방을 가로질러 와서 나를 마주했다. "뛰어내렸을 가능성이 있다고 보십니까?"

"아니요." 나는 단호하게 대답했다.

"그러면 떨어졌다고 보십니까?"

"네. 그것밖에는 없어요."

"음." 그는 천천히 말했다. "저희는 일단 가겠습니다. 호텔 주변에서 묻고 싶은 질문이 있으니까. 선생이 일하는 클럽에서도. 나중에 다시 얘기합시다." 그는 방 안에 있던 남자들에게 끄덕였고, 그들은 브록하임을 따라 나갔다.

방은 황량해졌다—몇 킬로미터는 되는 듯한 굉장히 큰 사각형이 되어 버렸다. 방 안 어디에서도 소리는 들리지 않았다……. 움직임도 없었다. 내 손가락을 빼고. 조금 후 눈으로 보니 손가락은 카드 마술을 하고 있었다. 하지만 손에 카드는 없었다.

나는 옷장으로 걸어가 스카치 병을 집어 들었다.

XIII

무테 안경 뒤에서 치과의사의 눈이 경계의 눈초리로 덴먼을 응시했다. 그는 불안한 듯 손으로 머리카락을 쓸며 목소리를 가다듬었다. 변호사는 주머니에 손을 꽂고 무심한 얼굴로 그에게 접근했다. "박사님, 아이샴 레딕이라는 이름의 환자가 전화를 걸어 와서 치아세 개가 아프다고 상담했다, 그렇게 말씀하셨죠. 맞습니까?"

"맞습니다." 보스가 대답했다.

"이어서, 증인이 꼼꼼하게 검진하고 엑스레이를 찍었는데 별다른 이상을 찾을 수 없었다고도 하셨죠?"

"이가 왜 아픈지 이유를 찾을 수 없었습니다."

"환자에게 말하니까 뭐라고 대답하던가요?"

"그래도 아프다고 했습니다."

"처음 전화에 이어, 증인께서는 그를 몇 번 더 만나셨죠. 이가 아프다는 말을 또 하던가요?"

"잘 기억나지 않습니다."

"그것만 빼고 기억이 난다는 말씀입니까?"

보스는 안절부절못했다. "나중에 만났을 때는 새 의치만 생각했지……."

"그런데 환자가 이가 아프다고 했던 건 이상하게 느껴지지 않으셨군요. 잘못된 게 없다고 말해 주었더니 환자는 아주 온순하게도 그 다음부터는 이가 아프다는 얘기를 하지 않았다는 겁니까?"

"예." 보스가 대답했다. "이가 일시적으로 뜨겁거나 차가운 온도에 민감해서 아픈 경우가 있습니다. 그런 외부 조건이 사라지면……."

"그러니까 아이샵 레딕의 치아가 다 괜찮다고 생각하시고는, 의치를 만들어 주셨군요. 그렇다면 보스 박사님, 의치에 대해 처음 이야기를 꺼낸 것이 누구였습니까?"

"분명히 환자가 먼저 이야기했다고 확신합니다."

"어떠한 이유로 확신하십니까?"

"그러니까 그 환자에게는 이가 없는 게 외모에 큰 영향을 미쳤습니다. 절실하게 필요로 하던 상태였습니다. 그런데 새로운 치아를 해 넣는 데에 드는 시간과 노력이 아이샵 레딕이 지불할 수 있는 수준을 크게 초과했습니다. 저보다는 그에게 의치가 훨씬 더 중요했습니다."

"증인께서는 아이샵 레딕의 부탁을 들어주어 의치를 해 주었다고 말씀하셨습니다. 굉장히 너그러운 결정을 하셨던 것 같습니다." 덴먼은 잠시 멈추었다가 물었다. "증인의 병원은 잘되는 편입니까?"

"네, 그렇다고 말할 수 있습니다."

"규모가 큰가요?"

"제가 관리할 수 있는 정도의 규모입니다."

덴먼은 공격 방향을 바꾸었다. "증인처럼 바쁘신 분이…… 비용을 지불할 능력이 없는 아이샴 레딕에게, 부유한 환자와 똑같은 정도의 시간과 노력과 정성을 쏟았습니까?"

"분명히 그랬습니다." 보스는 딱딱하게 되받았다.

"보스 박사님께서 아이샴 레딕에게 의치를 만들어 준 사실을 부정하자는 것은 아닙니다. 분명히 그랬을 거라 생각합니다. 하지만 저는 증인께서 수제 가공으로, 모양과 색깔과 색조를 맞춘…… 세상에서 단 하나뿐인 의치를 해 주었다는 점은 이상합니다." 고의적으로 덴먼은 증인을 위아래로 훑어보았다. "그랬습니까, 박사님?"

"네, 그렇게 했습니다." 보스의 입술은 단호했다.

"이 점을 잘 생각해 보십시오." 덴먼은 먼저 경고한 후 말을 이었다. "그냥 재고로 가지고 있던 의치 중에 적당한 것을 고를 수도 있지 않았습니까? 증인 병원에서는 평소에 크기와 모양이 다양한 의치들을 구비해 놓고 있지요?"

"네. 그렇습니다."

"그러니까 아이샴 레딕에게 맞는 색깔을 고르고, 갈아 내서 크기를 맞추고……. 그렇게 한다면 많은 시간과 비용을 절감할 수 있었겠죠. 안 그렇습니까?"

"그렇지 않습니다!" 보스는 완강하게 부정했다.

"왜 아닙니까?"

"왜냐하면 환자는 대충 만들어 주면 절대 만족하지 않기 때문입니다."

"하지만 레딕에게는 없는 것보다는 나았겠죠. 안 그렇습니까? 그

럭저럭 괜찮아 보이는 앞니가 생길 테고 그러면 전보다 좋아지는 게 아닙니까?" 덴먼은 보스가 재고품을 썼음을 인정하도록 밀어붙이고 있었다. 그렇게 인정한다면, 증거로 나온 의치가 레딕의 것이라는 증언은 크게 약화될 수 있었다. 하지만 보스는 완강하게 아이샴 레딕의 의치를 새로 제작했다고 주장했고 덴먼은 그 증언을 뒤흔들 수 없었다.

보스 부인에 대한 덴먼의 신문은 건성이었다. 그녀는 아이샴 레딕의 혈액형이 O형이었다는 이전의 증언을 되풀이했다. 덴먼이 뭔가 할 수 있는 여지는 거의 없었다. 신문이 끝나자 재판장은 휴정을 선언했다.

다음 날 오전 10시, 캐넌 지방검사는 마이클슨 경감보를 다시 불렀다. "자, 증인, 지난번에 증인은 이스트 89가에 있는 그 집을 처음으로 방문했을 때, 피고인의 침실, 그리고 그 방에 딸린 욕실을 조사했고 사진을 찍었다고 증언하셨습니다." 마이클슨은 자신의 발언이 맞다고 확인했고 캐넌이 계속 질문을 이었다. "침실을 조사할 당시 무엇을 발견하셨습니까?"

"거울 달린 서랍장 두 번째 서랍에서 권총을 발견했습니다."

"이것이 같은 권총입니까?" 캐넌이 물었다.

마이클슨은 맞다고 했다. "네. 32구경이고 한 발이 발사되어 있었습니다."

"다른 것은 없었나요?"

"있었습니다. 같은 옷장 안 옷가지 밑에서 접힌 종이쪽지를 발견했습니다."

"이 쪽지가 맞습니까?" 캐넌은 청색 줄이 있는 작은 종이를 건넸다. 대략 가로 7센티미터, 세로 12센티미터였고 포켓 수첩에 흔히 쓰이는 종류였다. 한쪽 면이 찢겨져 있었다.

마이클슨은 종이를 살펴본 후 끄덕였다. "이것이 맞습니다. 제가 써 놓은 저의 머리글자로 확인할 수 있습니다."

캐넌은 돌아서서 배심원들을 향해 다음 발언을 했다. "이 쪽지 위에 쓰여 있는 내용을 읽도록 하겠습니다." 그는 종이를 들고 똑똑히 들리도록 읽었다. "레딕……. mt. 8500." 판사를 향해 캐넌이 말했다. "재판장님, 이것을 증거물로 제출합니다." 그러고는 마이클슨에게 돌아서서 계속했다. "증인이 피고인의 소유물 중에서 수첩을 발견했죠. 이것을 확인해 주시겠습니까?" 검사는 작은 가죽 커버의 수첩을 건넸고 경찰관은 확인해 본 후에 맞다고 했다. "감사합니다." 캐넌은 증인을 내려 보냈다.

다음으로 올라온 증인은 필적 감정 전문가인 앨빈 G. 하트니였다. 캐넌은 그에게 수첩을 보여 주었다. "증인은 이 수첩에 적힌 글씨를 피고인의 필적과 대조하셨죠. 같은 사람이 쓴 것이라고 할 수 있습니까?"

"네." 하트니가 말했다. "수첩에 있는 필적은 피고인의 다른 필적 표본과 동일합니다."

캐넌이 말을 이었다. "자, 여기 쪽지가 있습니다. 같은 수첩에서 나온 것으로 보입니다. 이 위에 있는 필적도 감정했습니까?" 캐넌은 청색 줄이 쳐진 쪽지를 증인에게 건넸다.

"네." 하트니가 대답했다.

"같은 필적입니까?"

"그렇습니다. 수첩에 있는 글자, 그리고 피고인의 또 다른 표본과 동일한 필적입니다."

"같은 사람에 의해 쓰인 글자라고 절대적으로 확신할 수 있습니까?"

"그렇습니다!" 하트니는 자신 있게 이야기했다. 캐넌은 그를 물러가게 했다.

"메리 딤스." 법원 서기가 이름을 부르자 중년의 여인이 증인석으로 올라왔다. 아직 젊은 시절의 모습과 몸매를 유지하고 있는 여자였다. 동그란 얼굴에는 주름살이 없었고, 립스틱 외에는 화장기가 없었다. 그녀는 자신이 이스트 89가의 가정부였고 피고인 밑에서 일했다고 밝혔다. 말끔한 검은색 정장을 입은 그녀는 발목을 교차시키고 무릎 위에서 손을 맞잡은 자세로 증언을 해 나갔다.

"증인은 가정부였다고 말씀하셨죠. 어떤 일을 했는지 말씀해 주시겠습니까?" 캐넌이 물었다.

"네……. 집 안을 청소하고, 방문자를 맞이하고 아래층 전화를 받는 일이었어요. 그리고 아침이면 간단한 식사를 준비하고……."

"아침 식사에 대해서 설명해 주시겠습니까?"

"요리는 제 일이 아닙니다." 그녀는 단호하게 대답했다. "하지만 아침에는 커피를 만들고 크리스프 롤을 데워서 마멀레이드와 함께 내놓습니다." 그녀는 기억을 더듬으며 끄덕였다. "처음 고용될 때 요리를 할 줄 모른다고 말했더니 음식은 할 필요가 없다고 했어요. 어르신은 집에서는 아주 간단한 아침 식사만 하십니다. 가끔 손님이 오실 때도 있지만 그럴 때는 식당에서 음식이 배달돼요."

"증인은 그 저택에 거주하셨나요, 딤스 씨?"

"네. 위층 고용인 구역에 방이 있었어요."

"증인 말고 다른 고용인들이 있었습니까?"

"아이샴 레딕이 있었어요. 그 사람도 같이 살았어요. 집사 겸 운전사로 고용된 사람이었어요."

"그렇게 큰 집 일이 두 사람으로 충분했나요?"

메리 딤스는 고개를 저었다. "자는 사람이 두 사람이었다는 뜻이에요. 아이샴 레딕과 저 두 명이었어요. 그 외에 낮 시간에 일하러 오는 부부가…… 라이트바디 부부가 있었어요. 두 사람 중 남편분은 조금 떨어진 다른 건물에서 일했고."

"잠시만요. 다른 건물의 일이라는 건 어떤 일을 뜻하죠?"

"건물 관리인이요. 같은 거리에 있는 작은 아파트에서 수위 겸 관리인으로 일했어요. 그분은 매일 와서 재를 청소하고, 보일러를 점검하고, 수리할 게 생기면 수리도 했어요. 부인은 정기적으로 와서 무거운 빨래와 진공청소를 했고요."

"알겠습니다. 그러면 아이샴 레딕으로 돌아갑시다. 증인은 조금 전에 그가 집사이자 운전사라고 했습니다. 시중드는 일도 했다고 알고 있습니다. 맞습니까?"

"네, 맞아요. 이런저런 많은 일을 했어요." 메리 딤스는 단어의 정의에 구애받고 싶어 하지 않았다.

"그렇다면 딤스 씨, 증인께서는 이런 일을 얼마나 오래하셨나요?"

여자는 머뭇거렸다. "어렸을 때부터……."

캐넌은 빨리 알아들었다. "정확한 연도를 얘기해 달라는 건 아닙니다. 20년 정도라고 보면 되겠죠?"

"네……."

"좋습니다! 그 기간 동안 여러 집에서 일하면서 많은 고용인을 보아 왔겠죠. 아이샴 레딕을 다른 집사나 운전사 들과 비교한다면 어떻게 평가하시겠습니까?"

여자는 그 질문을 생각해 보고 천천히 대답했다. "잘하는 편은 아니었어요." 죽은 사람에게 실례되는 말을 한다는 걱정이 그녀의 숨김없는 표정에 드러났다. "일을 그다지 재미있어하는 것 같지는 않았어요. 물론," 그녀는 밝게 덧붙였다. "너무 이일 저일 해야 돼서 그랬는지도 몰라요. 보통 집사는 집사고, 기사는 기사거든요."

"증인은 아이샴 레딕과 친했습니까?" 메리 딤스가 얼굴을 붉히자 캐넌은 얼른 덧붙였다. "개인적인 관계를 말하는 건 아닙니다. 서로 대화를 많이 하는 사이였습니까?"

"아니에요. 그다지 많이 하지는 않았어요. 그 사람은 일이 없을 때면 대개 자기 방에 혼자 있었어요. 근데 딱 한 번, 아주 친근하게 굴었던 적이 있어요. 집에 우리 두 사람만 남아 있었는데, 나가서 영화를 보자고 하더라고요. 영화 끝나고 같이 밥도 먹고요."

"아주 잘 기억하고 계시는군요. 그럴만한 이유가 있었나요? 함께 외출했던 유일한 때라는 점 말고."

"네. 또 다른 이유가 있어요. 92가 영화관 옆에 자그마한 식당이 있거든요. 아까 말씀드린 대로 식사하러 거길 들어갔는데, 저는 레딕 씨 돈을 너무 많이 쓰고 싶지 않아서 메뉴를 꼼꼼히 읽었어요. 그리고 샌드위치와 차 한 잔을 마시겠다고 했더니 그 사람이 이렇게 말했어요. '그냥 드시고 싶은 거 마음껏 시키세요. 지갑이 불룩하니까'라고."

"드시고 싶은 거 마음껏 시키세요. 지갑이 불룩하니까." 캐넌은 그 말을 반복했다. "증인은 그 말을 돈이 많다는 걸로 이해하셨죠. 그렇지요?"

"그런 뜻이라고 생각했어요. 물론 그냥 농담을 했거나 과장해서 떠벌린 것일 수도 있지만요. 저는 농담으로 받으면서, '셔츠도 그거 한 장밖에 없으면서'라고 대답했어요. 그랬더니 그 사람이 저를 보며 '이거 어떻게 생각해요?'라면서 주머니에서 두꺼운 돈뭉치를 꺼내서 보여 주더라고요. 한동안 아주 자랑스러워하는 눈치로 보여 주다가 다시 넣었어요."

"레딕이 그 돈다발이 얼마라고는 얘기했나요?"

"아니요. 하지만 그 사람이 돈 뭉치를 들었을 때 100달러짜리 지폐가 가득 보였어요."

"증인이 보시기에 8,500달러였을 수 있다고……." 덴먼이 튀어오르듯 일어나는 바람에 캐넌의 말이 끊겼다.

"이의 있습니다."

판사도 동의했다. "이의를 인정합니다."

"알겠습니다. 딤스 씨." 캐넌은 다시 증인에게 되돌아갔다. "레딕이 돈뭉치를 보여 주었는데 100달러짜리가 많았다, 증인은 뭐라고 하셨습니까?"

"당연히 저는 어디서 그렇게 많은 돈이 났는지 궁금했습니다. 봉급은 당연히 아니었을 것이고……."

"이의 있습니다!" 덴먼이 성난 소리로 외쳤다.

"인정합니다!" 판사가 일렀다.

"그 사람이 뭐라고 하던가요?" 캐넌이 가정부에게 물었다.

"음, 처음에 제가 웃으면서 '아니, 금광이라도 어디 숨겨 놨나 보네요!'라고 했더니 그 사람도 마주 웃으면서 금광이 있는 건 아니라고 했어요. 자긴 장의사에 가깝다고—시체가 어디 있는지 안다고 하던데요."

"좀 정리해 봅시다, 딤스 씨." 캐넌이 침착하게 요점으로 다가갔다. "아이샴 레딕이 증인에게 자신이 장의사에 가깝다고, 시체가 어디 있는지를 안다고 했습니다. 맞습니까?"

"네."

"그 발언으로, 증인은 레딕이 **진짜** 시체를 말하는 건 아니라고 생각했지만, 뭔가 굉장히 중요한 정보를 알고 있다고 생각했죠?"

"맞아요. 그 사람 말뜻은 그거였어요."

"돈이 없어서 이도 해 넣지 못하는 사람의 말로는 도저히 들리지 않는군요." 캐넌이 의견을 말했다. "증인에게는 그렇게 들리나요?"

"아니요. 돈이 아주 많은 것 같았어요."

"그날 같이 저녁을 먹을 때 아이샴 레딕이 새 이빨을 한 상태였습니까?"

"아닐 거예요. 이빨 사이에 넓은 틈이 있었던 게 기억나요. 늘 그랬던 것처럼."

XIV

마술사가 만드는 눈속임과 착각의 세계에서는, 보이지 않는다 해서 존재하지 않는 것이 아니다. 마술사가 보여 주기 전까지만 보이지 않는 것이다. 달걀 껍질에는 처음부터 실크 천이 들어가 있고, 꽃은 손바닥 안에 이미 들어 있다. 카드는 손가락 뒤에 숨겨져 있다. 생명체의 죽음이야말로 최고의 마술이다. 관객이 보지 않는 틈을 타 마술사는 능숙한 기교를 해치우고, 생명체를 손바닥에 숨긴다. 사람들은 숨 쉬던 존재가 사라진 줄 모른다.

생명의 마술은 지속된다……. 옆방에서 목소리가 들려오고, 계단을 올라오는 발소리가 들려온다―친숙한, 사랑하는 이의 발자국이다. 번잡한 레스토랑 누군가의 옆모습에서, 바에 갔을 때 들려오는 맑은 웃음소리에서, 복잡한 거리에서 재빨리 움직여 가는 누군가의 예쁜 다리에서. 아직도 마술은 계속되는 중이다. 어제는 아직 오늘이 되지 않았다. 오늘은 결코 내일이 되어서는 안 된다. 왜냐하면 내일은 너무 늦기 때문이다.

희망은 쉽게 사라지지 않는다. 겨울이 오기 전 나무 사이로 불어오는 마지막 부드러운 바람결에, 침묵이 오기 전 마지막 음악 한 소절에, 실망감에 마지막 가짜 꽃다발이 시들 때까지, 죽음이 그 검은 벨벳 커튼을 드리우기 전까지, 희망은 머무른다.

한밤중에 뺨을 간질이는 부드럽고 친숙한 입술, 하지만 아침이면 옆자리엔 구겨진 이불만이 남아 있다. 목소리는 마음속에만 남아 있다. 잠든 눈꺼풀 뒤에서만 얼굴은 현실이 된다. 끝나지 않는 밤의 비참함 속에서, 다음 날의 슬픔 속에서, 희망은 사라져 간다. 그때야말로 마술이 완성된다! 왜냐하면 그때가 되어서야 그녀는 영원히 사라지기 때문이다…….

나는 그날 오후 맥앤드루스 호텔 앞에서 탤리를 잃은 것이 아니다. 로커스트 거리도 아니고 필라델피아의 다른 골목도 아니었다. 그녀가 사라진 것은 몇 달 후 뉴욕에서의 어느 밤이었다. 나는 8번 가 어느 술집 앞 인도에 등을 대고 누워 있었다. 조금 전 토한 탓이었다. 술값을 내지 못해 술집에서 쫓겨났고, 술값을 내지 못한 이유는 필라델피아 이후 일을 하지 않았기 때문이다. 쫓겨나기에는 너무나 형편없는 싸구려 술집이라고 생각하며, 별다른 분노도 느끼지 않고 잠시 누워 하늘을 올려다보았다. 창공도, 별도, 천국도 보이지 않았다. 오로지 파란 네온과 빨간 네온, 노란 형광색과 초록 형광색, 하얀 마즈다 전등과 황갈색 제너럴일렉트릭 전구가 만드는—반은 투명하고 반은 불투명한—자욱한 안개만이 떠돌았다. 모두가 도로 위의 우울함이 되어, 번쩍이는 갈색 안개와 뒤섞여 그곳에 있었다. 나는 천천히 몸을 돌리고 일어나 비틀비틀 건물로 걸어갔다. 그리고 손으로 벽을 짚고는, 비참하게도 방금 싸구려 술을 마신 술집 벽에 다시 게워 냈다.

그린리프를 죽이겠다고 생각한 건 바로 그 순간이었다!

다음 날 아침 나는 내 에이전트를 찾아갔다. 옷을 일주일 동안 그대로 입고 잔 탓에 셔츠는 기름장수의 누더기 작업복 같았다. 면도가 필요했고, 식사는…… 대략…… 3, 4일 정도 하지 못했다. 지하철 비가 없어 사무실까지 걸어가야 했는데 도저히 해낼 수 있을 것 같지가 않았다. 한 블록마다 주저앉아 쉬었다. 인도에 앉아 헐떡이고 있자니 병균이라도 옮을까 두려워하는 행인들이 빙 돌아서 지나갔다. 마침내 에이전트의 사무실에 도착한 나는 대기실에서 기다렸다. 곧 그가 나타났다.

"솔, 나랑 얘기 좀 해." 그는 끄덕이고 좁은 방의 문을 열고 나를 부축해 주었다. 그는 동그랗고 단단한 올챙이배를 한 사람이다. 자기 책상 옆 의자에 나를 앉히더니 담배를 건넸다. 연기가 칼칼한 목을 졸랐다. "자네 날 좀 도와줘야겠어." 나는 말했다.

"그래, 루." 그는 동정적으로 대답했다. "필라델피아에서 무슨 일이 있었는지 들었네. 그거 참 어쩌다가……."

"쩐이 좀 필요해. 난 알거지야."

"그래, 그래. 그렇겠지." 그의 눈길이 더러운 옷가지를 지나 내 얼굴을 살폈다. "괜찮은 거야, 루?"

"그래." 나는 대답했다. "이젠 괜찮아."

"자넨 꽤 실력이 좋잖아. 그걸 다 갖다 버린다는 건 말이 안 돼. 비록…… 솔로 공연이겠지만, 꽤 좋은 일거리를 줄 수 있어. 자네 일단 술부터 끊어야 돼."

"솔," 나는 절박하게 말했다. 갑자기 배가 스멀스멀 조여 오더니 사무실이 빙빙 돌았다. "설교는 하지 마. 그냥 돈이나 좀 줘. 금방 갈 테니까!"

"얼마나 필요해, 루?" 그는 주머니에 손을 넣고 얇고 헤진 수표책을 꺼냈다.

"모르겠어……. 내 신용을 믿을 수 있을 정도만 줘. 진짜 돈이 필요해. 술 사 마시려는 게 아니야."

"그래, 그래." 솔은 무겁게 동의했다. 그리고 수표에 끼적이더니 내게 건넸다. "200이면 충분한가?"

"고맙네." 나는 수표를 접어서 주머니에 넣었다. 흔들흔들 일어난 후엔 책상을 짚고 지탱해야만 했다. "이제 호텔 방으로 돌아가야겠어."

"언제부터 일을 할 수 있는 건가?" 그가 물었다.

"모르겠어." 나는 정직하게 말했다. "우선 해야 할 중요한 일이 있어. 혹시 일을 못 하게 되더라도 돈은 갚겠네."

"괜찮아, 루." 솔이 대답했다. "그건 옛 우정을 생각해서……."

뜨거운 샤워가 많은 죄악을 씻어 내렸다―최소한 먼지, 검댕, 기름기의 죄악은 말이다. 호텔로 돌아와서 나는 샤워를 하고, 면도하고, 시계가 한 바퀴 돌 때까지 잤다. 다음 날 아침 옷을 갈아입고는 저항하는 위장에 아침 식사를 억지로 우겨 넣었다. 아직 머리가 어지럽고 오래 집중하기 힘들었지만 나는 그린리프를 잡을 계획을 세우기 시작했다. 그렇게 하루하루 지내면서 계속 생각했다. 개연성을 따져 보고 가능성을 고려했다. 조금씩, 하루하루, 아이디어가 굳어갔다. 하지만 가장 시급한 문제는 계획을 완성시킬 돈이었다. 그것도 빠른 시일 내에 필요했다. 솔이 내게 준 돈은 호텔비를 치르고 나니 거의 남지 않았다.

목돈을 만드는 빠른 방법이 있었다. 큰 위험을 감수해야 하는 모험이었지만 시도해 보기로 했다. 몸 상태가 좋아지고 손 떨림이 멈춘 후, 나는 호텔의 벨 캡틴인 맥스를 찾았다. 그에게 팁을 주며 이렇게 말했다. "시골에서 친구가 하루이틀 후에 올라올 건데, 그 친구가 노는 걸 좀 좋아하거든요. 어디로 가야 판이 벌어지는지 알고 있겠죠?"

"주사위놀이?"

"아니, 포커……."

맥스는 단도직입적이었다. "그 사람이 손님 친구분 맞습니까?"

"그럼요."

"포커판을 알기는 하는데, 낯선 사람은 다칠지도 몰라요. 특히나 속도가 붙으면요. 판을 운영하는 건달은 도덕군자하고는 거리가 먼 사람인데."

나는 어깨를 으쓱해 보였다. "이 친구 도덕성도 보장할 수 없죠. 그래도 아직 멀쩡하게 잘 살던데요. 그 친구 본인에게 달린 일 아니겠어요?" 나는 맥스를 똑바로 마주 보았다.

맥스는 담배에 불을 붙였다. "까짓 거," 그가 입을 열었다. "어떻게든 되겠지. 그 친구 이름이 뭡니까?"

"톰 머피." 그에게 대답해 주었다. "친구 아버지 이름도 톰 머피였고, 할아버지 이름도⋯⋯."

"그래, 알겠네요." 맥스가 끼어들었다. "톰 머피겠죠."

"어떻게 알았을까."

"좋아요. 톰 머피에게 담뱃가게에 가서 잭을 찾으라고 하세요. 제가 보냈다고 말하면 됩니다." 맥스는 타임스 스퀘어 인근의 작은 담뱃가게를 알려 주었다. "밤 9시 반 전에 가라고 하세요. 10시에 판이 시작되니까. 장소는 계속 바뀌어요. 그날 밤 어딘지는 잭이 얘기해 줄 겁니다."

다음 날 저녁 나는 잭에게 연락을 취했다. 그렇게 나는 신발 가게 뒷방에서 벌어진 일곱 장 포커판에 끼게 되었다. 주머니엔 남은 전 재산 50달러가 있었다. 판은 전형적인 마이너 리그의 떠돌이 노름판이었다. 돈 쓰기 좋아하는 그리스 출신 위험인물 스티브가 노름판을 운영하면서, 한 번 판돈이 걸릴 때마다 약간의 수수료를 떼어 갔다. 다른 참가자들은 브롱스 출신의 중고차 딜러, 작은 레스토랑 사장, 회의 참석차 뉴욕에 출장 온 사람 두 명, 라디오 연출가, 여행 세일즈맨이었다.

나는 주의 깊게 조심조심 게임을 했다⋯⋯. 돈을 잃을 여유가 없었기에 정석대로 플레이했다. 새벽 4시에 파했을 때엔 70달러를 딴 상태였다. 그다지 많은 돈은 아니었지만 주목을 끌기엔 충분했다. 아니나 다를까 스티브는 벌써부터 나를 주목했다.

이어지는 두 주일 동안 나는 매일 밤 스티브의 판에 앉았다. 우리는 호텔 방, 창고, 레스토랑 뒷방, 레코드 가게, 양복점, 이발소, 골동품점, 그리고 손쉬운 20달러를 벌려는 가게 주인들이 제공하는 그 어느 곳에라도 갔다. 참가자들은 계속해서 바뀌었다—나를 제외하고 매일 밤 새 얼굴이었다. 그리스인 운영자는 매번 판이 걸릴 때마다 자기 몫을 챙겨가기에 누가 따든 관심이 없었다. 하지만 조심한다는 차원에서 나는 두 번 의도적으로 적은 액수를 잃고는, 돈 잃었다는 사실을 간접적인 방법으로 그가 알 수 있도록 했다. 이 주일이 지나자 거의 500달러 정도를 벌게 되었다.

어느 밤, 포커판이 끝난 후 스티브에게 물었다. "어디 간이식당에 가서 아침 식사라도 하는 게 어때요?" 그가 동의해서 우리는 브로드웨이를 지나 타임스 스퀘어 쪽으로 걸어갔다. 식탁에 앉은 다음 나는 단도직입적으로 말했다. "돈을 좀 벌고 싶습니다. 빠르게! 큰 판에 끼고 싶은데⋯⋯."

스티브는 아무 말 않고 파이만 먹었다. 다 먹고는 종이 냅킨으로 입을 닦았다. "댁은 꽤 솜씨가 좋던데. 돈 좀 벌었잖소. 대체 왜 그걸 잃으려는 거요?"

"잃을 것 같지는 않은데요." 그에게 대답했다.

스티브는 어깨를 으쓱했다. "그럴 수도 있겠지만, 누구나 다 말은 그렇게 하지."

"이렇게 합시다." 나는 그에게 말했다. "잃으면 내 돈을 잃는 겁니다. 하지만 따게 된다면 수입에서 10퍼센트를 드리죠."

그는 눈을 돌려 나를 보았다. 잠시 나를 쳐다보던 눈길이 무관심하게 아래로 떨어졌다. "거, 의욕은 대단하시군." 말투가 삐딱했다.

나는 그의 말에 동의해 주었다. "서부에 가면 한몫 잡을 기회가 있기는 한데, 계속 열리는 판이 아니라서 말이에요. 빨리 돈을 좀 만들거나, 아니면 그냥 말려구요." 나는 무덤덤한 목소리를 유지했다. "댁은 인맥이 있으니까 큰 판이 어디서 벌어지는지 알잖아요. 거기 넣어 주세요. 잘할 수 있어요."

"분명히 10퍼센트라고 얘기했어."

"암요."

그는 내가 아니라 내 어깨 너머를 보았다. "힘을 좀 써 볼 수도 있겠지." 그렇게 말하더니 갑자기 나를 보았다. "돈은 얼마나 갖고 들어갈 거요?"

"큰 거 반 장." 나는 답했다.

"그걸론 턱도 없지."

여기가 승부처였다. 중요한 순간이었다. 그 말이 옳았다. 겨우 500달러를 들고 빅게임에 참가한다면 의자에 앉을 수도 없었다. "좋습니다, 스티브," 나는 승부를 던졌다. "밑천이 좀 필요합니다. 저에게 500달러를 더 빌려줘요. 그러면 수입에서 10퍼센트를 추가로 드리죠."

"싫어. 내 500은 아래쪽에 놓고, 걸면 안 돼." 그의 말뜻은 내 돈 500달러를 걸고, 그의 돈 500은 단지 보여 주는 용도로만 테이블에 놓으라는 뜻이었다. 만일 내가 500을 잃게 되면 그만두고, 그의 몫은 현금으로 바꿔서 돌려주는 것이다.

"좋습니다." 나는 마지못해 응낙했다. "보여 주기만 하고 걸지는 않도록 하죠. 하지만 그렇다면 그걸론 5퍼센트밖에 못 올려 줘요."

스티브는 테이블에서 일어서며 철제 의자를 뒤로 밀었다. "어디 한번 손을 써 보리다."

사흘 후 밤, 그리스인은 내게 빅게임이 있다는 신호를 주었다. 도심 한복판에서 약간 벗어난, 맨해튼 동부의 호화로운 호텔 스위트룸이 장소였다. 여러 이유로 스티브는 나와 동행했다. 들여보내 주고, 자기 돈을 감시하고, 번 돈의 15퍼센트를 챙겨 가려는 목적이었다. 스위트룸의 응접실은 가짜 벽난로, 거대한 골동품 거울, 괴상한 디자인의 현대식 램프 등으로 세련되지만 별 특징 없게 장식되어 있었다. 커다란 타원형 테이블이 방 한가운데에 놓이고 두꺼운 녹색 펠트 천으로 덮였다. 테이블을 둘러싸고 나 외에 다섯 명의 참가자가 더 앉았다. 스티브는 판에는 끼지 않고 한구석에 앉았다. 다른 사람의 카드는 보이지 않고 내 카드만 보이는 위치였다. 딱딱한 얼굴의 사람들 대여섯이 방 곳곳에 앉아 게임을 지켜보았다. 최고 스피드로 돌아가는 공기청정기가 있는데도 실내는 곧 연기로 뒤덮였다.

다섯 장을 돌리고 한 판마다 딜러가 바뀌는 엄격한 규칙의 게임이었다. 칩은 25, 50, 100달러짜리였다. 다른 플레이어들이 누구인지는 알 수 없었다. 아무도 자기가 누구인지 밝히지 않았다. 하지만 모두들 능숙했다.

시간이 흐르며 내 긴장도 풀렸다. 게임이 시작된 지 3시간이 지난 새벽 2시, 조금은 피로감이 느껴질, 눈이 조금 느려지고 반응도 조금 느려질 정도의 시간이었다. 게임 시작부터 주의 깊게 지켜보았지만 속임수 카드는 없었다. 기회 있을 때마다 슬쩍슬쩍 카드를 점검해 보았지만 어떠한 표식도 없었다. 여섯 벌의 카드는 정기적으로 교체 되었고 특별히 바뀌는 순서도 없었다. 공정한 게임 같았다. 3,4천 정 도가 걸린 큰 판이 몇 번 돌아갔고, 몇 명은 크게 잃어 자리에서 물러 났다. 빈자리는 뒤에서 조용히 지켜보고 있던 사람들로 교체되었다.

나는 불필요한 위험을 거의 피하며 약간 돈을 땄고, 칩을 지키면 서 기회가 오기를 기다렸다. 게임을 하다 보면 언젠가 때가 오기 마 련이다. 좋은 쪽으로나 나쁜 쪽으로나.

테이블에 앉은 사람들 중, 매부리코에 턱살이 심하게 늘어지고 가 르마를 머리 한가운데로 탄 사람이 있었다. 그 사람은 큰 판을 몇 번 땄는데, 조심스럽게 베팅하고 빈번하게 포기하며 플레이했다. 정확 히 집어 낼 수는 없었지만 뭔가 수상한 낌새가 그에게 있었다. 나는 그를 계속 지켜보았다. 손이 재빠르고 자신감 넘쳤고, 두꺼운 얼굴 은 무표정했다.

그러다 마침내 찾아왔다!

늘어진 턱살은 카드를 섞은 후 커팅을 위해 오른쪽 사람에게 내밀 었다. 그런 후 가볍게 왼손으로 옮겨 쥐며 오른손이 카드 전체를 순 간적으로 감쌌고, 그리고 그 순간—한 손으로—'에드네즈 시프트'를 감행했다. 말 그대로 전광석화 같았다. 게다가 그조차도 완전히 확 신할 수는 없었다. 에드네즈 시프트란 가장 빠르고 부드러운 바꿔치 기 기술 중 하나로, 커팅된 카드를 원래의 위치로 되돌려 놓는 수법이다. 그것은 오직 한 가지를 의미한다. 카드 순서를 정렬해 놓고 함정을 판다는 뜻이다.

내가 기다리던 순간이었다. 내게 온 카드를 보니 8이 세 개에 퀸이 두 장이었다. 풀 하우스였다. 베팅이 시작되어 한 바퀴 돌아가는 동안 베팅 금액은 네 번 올라갔다. 늘어진 턱살이 함정을 제대로 파 놓았던 것이다. 나는 베팅액을 올리며 늘어진 턱살이 무슨 패를 쥐고 있을까 생각해 보았다. 이윽고 카드 교체가 시작되었다. 늘어진 턱살의 왼쪽 사람이 두 장을 요구했고 그것은 같은 카드가 석 장 있다는 의미였다. 다음 사람은 바꾸지 않겠다고 했으니 풀 하우스, 스트레이트, 플러시 가운데 하나일 터였다. 내 오른쪽 사람은 한 장을 달라고 했다……. 아마도 투 페어일 듯했다. 한 가지는 확실했다. 미리 준비된 카드에서 전후 순서는 결정되어 있고 그것은 굉장히 중요하다. 예정된 수순을 깨면 전체 구도가 뒤죽박죽된다. 나는 8 세 개를 버리며 카드 석 장을 달라고 했다. 극히 미묘한, 거의 보이지 않는 놀라움의 실룩임이 늘어진 턱살의 얼굴을 스쳐 갔다. 아마도 내가 교체하지 않고 그대로 남아 있을 거라는 가정 하에 다음 카드가 준비되어 있었을 것이다. 내 왼쪽 사람은 두 장을 교환했다.

늘어진 턱살 자신은 그대로 남아 있었다. 그 순간 그의 패를 알 수 있었다. 포 카드가 분명했다. 숫자가 높은 포 카드는 아닐 것이다. 풀 하우스나 플러시를 누르기 위해 그럴 필요까지는 없을 테니 말이다.

내게 돌아온 새 카드를 보니 퀸, 스페이드 6과 9였다. 내가 교환하지 않는다는 전제에서 정렬되어 있었으므로 퀸과 6은 원래 내 왼쪽 사람에게 돌아갈 카드였다.

늘어진 턱살은 내가 퀸 석 장, 스페이드 6과 9를 들고 있다는 사실을 뻔히 알고 있었다. 원래의 내 카드보다 더 낮은 패였다. 우리가 사용하는 카드는 푸른색 자전거 모양 카드였다.

대부분의 경우, 프로 도박 게임에서 사용되는 카드는 뒷면에 중간 명도로 빨강과 파랑의 자전거가 도안된 제품이다. 아마도 표식을 남기기 어렵다는 이유 때문에 이 카드가 공인되었을 것이다. 나는 코트 아래에 빨강과 파랑 각각 한 벌씩을, 종류와 숫자에 따라 몸 전체 곳곳에 나누어 숨겨 왔다. 간단한 일이었다. 벌써 오랫동안 이것이 내 직업이었으니 말이다.

나는 네 번째 퀸을 슬쩍 꺼내고 첫 베팅이 이루어질 때 스페이드 6과 바꿔치기했다. 첫 사람은 베팅을 포기했고, 두 번째 남자는 베팅 금액을 올렸다. 내 오른쪽 사람도 빠졌다. 내가 베팅에 응하며 액수를 더 올리자 내 왼쪽 남자 역시 포기했다. 늘어진 턱살은 베팅에 응하며 금액을 또 올렸다.

이제 늘어진 턱살, 그의 왼쪽 두 번째 남자, 그리고 내가 남았다. 늘어진 턱살이 같은 카드 넉 장을 들고 있음은 명백했다. 내게 풀 하우스의 미끼가 던져진 것으로 미루어 보면 또 다른 한 명은 플러시였다. 다시 한 바퀴 돌아가며 베팅액이 올라가자 플러시를 쥔 남자는 포기했다. 늘어진 턱살과 나는 테이블을 사이에 두고 마주 보았다. 걸려 있는 돈에 내 돈 700달러가 모두 들어가 있었다. 여기서 물러설 수는 없었다. 늘어진 턱살이 250달러를 올렸고, 나도 베팅에 응했다. 스티브의 돈 250달러어치 칩을 집어 들자 뒤쪽에서 성난 숨소리가 들려왔다.

늘어진 턱살은 네 개의 5를 들고 있었다.

나는 퀸 네 개였다!

그는 무표정한 얼굴로 칩을 내 쪽으로 밀었다. 그도 알고 있었고 나도 알고 있었지만, 그는 아무 말도 할 수 없었다. 나는 카드를 끌어 모으며 퀸 하나를 버리고 재빠르게 스페이드로 바꿔 넣었다. 그리고 나머지 카드와 뒤섞었다.

늘어진 턱살은 담배에 불을 붙였다. "당신, 어디서 본 것 같아." 그가 말했다. "혹시 빌하고 친구 되시나?" 그의 목소리는 무뚝뚝했다.

"그렇소." 나는 말했다. "그 양반 잘 알지." 프로 도박꾼들은 세계 어디에서나 그런 식으로 암시적인 인사를 하는 법이다.

늘어진 턱살은 어깨를 으쓱해 보였다. "그 친구 최근엔 못 봤어."

게임은 1시간 후 종료되었다. 나는 더 이상 모험을 시도하지 않고 정석대로 플레이했고, 딴 돈을 지키려 보수적인 베팅을 계속했다. 호텔을 나설 때엔 3,500달러를 딴 상태였다. 나는 700달러, 그러니까 그리스 친구의 몫 20퍼센트를 지폐 뭉치에서 떼어 주고, 보여 주기만 할 돈이었던 원금 500달러도 건넸다. 그는 투덜거리며 자기 주머니에 쑤셔 넣었다. "당신 내 돈에 손댄 거 마음에 안 들었어."

"지금도 마음에 안 듭니까?" 내가 물었다.

"그건 아니지. 하지만 약속하고 달랐잖소." 그는 말랑한 회색 모자를 머리에 깊이 눌러쓰며 택시를 불렀다. 차에 올라타기 전 그는 잠깐 멈추었다. "괜찮은 밤이었소." 그렇게 부드럽게 이야기하더니, 택시에 앉은 후 덧붙였다. "하지만 카드 사기꾼들은 오래 못 살아."

"이 정도면 충분합니다." 나는 대답했다.

그의 택시는 떠나갔다.

주머니엔 딴 돈과 원금을 합쳐 3,000달러가 조금 넘게 들어 있었다.

그린리프를 해치우기에 충분한 돈이었다.

XV

"증인의 이름은," 캐넌이 물었다. "제럴드 라이트바디 씨가 맞지요?"

"예." 라이트바디는 자신이 이스트 89가 저택에서 반 블록 정도 떨어진 작은 아파트의 관리인이라고 밝혔다. 이어진 캐넌의 신문에서 그는 석조 저택에서 대략 하루에 2시간 일한다고 했다. 오전 일찍 보일러를 살펴보고 쓰레기통을 길에 내놓는다. 그리고 오전이 지나기 전에 되돌아와 쓰레기통을 다시 지하에 가져다 놓는다. 자기 전엔 보일러 재를 비우고 야간 난방용 불을 지피면 된다.

"증인은 보일러실을 많이 오갔으니 그곳을 아주 잘 아시겠죠?" 캐넌이 물었다.

"예." 라이트바디가 끄덕였다. "제 얼굴만큼이나 잘 알죠."

"작년 11월 22일 밤, 그리고 다음번, 그러니까 며칠 후 보일러실을 보았을 때 그 사이에 사라진 물건이 있었습니까? 방에 늘 있었던 물건 중에서?"

"네. 무게가 꽤 나가는 나무 작업대가 있었습니다. 그리고 사방 2, 3미터 정도의 캔버스 천이 있었습니다."

"그렇군요." 캐넌은 잠시 생각했다. "작업대부터 질문하겠습니다.

그 물건의 용도가 무엇이었지요?"

"작업하는 선반이었죠. 두드리고 못 박을 때 그 위에 올려놓고 했습니다."

"사람의 무게를 지탱할 정도로 튼튼했나요?"

"예." 라이트바디가 증언했다. "그 위에 앉아서 담배를 피운 적이 많았으니까요."

"길이는 누울 만큼 길었습니까?"

"겨우 누울 정도는 됐지요. 해 보진 않았습니다."

"자! 그러면, 캔버스 방수포의 경우는, 어디에 쓰던 것입니까?" 검사가 물었다.

"뭔가 칠할 일이 있을 때 바닥에 깔고 했습니다. 페인트나 송진이 다른 곳에 묻지 않게 하기 위해서 말이죠."

"그리고 11월 22일 이후에," 캐넌은 힘주어 강조했다. "선반이나 방수포를 다시는 보지 못하셨다는 뜻이로군요."

"그렇습니다." 라이트바디가 증언했다.

"아주 명료한 답변입니다." 캐넌이 계속 물었다. "증인이 말씀하신 업무들은, 시간으로 따지면 몇 시간 안 걸리는 것 같은데 아파트에서 하는 다른 일과 서로 겹치지는 않았나요?"

"그렇지 않습니다." 라이트바디는 어깨가 단단하고 손이 크고 불그스레한, 작지만 강단 있는 체구의 사람이었다. "실제로 많은 관리인이 그런 부업을 하고 있습니다만……."

"다른 잡일을 하도록 지시를 받거나, 혹은 그런 게 업무의 일부분인 적이 있었습니까?"

"아, 예. 자주는 아니었고 그다지 대단한 일은 아니었죠. 주로 인도와 계단을 쓸었습니다. 가끔 수리를 하기도 하고, 하수구를 뚫거나 전기 콘센트가 고장 났을 때 말이죠. 그런 간단한 일들이었습니다."

"그런 일을 하면서 아이샴 레딕을 본 적이 있습니까?"

"그럼요. 아주 많이 봤습니다."

"이야기한 적도 있나요?"

"네. 꽤 많이 했지요."

"아이샴 레딕이 증인이 하는 일을 돕겠다고 한 적이 있었나요?"

"아뇨. 거의 없었습니다. 그냥 옆에서 쉬면서 담배를 피우고, 가끔 사다리를 잡아 주는 정도였어요. 그 친구는 손에 때 묻히는 걸 싫어해서 전혀 하지 않았어요! 그러니까 말하자면, 자기는 그런 일에 어울리지 않는다고 생각하는 친구였습니다!"

"그런 얘기를 자기 입으로 하던가요?"

"그럼요. 아주 허세를 부리는 친구였고…… 뭐, 가령 콩그레스 담배를 피운다던지 하는 거 말입니다. 그건 비싼 담배거든요. 한 갑에 35센트나 하는. 장담하건대 그 친구 봉급으로는 절대 그런 건 못 삽니다."

"이의 있습니다." 덴먼이 끼어들었다.

"인정합니다. 증인의 마지막 발언은 삭제하세요." 판사가 명령했다.

"계속 말씀하십시오, 라이트바디 씨." 캐넌이 거들었다.

"네, 언젠가는 작은 유리창 하나가 깨져서 갈아 끼우려고 갔습니다. 그날 저는 집사람과 외출하려던 참이었습니다. 뉴욕 반대쪽에 사는 집사람 친척을 만나려고 옷을 차려입었죠. 그날은 일요일이었는데 제 급여 수표를 현금으로 채 바꾸지 못해서 돈이 좀 필요했습니다. 전 레딕에게 5달러만 빌려 달라고 했습니다. 월요일에 은행에 가서 수표를 현금으로 바꿔 주겠다고 했지요. 레딕은 웃더니 알았다면서 필요한 돈을 빌려주었습니다. 그런데 글쎄, 지폐 다발을 꺼내더니 20달러짜리 한 장을 주는 겁니다! 그러는 동안 계속 웃어 댔고, 주머니에서 봉투 하나가 떨어지는 걸 모르는 것 같았습니다. 저는 봉투를 꺼내서 그에게 주었죠. 그 위엔 숫자가 가득 쓰여 있었어요. 레딕은 봉투를 구겨서 뭉치더니 입구 쪽 계단에 던지는 겁니다. 제가 뻔히 일하고 있는 쪽에다가 말입니다."

"그때 레딕이 증인에게 한 말이 있습니까?"

"제가 빌려줘서 고맙다고 했더니 안 갚아도 된다고……. 자기가 무슨 갑부라도 되는 양 별 대단찮게 얘기하는 겁니다. 그 말에 전 화가 나서 머리카락이 곤두서는 느낌이었지만, 말로는 부자 친구가 있으니 좋다고 해 주었습니다."

"그 말에 아이샴 레딕이 무어라고 답했죠?"

"자기가 부자이고, 조금 있으면 더 부자가 된다고 했습니다."

"정리해 보겠습니다, 라이트바디 씨. 아이샴 레딕이 자기가 부자라고 말했고, 조금 있으면 더 부자가 된다고 말했다. 맞습니까?"

"맞습니다."

"알겠습니다. 계속해 보세요. 그다음엔 어떻게 됐나요?"

"레딕은 집 안으로 들어갔고, 저는 일을 끝냈습니다. 계단을 내려가는데 레딕이 버린 봉투가 보였습니다. 지저분해 보여서 제가 집었죠. 주변에 쓰레기통이 없어서 집에 가서 버리려고 주머니에 넣었습니다. 그런데 집에 가자마자 집사람이 빨리 나가자는 겁니다. 그래서 그대로 잊어버리고 말았습니다." 라이트바디는 잠시 쉬더니 이어나갔다. "그다음 주 집사람이 제 옷을 세탁소에 보내기 전에 주머니를 정리했습니다. 그때 봉투를 발견하고 저에게 보여 주면서 필요한 거냐고 묻더군요. 집사람은 제 것이라고 생각했으니까……."

"부인께서 봉투를 발견하고 증인에게 뭐라고 했습니까, 라이트바디 씨?"

"'이거 중요한 거예요?'라고 했습니다."

"증인은 뭐라고 대답하셨죠?"

"뭔지 모르겠다고 했죠. 달라고 해서 보았더니 숫자가 죽 쓰여 있었고, 레딕이 버린 봉투였다는 게 생각났습니다. 그래서 저는 집사람에게 '중요한 거 아니야. 내가 버릴게'라고 했습니다. 저는 책상 위 청구서나 영수증 같은 것들이 있는 곳에 두었습니다. 버리려고 하면서 자꾸 잊어먹게 되었는데, 경찰이 와서 질문을 했습니다."

"경찰이 증인에게 찾아와서 대화를 나누던 중에, 증인은 숫자가 쓰인 봉투가 떠올랐고, 그래서 경찰관에게 주었습니다. 맞습니까, 라이트바디 씨?"

"네. 맞습니다."

캐넌은 심하게 구겨진 봉투를 들고 라이트바디에게 건넸다. "아이샴 레딕이 버린 후에 증인이 주웠던 그 봉투가 맞습니까?"

라이트바디는 찬찬히 훑어보고 끄덕였다. "네. 똑같은 겁니다. 경찰이 저더러 표시를…… 여기 하라고 했습니다." 그는 한쪽 구석에 있는 자신의 머리글자를 가리켰다.

"감사합니다. 라이트바디 씨." 이어서 캐넌은 배심원들을 향해 말했다. "이제부터 봉투 위의 숫자를 읽어 드린 후 증거물로 제출하겠습니다. 봉투의 한쪽 면에는 아이샴 레딕의 이름과 주소가 있고 우표와 소인이 찍혀 있습니다. 이름과 주소는 타자기로 친 것이고, 봉투에 반송 주소와 이름은 표기되어 있지 않습니다. 반대쪽에는 여섯 개의 숫자가 연필로 쓰여 있습니다. 이 숫자들은 세로로 가지런히 정렬되어 있고, 가장 위 숫자에는 달러 표시가 되어 있습니다." 캐넌은 봉투를 들고 읽었다.

$ 1,000.00

1,800.00

2,000.00

4,000.00

6,600.00

8,500.00

"마지막 $8,500.00 아래엔 줄이 한 줄 그어져 있지만 합계는 쓰여 있지 않습니다. 혹시 합이 궁금하시다면, 답은 $23,900입니다. 또한, 숫자들 옆에는 연필로 쓴 글자가 있습니다. '추가 예정.'" 캐넌은 봉투를 배심원들이 볼 수 있도록 건넸다.

라이트바디를 다시 향하며 캐넌이 말했다. "증인에게 묻고 싶은 점이 한 가지 더 있습니다. 11월 22일, 아이샴 레딕이 여기 있는 피고인의 지시라며 딤스 양에게 휴무를 줬다는 증언을 들으셨을 겁니다. 레딕이 증인에게도 비슷한 이야기를 했습니까?"

"맞습니다. 전화가 울려서……."

"시간이 언제죠, 라이트바디 씨. 날짜는 며칠입니까?"

"초저녁이었습니다. 우리가 막 저녁을 먹으려고 앉은 참이었으니까 6시경이었을 겁니다. 11월 22일 저녁이었습니다. 아이샴 레딕이 전화를 하더니, 날씨가 따뜻하니 보일러는 신경 쓰지 말라고 했다고, 어르신이 여행을 가니 다음 날은 쉬어도 된다고, 그렇게 말을 전했습니다."

"그래서 증인은 11월 22일 밤과 23일 오전에는 다른 날과 달리 보일러를 살펴보러 가지 않았지요?"

"네. 그리고 레딕이 집사람에게도 청소와 관련해서 같은 말을 해 달라고 하더라구요. 그래서 그렇게 전해 주었죠."

캐넌은 라이트바디를 증언석에서 내려보냈다. 덴먼은 반대 신문의 기회를 나중으로 미뤘다. 그 후 검사는 필적 전문가 앨빈 하트니를 다시 증인석으로 불러냈다. "하트니 씨, 이 자료를 감정해 보셨겠죠." 캐넌은 숫자가 쓰인 봉투를 그에게 건넸다. "맞습니까?"

"예." 하트니가 대답했다.

"증인께선 아이샴 레딕의 다른 필적들……. 정비 공장에 보낸 메모, 딤스 씨에게 보낸 엽서, 그리고 다른 샘플들도 검사를 하셨지요?"

"그렇습니다. 아주 자세히 살펴보았습니다."

"아이샴 레딕이 정비 공장에 보낸 메모, 딤스 씨에게 보낸 엽서, 기타 다른 샘플들에 근거하면, 봉투에 있는 글씨가 같은 사람이 쓴 것입니까?"

"같은 사람이 쓴 글씨입니다."

"증인께서는 봉투 위의 숫자나 단어들이 의문의 여지없이 아이샴 레딕이 썼다고 증언하시겠습니까?"

"그렇습니다." 하트니는 자신만만했다.

캐넌은 증인을 덴먼에게 넘겼다. 변호인은 반대 신문을 시작했다. 두꺼운 뿔테 안경을 손에 벗어 들고 덴먼은 생각에 잠긴 듯 안경을 손끝으로 두드렸다. "필적 감정을 하기에 알파벳보다 숫자가 더 어렵다고 알고 있습니다. 맞습니까?"

"글쎄요……. 어느 정도는 그렇습니다."

"'어느 정도'라는 말을 설명해 주시겠습니까?"

"알파벳 글자에 비교해서 숫자는 균일하게 쓰이는 경우가 많습니다."

"알겠습니다. 그러면……. 이 봉투 뒷면에 있는 숫자의 경우, 제가 따져보니 1, 2, 4, 5, 6, 8, 0이 있습니다. 3−7−9는 없습니다. 그런데 아이샴 레딕이 딤스 씨에게 보낸 엽서를 보면 주소란에 숫자 3과 7이 있고…… 그리고 물론 '89가'라는 주소도 있습니다. 그러니까 봉투와 엽서에서 유일하게 겹치는 숫자는 8밖에 없습니다! 그런데 하트니 씨, 증인께서는," 덴먼은 냉철하게 일갈했다. "그것만으로, 의문의 여지없이, 판단할 수 있다는 것입니까?"

"다른 근거가 있습니다." 하트니가 대답했다.

"어떤 근거입니까? 숫자는 분명히 없습니다! 정비 공장에 보낸 메모라는 건 단순히 청구서 뒷장에 아이샴 레딕이 답장을 끼적인 것입니다. 제가 증인에게 답장을 읽어 드리겠습니다. 날짜는 적혀 있지 않다는 점도 상기시켜 드리겠습니다. 레딕은 '이 청구서는 이틀 전 지불되었음'이라고 썼습니다." 덴먼은 잠시 멈추었다가 이어 나갔다. "자, 저는 질문에 대한 답을 기다리는 중입니다. 다른 근거란 무엇입니까?"

"봉투 위에 레딕은 '추가 예정'이라고 썼습니다."

덴먼은 '추가 예정'이라는 말을 냉소적으로 반복했다. "딤스 씨에게 보낸 엽서에 레딕은 아주 간단하게 '또 봐요. 내일 갑니다'라고 썼습니다." 그는 의도적으로 잠시 말을 멈추었다가 물었다. "그의 서명, 그리고 '이 청구서는 이틀 전 지불되었음', '또 봐요. 내일 갑니다', 그리고 숫자 8을 가지고 필적이 일치하는지를 판단할 수 있습니까?"

"그렇습니다." 하트니는 단호히 대답했다. "단어는 다를지 모르지만 글자는 같습니다."

"저는 글자 이야기를 하는 것이 아닙니다." 덴먼은 말을 끊었다. "숫자를 얘기하는 겁니다. 레딕이 썼음이 확실한 숫자는 3, 7, 8, 9밖에 없습니다. 그런데 증인은 그가 나머지도 썼다고 얘기할 수 있습니까?"

"예. 할 수 있습니다." 하트니는 화가 나서 쏘아붙였다. "다른 숫자들도 썼으니까요!"

덴먼은 불현듯 기억이 떠올랐다. 그는 재빨리 증인을 증언대에서 내려보냈다. 하트니는 조용히 판사를 바라보다 천천히 자리에서 일어났다. 그 모습을 가만히 지켜보던 판사가 입을 열었다. "진실을 알아내는 것이 본 법정의 의무입니다. 재판장이 증인에게 질문하겠습니다. 하트니 씨, 방금 아이샴 레딕이 쓴 다른 숫자도 있다고 말씀하셨는데, 그가 쓴 다른 숫자가 무엇이고 증인이 언제 보았는지 말씀해 주세요."

하트니는 판사를 똑바로 바라보았다. "예, 재판장님." 그는 말했다. "아이샴 레딕이 택시 면허 지원서를 냈을 때 자기 나이, 키, 그리고 몸무게를 썼습니다. 그 숫자는 1, 3, 5, 6, 7이었습니다. 따라서 아이샴 레딕이 쓴 글자와 봉투 위의 숫자엔 1, 5, 6, 8이 공통으로 존재합니다. 그 정도면 충분히 감정할 수 있습니다."

"감사합니다, 하트니 씨." 판사가 말했다. 하트니는 증인석을 떠났다. 덴먼은 그를 무시하고 제럴드 라이트바디를 다시 부를 수 있도록 요청했다. 라이트바디가 자리에 앉자, 덴먼은 그를 조심스럽게 바라보았다. 변호인은 마음이 편치 않았다. 기껏해야 상당한 정황 증거에 불과하다고 생각했던 것들이 자신의 의뢰인을 천천히 옥죄어 가고 있었다. 어딘가 거대한 빈틈이 존재하는 증거들……. 쐐기를 박아 더 넓게 벌릴 수 있을 그 틈새는 보기보다 단단해 보였다. 덴먼은 마른 몸을 앞으로 기울이고 증인의 적대감을 부각시켜 증언의 신빙성을 희석시킬 방법을 곰곰이 따져 보았다.

"라이트바디 씨, 증인은 아이샴 레딕이 '손에 때 묻히는 것을 좋아하지 않았다'고 표현하셨지요. 맞습니까?"

"맞습니다. 정말로 안 좋아했어요!"

"그러니까 다른 말로 하자면, 증인이 보수를 받고 하도록 되어 있는 일을 아이샴 레딕이 해 주지 않았다는 이유로, 증인은 레딕이 손에 때 묻히는 것을 좋아하지 않았다고 생각한 것이로군요?"

"그게……."

"아이샴 레딕이 증인에게 자기 일을 도와 달라고 한 적이 있습니까?"

"없습니다." 관리인이 대답했다.

"그런데도 증인은 레딕을 경멸할 생각인가요?" 덴먼의 목소리는 가벼웠다. "증인, 혹시 볼링 치십니까?"

"네." 라이트바디는 방어적으로 수긍했다. "조금 칩니다만."

"가끔 영화관도 가십니까?"

"자주는 아니지만……."

"그러니까," 덴먼은 단언했다. "증인은 볼링을 치고, 영화관에 가고, 가끔 야구장에도 갑니다. 증인은 50센트, 1달러 정도를 이곳저곳에 씁니다. 2달러를 쓰기도 할 겁니다. 그래도 증인이 원해서 하는 일이잖습니까? 그렇죠?"

라이트바디는 불편하게 몸을 꿈틀거렸다. "뭐, 아주 가끔씩 은……."

덴먼의 목소리가 재빨리 파고들었다. "증인이 즐기는 것은 괜찮고, 아이샴 레딕이 담배 한 갑에 10센트나 12센트 정도 쓰는 것은, 그런 취향이 있다는 이유로, 콩그레스 담배를 산다는 이유로, 증인은 허세를 부린다고 비난하시는군요. 무슨 잣대로 다른 사람을 그런 식으로 평가하십니까, 라이트바디 씨?"

라이트바디는 헛기침을 하고 안절부절못하며 다리를 꼬았다. "그건……."

"하나만 더 묻겠습니다! 일요일이고 증인은 돈이 하나도 없습니다. 수표가 있는데도 현금으로 바꾸지 못한 건 증인의 잘못입니다. 증인은 아이샴 레딕에게 5달러를 빌려 달라고 합니다. 레딕은 아주 너그럽고 기분 좋게 응합니다. 5달러가 아니라 20달러를 줍니다! 증인은 머리카락이 곤두섰다고 했습니다. 감사는 못할망정 사악한 동기를 뒤집어씌우려고 합니다. 안 그렇습니까?"

이제 얼굴이 붉으락푸르락하는 라이트바디는 고개를 저었다. "아니에요!" 그는 소리쳤다.

"아니라니, 무슨 뜻이죠? 처음엔 아이샴 레딕이 웃고 있었다고 하더니, 바로 다음 말에선, 좀 있다가 부자가 된다는 레딕의 말이 농담이 아니었다고 하셨습니다." 덴먼은 이제는 엎질러진 물이라고 생각했다. 내친김이었다. 레딕을 친절하고 인정 많은 캐릭터로 그려 내려는 의도는 전혀 아니었다. 단지 자신의 의뢰인이 그를 살해할 동기가 전혀 없었음을 증명하려는 것이었다. 배심원들 앞에서 라이트바디의 흐트러진 모습만 보여 주면 되는 것이다. 증인이 흥분할 가능성이 충분히 있었다. 덴먼은 계속 그를 찔러 댔다. "그러니까 레딕이 증인을 우호적으로 도와주려고 돈을 빌려주었는데, 보답으로 증인은 온갖 트집을 잡아 그를 모독하려는 겁니까?"

"변호사님은 그 사람을 모릅니다!" 라이트바디가 소리 질렀다. "그 인간은 집주인 행세를 한단 말입니다. 물론 진짜 주인이 있을 때는 있는 대로 설설 기면서 굽실굽실하죠. 그날 밤에도 전화로 뭐라고 했는지 아십니까? '오늘 밤은 불 땔 필요 없어요. 내일도 쉬도록 하세요.' 아니, 자기가 뭔데 나한테 휴가라도 준답니까? 아무 의미도 없었던 얘기입니다! 날씨가 따뜻해서 어차피 보일러를 가동하지 않은 지 이틀이나 됐던 때란 말입니다!"

돌아서 있던 덴먼은 갑자기 몸을 돌려 라이트바디를 보았다. "그러니까 그 며칠 동안 보일러를 가동하지 않았다는 말입니까? 그리고 11월 22일에도 애초부터 불이 없었다는 겁니까?"

"제 말이 그 말입니다." 라이트바디는 부루퉁해서 대답했다.

"그렇다면 레딕이 의도적으로 증인에게 전화를 해서, 보일러는 신경 쓰지 말라고 하다니……. 어차피 불도 안 때는데 그런 말을 하는 건 좀 이상하지 않습니까?" 덴먼은 솟구치는 흥분을 느꼈다. 드디어 실마리가 잡힌 것 같기도 했다. 어디로 흘러갈지 모르면서도 그는 실타래를 풀어 보려 했다. "보일러를 때지 않는다는 사실을 레딕도 알고 있었나요?"

　"당연히 알고 있었죠. 그 친구 습성이 원래 그래요……. 자기가 뭐라도 된 듯이 거드름을 피우는 겁니다." 라이트바디는 갑자기 덴먼의 희망을 꺾는 말을 던졌다. "그게 레딕의 말버릇이란 말입니다. 지시를 내릴 권한은 그 친구한테는 전혀 없어요. 주인의 지시를 받아서 전달하는 게 전부지." 라이트바디는 눈을 돌려 피고인을 보았다가 재빨리 눈길을 거두었다.

XVI

3,000달러라……. 그린리프 추적을 시작하기에 넉넉한 돈이었다. 몸이 회복되는 동안, 밤이고 낮이고 나는 다른 생각은 하지 않았다. 호텔 방 침대에 누워, 내내 그를 생각하며 얼굴 생김새를 떠올려 보려 했다. 하지만 불가능했다. 가능한 척도 할 수 없었다. 그를 떠올릴 때마다 얼굴 없는 남자의 몸이 그려질 뿐이었다. 종이 인형, 손발이 있고 옷도 완벽하게 차려 입었지만 얼굴은 없는 인형이 연상되었다. 얼굴까지 갖춰진 다른 인형 위로 옷을 옮기고 나면 그때서야 그림이 완성되는 것이다.

그린리프와 면식이 있는 사람 중 내가 알고 있는 이는 딱 한 명이었다. 윌 쇼였다. 그는 이미 죽었다. 그린리프의 목소리를 알아들을 가능성이 있는 사람도 딱 한 명이었다. 탤리였다. 그녀 또한 죽었다.

나는 침대에 누워 어두워져 가는 방 안을 매일 지켜보았다. 저 아래 도시의 불빛이 건물 벽을 기어 올라와, 창턱을 타 넘고 조금씩 조금씩 은밀히 벽을 올라온다. 깜깜한 방 안, 천장에만 그림자가 오가며 빛이 명멸하는 모습을 나는 가만히 누워 지켜본다. 그럴 때면, 그린리프에 대해 몇 안 되는 정보의 조각들을 애써 들춰 보며 끊임없이 생각했다. 처음에는 오랫동안 집중할 수 없었다. 곧 정신이 산란

해져 버리고 "그린리프, 그린리프"라는 단어만을 되뇔 뿐이었다. 하지만 그 단어 자체에 아무런 내용이 없기에 전혀 의미 없는 일이었다. "태평양, 태평양"이나 "대서양, 대서양"이라고 생각하는 것과 매한가지였다. 그러던 어느 순간, 무엇인가 갑자기 떠올라 나는 한동안 극히 맑은 정신으로 집중할 수 있었다. 뱃속에선 더 이상 견딜 수 없어질 때까지 증오의 공이 굴러다녔다. 술은 이미 끊었기에 나는 욕실에 가서 물 한 컵을 받고 담배를 피우며 마셨다. 어둠 속에서 담배는 맛이 사라졌고, 끄트머리의 잿불만이 아직 타고 있음을 알려 주었다. 빨갛게 타오르는 그 눈이 나의 증오인 듯했다.

몇 날, 몇 주일이 흘러가며 자리가 잡혀 갔다. 조금씩 잡혀 간 윤곽이었다. 당연한 말이지만, 그린리프가 가명임은 명백했다. 그것도 돌아가신 삼촌에게만 썼던 가명이 확실했다. 그는 사기꾼이었고…… 범죄 세계의 고수이자 실력자였다. 다른 범죄자들보다도 훨씬 지적이고 교활하고 약삭빨랐다. 그러니 범죄 기록 없는 깨끗한 새 이름을 썼을 것이다.

둘째, 그는 지극히 무자비했다. 계획적인 살인자라기보다는 기회가 오면 살인도 마다치 않는 사람이라 해야 할 것이다. 모르긴 해도 살인 행위를 즐기는 것까지는 아닐 것이다. 흉기로 죽이지 않고 실족사를 위장한 것도 그 때문일 수 있다. 물론 이 점에 관해서 확신할 수는 없었다. 순전히 추측에 불과했다.

마지막으로, 그린리프에게 공범은 없을 거라는 느낌이 들었다. 대부분의 사기꾼들은 불필요한 관련자를 만들고 싶어 하지 않는다. 특정 상황을 연출하고 조성하기 위한 협조관계가 필요하지 않다면 말이다. 많은 수의 사기꾼이 함께 공조한—대여섯에서 열두어 명까지—대규모 사기가 있긴 했지만 그것은 예외적 경우이다. 연륜 있고 자신감 있는 그린리프라면 타인의 도움이 필요치 않았을 것이다.

그러나 그린리프에게 어딘가에 협력자가 있음은 물론이다……. 바로 인쇄업사였다. 위조지폐 동판을 인쇄하기 위해 그는 인쇄업자를 필요로 했고, 그것도 솜씨 좋은 사람이어야 했다. 그 역시 특이한 사실은 아니었다. 사기 게임에 뛰어든 사람은 인쇄업자와 연계가 있는 법이다. 사기꾼들에겐 가짜 편지봉투, 가짜 청구서, 위조 주식증명서가 필요하다. 휴짓조각에 불과한 채권과 기타 보여 주기 위한 종이들. 따라서 그린리프에겐 인쇄업자가 있다—아름답고 진짜 같은 5, 10, 20달러짜리를 인쇄할 누군가가.

또 다른 쟁점은 판단하기 어려웠다. 그린리프는 위조화폐를 손수 유통시켰을까, 혹은 누군가 업자와 거래했을까? 위조지폐 업자라면 1달러에 10센트 가격으로 사들여서는 또 다른 사람에게 그보다 비싼 돈으로 넘길 것이다. 반면에 그린리프가 직접 유통하는 경우라면 지폐를 쓰고 잔돈을 챙기는 수법을 쓸 것이다. 만일 도매로 넘긴다면 그린리프를 찾기 어렵다. 하지만 손수 유통시키고 있다면 잡을 수도 있다. 오래 숙고한 후 나는 그린리프 자신이 직접 유통시키고 있을 거라 결론 내렸다. 도매가 빠르고 손쉬운 돈벌이긴 하지만 훨씬 위험하기 때문이다! 왜냐하면 엄청난 양의 위조지폐가 서로 다른 도시들을 동시다발적으로 습격할 것이고, 더 많은 은행에서 위폐가 유통되고 창구를 오가며 발각될 가능성도 더 많아지기 때문이다. 그러니 관계 당국의 주목을 끌 가능성도 높아지게 된다. 그처럼 멋들어진 동판을 가지고, 그린리프는 오랜 기간 손수 유통시키며 안전한 방향을 택할 것이다. 지나치게 많은 양을 한꺼번에 시장에 쏟아붓지만 않는다면 그는 영원히 먹고살 수 있다. 백만장자처럼 말이다. 또 아주 조금씩만 인쇄함으로 해서, 도매로 넘겼을 경우, 가령 도매업자나 다른 유통자 들이 다른 범죄로 잡혀 들어갔다가 자신과 관련된 사항까지 경찰에 털어놓아 발각되는 걱정을 하지 않아도 된다. 손수 유통시키는 것이 내겐 합리적으로 보였다.

포커에서 돈을 마련한 나는 데이브 셔즈를 보러 갔다. 데이브는 사설탐정 사무소를 운영하는 사람이다. 네바다 주 도박 하우스에서는 거물을 보호하는 경호대 수장이었다. 오래전 그곳에서 한 시즌 일한 적이 있는데, 그때 알게 된 이후로 나는 셔즈와 친분을 유지해오고 있다.

그는 나를 기억했고 진심 어린 악수를 청했다. "앉게, 루." 그가 말했다. "어떻게 지내고 있나?"

"그저 그렇습니다." 나는 사무실을 둘러보았다. "월넛 나무벽, 섹시한 비서, 시체는 다 어디 갔나요?"

데이브는 웃었다. "자네 영화를 너무 많이 봤군." 그는 하품을 하고 머리 위로 기지개를 켜더니 의자에 깊이 물러 앉아 책상 위에 발을 올렸다. "이쪽 업계는 너무 조용해." 그는 말했다. "너무 심심해서 난 요즘 교회 자선 빵 굽기 행사에 다녀."

"살인 사건은 없나요?" 나는 놀라는 척하며 물었다.

"전혀 없지. 있어도 경찰이 우리를 몰아내. 미심쩍은 남편, 더 미심쩍은 부인 들, 보험 조사 몇 개……."

"그래요." 나는 천천히 용건을 꺼냈다. "혹시 제 일거리에 관심 있으실지도 모르겠네요. 뭔가 캐내는 일인데."

"캐는 건 뭐든지 관심 있지. 꽃나무 캐는 일도 포함해서." 그는 대답했다.

"그때 그 도박장 친구들 아직도 연락하십니까?" 나는 물었다. 리노의 그 시절, 셔즈의 임무 중 하나가 전문 도박꾼, 사기꾼, 알려진 범죄자 들을 클럽에 드나들지 못하게 막는 일이었다.

"몇 명은 리노에서 떠난 다음에 라스베가스에서 일을 했고, 지난 몇 년간은 내 사업을 했지. 혹시 누구 관심 있는 사람이 있나?"

"한 명이요. 이름이 그린리프인데, 본명일 수도 있지만 십중팔구 아닐 겁니다. 생김새도 모르고 출신지도 모르고 배경도 모르고……. 도움이 될 만한 다른 것도 모릅니다."

"그거 참 아는 게 적군."

"제가 아는 거라곤 그 사람이 1년쯤 전에 필라델피아 일대에서 돌아다녔다는 겁니다. 몇 달 전까지도 필라델피아에 있었습니다. 그리고 그곳 은행에 계좌를 열었는데 무슨 은행인지는 모릅니다. 개인 수표를 사용했으니 그린리프라는 이름을 썼던 것은 확실합니다. 주소가 어디였는지, 이름 나머지의 머리글자가 어떻게 되는지, 그런 건 전혀 모르겠습니다."

"그게 전부인가?"

"전부입니다."

"그런 이름은 떠오르지 않네. 그린리프라는 이름은 도박업계 쪽에서는 들어 보지 못했어. 이름이나 가명으로 경찰에 조회해 볼 수는 있어."

"알겠습니다." 나는 동의했다.

"그리고 보험 관계로 아는 꽤 괜찮은 연줄이 좀 있어. 필라델피아 쪽 은행 계좌를 알아볼 수 있을 것 같아. 된다고 보장할 수는 없지만 말이야. 그건 도움이 되겠지?"

"무어라도 도움이 됩니다."

"한번 해 보도록 하지." 데이브가 말했다. 그는 책상에서 발을 내리고 담뱃갑을 흔들어 하나를 꺼냈다. 불을 붙이며 그는 물었다. "자네가 왜 그린리프에 관심이 있는지 이유를 알려 줄 수 있나?"

"없습니다." 나는 말했다. "이유 같은 건 아무것도 없어요."

그는 어깨를 으쓱했다. "뭔가 나오면 곧 연락해 주도록 하지."

나는 지폐 몇 개를 꺼내 그의 책상 위에 놓았다. "얼마나 더 드는지 알려 주십시오."

데이브는 싱긋 웃었다. "루, 옛정을 생각해서 그 정도면 충분해. 알래스카에서 개썰매 빌려 쓸 일만 없으면 말이야."

그동안 생각해 오던 또 다른 사항이 있었다. 의미가 있을 수도, 없을 수도 있지만, 데이브가 도와줄 수 있는 성질의 것은 아니었다. 하지만 콜럼비아 대학 교수라면 할 수 있었다. 그의 이름은 서면 사이먼스로 로망어 전공 교수였다. 사이먼스 교수는 이탈리아어, 스페인어, 프랑스어, 포르투갈어에 능통했다. 게다가 독일어, 네덜란드어, 기타 파생어들에도 꽤 깊은 지식이 있었다. 나는 전화를 걸고 다음 날 수업이 끝난 후 만나기로 약속을 잡았다. 놀랍게도 그는 비교적 젊은 남자로, 땅딸막한 체격에 머리색이 짙었다. 핑크색 플라스틱 테의 녹색 선글라스를 쓴 그는, 가만히 앉아 있는 능력은 완벽히 결여된 인물이었다. 말하는 동안 그는 옷깃을 매만지고, 손바닥으로 머리카락을 쓸고, 신경질적으로 선글라스를 고쳐 쓰고, 의자에서 시계 방향으로 자세를 바꾸고, 끊임없이 담배를 피우고, 더 이상 할 게 없으면 바닥을 발끝으로 두드렸다.

사이먼스와 마주 앉아 나는 수고에 대한 금전적 대가를 지불하겠다는 의사를 분명히 밝혔다. 그는 내 제안을 물리쳤다. "도움이 될 수 있다면 그 자체로 기쁩니다." 불안하게 양손을 서로 만지며 그는 덧붙였다. "그래도 굳이 그러고 싶으시다면 제 이름으로 적십자에 기부해 주십시오. 하지만 아무 도움도 못 드릴지 모릅니다."

"아, 예." 나는 천천히 대답했다. "말씀드리려는 것은…… 지극히 개인적인 중요성만 있는 사소한 겁니다." 녹색 안경 뒤에 있는 그의 시선이 어디를 향하는지 알지 못한 채 나는 그의 눈을 마주 보며, 온 힘을 다해 임기응변을 펼쳤다. "제 처가 몇 달 전 죽었습니다. 죽기 전 아내는 일종의…… 착란 상태에 빠져 있었고, 계속해서 '루운 후오오 투' 비슷한 발음의 말을 반복했어요. 우리 가족에게 무슨 의미가 있는 구절은 아니고, 단순히 그냥 별다른 의미 없는 소리였는지도 몰라요. 하지만 죽음이라는 게 가족에게 엄청난 영향을 끼치기 마련이어서, 우리 모두는 혹시 제 처가 죽기 전에 무언가 우리에게 이야기하려 한 것이 아닌가 궁금해하고 있습니다."

"아주 슬픈 얘기로군요, 마운틴 씨." 사이먼스는 동정적으로 답했다. "위로의 말씀을 드립니다. 제가 도움이 될지는 모르지만 노력해 보겠습니다. 부인께서 영어 말고 다른 언어를 구사하실 줄 알았나요?"

"제가 알기로는 없습니다만……."

"흐음." 교수는 손가락을 구부려서 끝과 끝을 마주 대고 텐트를 지었다가는 곧 무너뜨렸다. "학교 다닐 때 외국어를 배우지 않았을까요?"

나는 고개를 저었다. "전혀 모르겠습니다, 교수님. 고등학교에서 배웠을지는 모르지만 얘기를 들은 적은 없어요." 나는 잠시 멈추었다가 덧붙였다. "어쨌든 최고의 설명은, 정말 말 그대로 '루운 후 오오 투'라고 말했다는 것이겠죠."

"루운 후 오오 투…… 루운 후 오오 투라." 사이먼스 교수는 고개를 기울이고, 감탄사 같은 소리를 덧붙여 가며 그 구절을 반복했다. 단언컨대 안경 뒤에서 눈이 머리 위쪽으로 돌아갔을 것이다. 한쪽으로 고개를 돌린 그는 자신의 목소리를 들어 보는 것 같았다. 오랜 시간이 지난 후 그는 말했다. "선생님이 말씀하신 '루운 후 오오 투'라는 구절은 발음이 부정확한 것일 수 있어요. 어쩌면 돌아가신 부인께서 억양을 잘못 말했을 수도 있고, 또 의도하지 않게 선생께서 더 왜곡했을 가능성도 있습니다." 그는 작게 손을 흔들었다. "몇 가지 가능성이 떠오릅니다. 가장 확실한 건 프랑스어라는 겁니다. 프랑스에는 '이쪽이나 저쪽이나'라는 말이 있는데, 관용적으로 '어느 쪽이나 상관없다'라는 뜻으로 쓰입니다."

"그 구절이 뭡니까?" 나는 물었다.

" 'l'un au l'autre'입니다. 사이먼스 교수는 대답했다. 그의 말은 마치 '룬―우―로우―트라'처럼 들렸다. "혹시 이걸로 도움이 됐을까요?" 사이먼스는 물었다. 다시 한 번 머릿속에서 그린리프와의 대화를 전해 주던 탤리의 목소리가 들려왔다. 윌 쇼의 장례식 후에 전화를 해 온 그린리프는 동판을 달라고 요구했다. 탤리는 무섭기도 하고 화가 나기도 해서 동판의 존재를 부인했고, 혹시 찾게 되더라도 관계 당국에 신고하겠다고 위협했다. 그린리프는 웃더니 그녀가 서명했던 수표를 상기시켜 주었다. 그는 '물건 값은 치르겠어. 하지만 말을 안 들으면, 너희 집안에 또 한 번 사고가 나기를 바라고 있다고 생각하지'라고 했다. 그런 후 'l'un ou l'autre'라고 덧붙였다고 추론할 수 있다. 대화의 맥락으로 보아 합리적인 구절로 생각할 수 있다. 이쪽이든 저쪽이든, 어느 쪽이든 상관없으니 고르라는 것이다. 나는 사이먼스를 보았다. "실제로 어떤 의미였는지는 결코 알 수 없겠지만, 도움은 정말 감사합니다. 교수님."

"별로 한 것도 없는데요." 그는 변명하듯 머리를 흔들었다. "더 고민해 보면 다른 생각이 떠오를지도 모르겠습니다. 이번 주 중에 다시 한 번 전화를 주세요."

"고맙습니다." 악수를 하며 나는 말했다. "적십자에 수표를 보내도록 하겠습니다."

하지만 나는 교수에게 다시 전화를 걸지 않았다. 교수의 추측을 따져 보니, 정확한 억양으로 제대로 집어낸 것이라 확신하게 되었다.

며칠이 지나 데이브 셔즈에게서 연락이 왔다. 호텔에서 전화를 받은 나는 그의 사무실로 찾아갔다. 그는 지난번 만난 후 의자에서 움직이지 않은 것처럼 보였다. 앉으라고 손짓한 후 그는 수표의 복사본을 내밀었다. "인쇄가 꽤 흐릿해." 그는 말했다. "네거티브 마이크로필름에서 복사한 건데, 자네가 찾는 그 사람이 쓴 거 같네."

나는 자세히 살펴보았다. 필라델피아 상호신용 은행이 발행한 개인 수표에 쓰인 것이었다. 현금 교환용이었고, 액면은 35달러, 서명자는 데렉 A. 그린리프였다. "은행을 꽤 꼼꼼히 살펴봤어." 셔즈가 설명했다. "그러다 이걸 건졌지. 우리가 발견한 다른 그린리프 이름의 계좌들은 별다른 게 없었어. 굉장히 오래전에 개설된 계좌이거나 영구 거주자들 소유였거든. 그런데 바로 이 계좌는—데렉 그린리프의 것은—사용기간이 채 1년이 안 돼."

"언제 계좌를 닫았습니까?" 나는 물었다.

"사실은 닫지 않았지. 현금 1,000달러가 들어 있고 계속 유지되고 있었어. 그 사람은 한 달에 네 번, 35달러짜리 수표를 정기적으로 발행했어. 그러다 육 개월 정도 지났을 때 수표 쓰기를 멈췄고. 어느 날 전액을 인출해 갔지. 거기까지야."

"사용한 주소는요?"

"스프루스 가 몇 번지인데……." 셔즈는 작은 책을 살펴보더니 내게 건넸다. "혹시 눈에 익은 숫자인가?" 그가 물었다.

"이 주소는 모르지만," 나는 그에게 대답했다. "스프루스 거리는 알죠." 끊임없이 오가는 사람들이 일시적으로 머물다 가는, 싸구려 하숙집과 작은 연립주택이 다닥다닥 붙어 있는 거리였다.

"어쨌든," 셔즈가 설명했다. "우리는 이 주소도 찾아가 봤지. 꽤 전형적인, 지저분한 하숙집이었어. 주인아주머니는 그린리프라는 사람은 못 들어 보았다고 하더군."

"은행에서 그 집으로 매달 우편물을 보냈을 텐데요." 내가 말했다. "그건 어떻게 됐나요? 반송됐나요?"

데이브는 인내심 없이 어깨를 으쓱했다. "그 생각도 해 봤는데, 그 하숙집 같은 건물엔 사는 사람이 워낙 많으니까 집주인이 기억도 못할 거고, 반송 주소가 없는 우편물은 그냥 버려질 거야."

"경찰 기록엔 아무것도 없었나요?"

"들어맞는 게 없었어." 셔즈는 솔직하게 대답했다. "그린리프라는 성姓은 알려지지 않았어. 데렉이라는 이름은 두어 번 쓰인 적이 있지만 시기나 장소가 달라. 에디 잭슨이라고 말주변이 끝내주던 사람이 있었는데, 샌프란시스코에서 데렉 무어라는 이름을 쓴 적이 있어. 그 사람은 캘리포니아에서 벌써 3년째 감방에 갇혀 있어. 또 다른 옛날 사람 프렌드 호스킨스는 언젠가 데렉 톤이라는 이름을 쓰긴 했지만……. 거참, 호스킨스는 일흔다섯 정도 됐고 알라바마 주 버밍햄에서 손 씻고 살고 있어. 결혼한 아들하고 같이 지내면서……."

나는 모자를 집어 들고 문으로 걸어 나갔다. "수고하셨어요." 기분이 우울했다.

"루," 셔즈가 말했다. "그거밖에 없어서 미안하네. 자네한테 비용을 부담시키기는 싫었어. 계속 쫓아 볼까?"

나는 고개를 저었다. "이놈은 아주 대단해요. 여기가 막다른 골목인지도 모릅니다. 혹시 도움이 필요하면 다시 연락드릴게요."

다시 종이인형으로 돌아왔다. 이곳저곳, 패턴의 일부, 흘깃 보이는 것들, 하지만 남자는, 사람은, 얼굴은 없었다. 데렉 그린리프라는 이름을 사용했던 남자, 거래를 성사시키기 위해 은행에 1,000달러를 넣어 두었던 사기꾼, 프랑스어 구절을 썼던 남자, 이후 노인과 젊은 여자를 죽인 남자. 오늘은, 지금은, 수백만 달러를 만들어 낼 수단과 기회를 갖춘 남자.

하지만 아직도 얼굴이 없다!

잠이 들었다가, 잠자는 도중에 아이디어가 찾아왔다. 눈 뜨자마자 해답이 찾아온 것을 보니 무의식이 찾아낸 모양이었다. 침대에서 굴러 나오며 나는 서둘러 옷을 입고 펜 스테이션으로 뛰쳐나갔다. 그리고 필라델피아행 기차를 탔다. 기차 안에서 아침식사를 하며 머릿속으로 계속 아이디어를 다듬었다. 셔즈는 그린리프가 은행 계좌를 개설할 때 스프루스 가의 주소를 사용했다고 했다. 그린리프는 당연히 자신의 수표 계좌의 입출금이 마이크로필름으로 보관된다는 것을 알고 있었지만, 사용된 수표를 수거하는 일도 중요했다. 스스로를 보호하기 위해……. 윌 쇼나 텔리에 대한 위협으로 사용하기 위해 말이다. 따라서 자신의 주소를 스프루스 가로 두었을 때, 수표를 수거할 방도가 있었던 것이다.

데이브 셔즈는 찾아가지 않은 우편물 전부를, 혹은 반송 주소가 없는 우편물을 하숙집 주인이 던져 놓지 않겠느냐는 가정을 제시했다. 물론 그럴 가능성이 있고, 만일 그렇다면 그린리프의 수거 작업은 꽤나 간단해진다. 그냥 가져가면 되는 것이다. 결국 그린리프는 —다른 가명으로—그 하숙집에서 살았거나, 혹은 인근에 살면서 별다른 어려움 없이 우편물을 가져갔던 것이다!

필라델피아 13가 역에 도착한 나는 은행에 전화를 걸고 개인수표 담당 부서를 바꿔 달라고 했다. 고객의 명세서는 매달 4일에 발송된다고 했다. 나는 역을 나와 택시를 타고 스프루스 스트리트의 그 주소로 향했다. 도착했을 때 택시 기사에게 더 지나쳐 모퉁이에서 세워 달라고 했다. 그 후 다시 되돌아 걸어갔다. 문제의 주소는 가짜 벽돌을 붙인 사 층짜리 싸구려 건물이었다. 페인트칠이 절실한 대문을 여니 곧장 비좁고 어두운 홀로 연결되었다. 갈색과 녹색의 소용돌이 무늬 유리 등피 아래 흐린 전구가 머리 위에 빛나고 있었다. 한쪽 벽에는 이 빠진 타원형 거울과 무거운 탁자가 놓여 있었다. 그 테이블 위엔 광고, 신문, 전단지, 그리고 편지들의 더미가 있었다. 입구 홀은 Y자로 갈라졌다. 한쪽의 어두운 복도는 건물 뒤쪽으로, 다른 한쪽은 극히 가파르고 좁은 계단을 통해 위층으로 이어졌다. 그 순간 복도 뒤쪽으로부터 발소리가 들리더니 뚱뚱하고 얼굴이 붉은 여자가 싸구려 새틴 드레스를 입고 씩씩거리며 현관 쪽으로 왔다. 그녀는 나를 의심스럽게 쳐다보더니, 귀에 거슬리는 소리로 사람을 찾는 중이냐고 물었다. "예." 나는 공손하게 대답했다. "주인분을 만나 뵙고 싶습니다."

"난데요." 그녀는 대답했다. "그리고 아무것도 안 사요. 빈 방도 없어요. 그러니까 둘 중 하나라면 안녕히 가세요!"

"아, 죄송합니다." 나는 그녀에게 말했다. "제 친구 하나가 이 집을 추천해서 말이죠. 데렉 그린리프라고……."

"누굴 속이려고 이래?" 그녀는 호전적으로 힐문했다. "대체 무슨 사기를 치려고 이러서? 얼마 전 다른 남자가 와서 두리번거리더니 그 사람에 대해서 묻더구먼. 그린리프는 들어 본 적도 없고 앞으로도 그럴 일 없을 거예요."

분명히 데이브 셔즈나 그의 부하였을 것이다. "저기 말이죠," 나는 할망구에 대한 분노를 추스르고 말했다. "정말로 도움이 필요합니다. 들어 주셨으면 합니다."

"내 사업에 경찰이 와서 냄새 맡고 다니는 거 싫어요." 그녀는 대답했다. "나는 꽤 괜찮은 하숙집을 하고 있고 내 프라이버시를 지킬 권리도 있단 말예요."

"그럼요, 그럼요……. 당연하죠." 나는 그녀의 말에 동의했다. "전 경찰 아닙니다. 그린리프와 저 사이에 지극히 개인적인 일 때문입니다."

"그린리프는 모른다고 하잖아요!" 그녀는 돌아서서 복도를 걸어가기 시작했다.

"잠깐만요!" 나는 말하고, 지갑을 열어 20달러짜리를 두 장 꺼냈다. 그리고 그녀에게 보이도록 들었다. "아주머니의 시간에 대해서 비용을 지불하겠습니다. 절 도와주신다면 말입니다. 아주머니는 사업가시니까," 나는 재빨리 덧붙였다. "돈을 안 내고 도망가는 빈털터리 하숙객들이 많을 거 같은데요."

"이제는 없지." 그녀는 콧방귀를 뀌었다. "지금은 선불로 내야 하거든!" 착각일지도 모르지만 그녀의 눈에 어린 의심이 조금 잦아든 것도 같았다.

"그린리프라는 그놈이 제 돈을 안 갚고 있습니다. 저는 꼭 받아야 하구요." 나는 꾸민 이야기를 떠들었다. "신용을 믿고 빌려주었다가…… 감쪽같이 사라져 버렸어요."

"그거야 댁 잘못이지!" 그녀가 말했다.

"꼭 그렇지는 않아요." 나는 설명했다. "진짜 잘못한 건 제 동업자입니다. 그 친구가 선불을 줘 버렸어요. 그런데 지난주에 친구가 죽는 바람에 제가 계속해서 그린리프를 찾아다니고 있지요."

"그런 이름으로 여기 살았던 사람은 없어요." 그녀는 대답했다. "어떻게 생겼수?"

"모릅니다. 한 번도 본 적이 없어서."

"말도 안 돼! 그러면 대체 나보고 어떻게 도와 달라는 거야?"

"그게……, 잘 생각해 봐 주세요. 지난 6, 7개월간, 이 집으로 매달 5일이나 6일에 편지 하나가 배달됐어요. 데렉 그린리프라는 이름으로 온 편지였어요. 혹시 그런 편지 보신 적 있으세요?"

"똑같은 편지가?" 그녀는 물었다.

"아닙니다. 매달 다른 편지이지만 비슷한 날짜에 옵니다. 크고 무거운 누런 봉투에…… 은행에서 쓰는 종류였을 거예요."

"그게 그린리프라는 이름으로 배달됐다고?" 그녀는 작은 돼지 눈을 찌푸리며 생각에 잠겼다. "최근에 온 편지는 없었고?"

"없었을 겁니다." 나는 그녀에게 답했다. "물론 가능성은 있습니다. 하지만 5, 6개월 전부터 끊겼을 거예요."

"난 이곳을 거의 15년간 운영하고 있어요." 그녀는 말했다. "그러니 기억도 안 나는 사람 이름으로 계속 우편물이 들어와요. 나는 내 이름으로 된 게 있는지 죽 훑어보는 버릇이 있어요. 나머지는 탁자 위에 놓아 두면 세입자들이 알아서 찾아가요." 그녀는 탁자로 뒤뚱거리며 걸어갔고, 아직도 헐떡거리며 위에 놓인 우편물 더미를 뒤졌다. 오래된 광고와 신문지도 살폈다. "그린리프한테 온 건 없네."

"그러니까 그 사람이 분명히 가져간 거죠." 나는 그녀에게 말했다. "아니라면 계속 거기 남아 있을 테니까……. 아니면 아주머니가 거기서 본 걸 기억하실 테니까요. 특히 예닐곱 개 봉투가 쌓여 있다면 말이죠." 잠시 뜸을 들였다가 나는 가볍게 말했다. "그 사람이 가명으로 여기에 살지 않았다면 분명히 들어와서 가져갔을 겁니다. 혹시 여기 안 살면서 정기적으로 들어왔던 사람 중에 기억나는 사람은 없으세요? 남자고, 그럴듯한 변명거리가 있었겠죠. 매달 첫 주에 나타났을 겁니다." 그린리프를 아는 세입자가 있어 편지를 전해 주었을 가능성도 있었다. 하지만 그린리프가 의도적으로 자신의 새 이름을 누군가에게 드러내었으리라 생각되지는 않았다.

"딱히 생각나는 사람은 없는데." 여주인은 말했다. "여기 사는 세입자들은 찾아오는 친구들이 있어요. 그러니까 굉장히 많은 사람이 들락거려요. 딱 한 사람이 생각나는데, 그 사람은 프랑스 사람이어서……."

"뭐요!" 그녀에게 담배를 주었지만 그녀는 거부했다. 내 담배에 불을 붙이며 나는 말했다. "정기적으로 오는 프랑스 사람? 그 사람이 뭣 때문에 왔죠?"

입을 오므리고 그녀는 깊이 생각했다. "생각해 보니까 꽤 정기적으로 찾아왔던 것 같고……. 월초가 조금 지나서였던 거 같네. 왜냐하면 방을 찾아서……, 빈 방이 있냐고 물어서 기억나거든요. 세입자들은 대개 말일 날 나가요. 이사 갈 집이 그날 이사중이면 1일 날 나가거나. 그 프랑스 사람은 꼭 조금씩 늦게 나타났어요. 그래, 이제 기억나네. 매월 마지막 주에 와 보라고 했지만 한 번도 안 그랬어요. 방 빌려준 적도 없었고."

나는 곰곰이 생각해 보았다. 말이 되었다. 그린리프는 확실히 프랑스어를 조금 안다. 사기꾼이란 연기를 잘하는 사람이기 마련이고, 그린리프는 의문의 여지없이, 저 여주인처럼 멍청한 사람을 속일 정도의 억양은 충분히 흉내 낼 수 있다. 그는 우편물을 가져가려 방문의 시일을 조절했다. 방을 구하지 못할 것이 확실할 때에야 방을 찾는 치밀함을 보였던 것이다. 계획이 어긋날 경우를 대비해 스프루스가 주소와 실제로 연관될 생각은 그에게 전혀 없었다. "그 사람이 어떻게 생겼나요?" 나는 물었다.

"키가 커요……. 댁보다 크고 말랐어요." 집주인은 시간에 흐려진 인상을 기억해 내려 애썼다. 그녀가 말했다. "솔직히 말하자면 별로 신경을 안 썼어요. 지금 생각해 보면 오십대였던 것 같아요. 한 가지 기억나는 건 코가 아주 컸다는 거예요." 그녀는 강조를 위해 고개를 끄덕였다. "그래. 갸름한 얼굴, 큰 코……. 머리카락도 길고 회색이었어요. 옷은 아주 잘 입고 다녔고."

나는 그녀에게 20달러 지폐들을 주며 말했다. "고맙습니다." 나는 말했다. "큰 도움이 됐어요. 경찰서에 가서서 사진을 보고 그 남자를 골라내 주신다면 50달러를 더 드리겠습니다."

그녀의 두꺼운 손가락이 지폐를 아주 작게 접고는 땀에 젖은 브래지어 앞섶에 쑤셔 넣었다. 다시 한 번 눈에 의심이 가득 차더니 그녀는 화난 듯 고개를 저었다. "경찰하고는 아무것도 안 해요." 그녀는 대답했다. "댁은 그냥 이웃으로 도와준 거예요. 하지만 경찰하고는 아무것도 안 해요!"

나는 기분 좋게 스프루스 가를 걸었다. 갸름한 얼굴, 큰 코, 흰 머리, 오십대, 크고 말랐다……. 종이인형에 모든 사항이 덧붙여졌다.

언젠가, 내가 그 인형의 머리를 잘라내 버리고 말 테다!

XVII

사건의 개요를 짜 나가는 캐넌에겐 아직도 동기가 문제였다. 시체에 관련해서 배심원들에게 깊은 인상을 남겼음을 그는 자신했다. 상황적 증거도 일부분 있었지만 움직일 수 없다고 여겨졌다. 11월 22일 밤 어느 시각, 혹은 11월 23일 새벽, 아이샴 레딕으로 알려진 고용인이 살해되었고, 시신은 토막 났으며, 사체의 대부분은 이스트 89가에 있는 석조 저택 화로에서 화장되어 사라졌다. 하지만 범죄의 증거가 전부 소실된 것은 아니어서 지문이 남아 있는 손가락, 치아 하나, 재 일부, 바닥과 캔버스 천, 작업대 위의 핏자국, 다리뼈의 일부가 남았다. 살인 무기로 추정되는 기타 증거들, 권총과 사용된 탄알, 해체 도구였던 자귀도 있었다.

캐넌은 법률이 요구하는 바대로 살인이 일어났다는 사실을 확립하고 희생자의 신원을 밝혀냈다고 확신했다. 하지만 동기의 문제가 남아 있었다. 피고인은 왜 아이샴 레딕을 살해했는가?

미친 사람에 의한 살인이 아닌 한 동기 없는 살인은 없다. 그리고 지금의 피고인은 분명히 그러한 상태가 아니다. 그렇다면 아직 원인이 규명되지 못한 셈이었다. 캐넌은 살인 동기가 협박일 것이라 믿었다. 운전기사가 자기 주인을 협박했던 것이다. 캐넌은 이미 레딕이 거의 2만4천 달러에 이르는 돈을…… 아마도 그 이상을 갈취했음을 시사하는 증거를 보여 준 바 있다. 그보다 적은 돈으로도 살인은 얼마든지 일어난다! 금전적 출혈이 호전될 기미가 없자 피고인이 협박자를 죽인 것이다.

사건의 핵심인 이 점과 관련해서 캐넌은 가설을 뒷받침하기 위해 많은 시간과 정력을 기울였다. 그는 다음 차례로 세 명의 증인을 불러냈다. 처음 증언대에 올라온 사람은 뉴욕 5번가의 보석점 여직원인 비트리스 하이먼이었다. "하이먼 씨," 캐넌이 말했다. "아이샴 레딕의 방에 있던 소지품과 살림살이에서 영수증이 발견되었습니다. 증인 손으로 직접 만든 매상 전표라고 하셨지요?"

"맞아요. 제가 그분에게 팔았던 350달러짜리 손목시계 영수증입니다."

"그게 언제였죠?"

"판매 기록을 보니 작년 10월 17일이었어요."

캐넌이 질문을 이어 갔다. "자, 하이먼 씨, 이제 사진 한 장을 보여 드리겠습니다. 눈여겨봐 주시죠." 그는 흑백의 광택 사진을 건넸다.

마른 몸매의 유능한 여성 비트리스 하이먼은 사진을 주의 깊게 보았다. "제가 시계를 판 사람과 같은 사람입니다." 그녀는 증언했다.

"그 사람이 자기 이름을 말했습니까?"

"아이샴 레딕이라고 했어요. 그래서 그 이름으로 매상 기록을 남겼어요."

"증인은 350달러에 아이샵 레딕이 시계를 구매했다고 증언하셨습니다. 그 정도면 비싼 시계라고 생각되시나요?"

"이의 있습니다." 덴먼이 일어서며 말했다. "의견을 요구하는 질문입니다." 법정은 그의 손을 들어 주었다.

캐넌은 굴하지 않고 계속했다. "하이먼 씨, 증인은 350달러짜리 손목시계를 많이 파십니까?"

덴먼이 다시 이의를 제기했지만 이번에는 캐넌이 반론을 폈다. 판사를 향해 그는 이렇게 말했다. "의견을 요구하는 질문이 아니라고 생각합니다. 하이먼 씨는 같은 가게에서 벌써 몇 년 동안 시계를 판매하고 있습니다. 점원으로서 손님이 어느 정도 재력이 있는지, 혹은 어느 정도 지출하려고 하는지, 가늠해 보는 것이 증인의 본래 업무입니다."

"하지만 모든 손님의 재정 상태를 다 알 수는 없지요." 덴먼이 다시 반론했다.

판사는 논쟁을 생각해 보더니 마침내 말했다. "캐넌 씨, 계속하세요, 하지만 주의해서 진행하세요."

캐넌은 증인에게 되돌아왔다. "많은 손님이, 가게로 찾아오는 분들이 부자이거나 적어도 형편이 괜찮은 편에 속하지요?"

"네, 그렇다고 생각합니다." 하이먼은 또렷하게 대답했다.

"돈이 별로 없는 손님들이 많은가요?"

"아닙니다."

"자, 어떤 사람이 한 달에 250달러를 버는데, 증인에게 350달러짜리 시계를 샀다, 증인은 그 사람이 비싼 시계를 샀다고 생각하시겠습니까?"

"그런 상황이라면, 네, 그렇게 생각할 것 같아요."

"그보다 덜 비싼 시계도 있지 않나요, 하이먼 씨?"

"저희 매장에 77달러짜리부터 있어요. 가장 가격이 낮은 것들입니다. 물론 아주 훌륭한 시계지만요."

"증인은 아이샴 레딕에게 77달러짜리 시계를 보여 주었나요?"

"그랬던 것으로 기억해요. 150달러짜리도 보여 주었고, 275달러짜리도 보여 주었어요. 하지만 그분이 원한 건 350달러 제품이었어요."

"현금으로 지불했나요?"

"현금이었어요. 아마 고액 지폐였을 거예요."

"고액 지폐였다고 생각하는 이유는 무엇이지요?"

"그게," 하이먼이 설명했다. "저희 손님 대부분은 수표를 쓰십니다. 가끔 현금을 쓰는 경우도 있지만 그런 경우는 대개 큰 액수의 지폐로 하십니다. 만일 레딕 씨가 350달러를 10달러나 20달러짜리로 냈다면 부피도 꽤 컸을 거고, 그러면 기억에 남았을 거예요."

"그런데 아이샴 레딕이 많은 개수의 지폐를 지불한 기억이 없다는 말씀이지요?"

"네. 맞아요. 저희로서는 일반적인 거래였어요." 그녀는 말을 멈추었다가 덧붙였다. "기껏해야 대여섯 개의 지폐였을 거예요."

"마지막 질문입니다." 캐넌이 말했다. "운전기사들에게 350달러짜리 시계를 파는 일이 많습니까?"

"그렇다고는 할 수 없어요." 하이먼이 대답했다. 캐넌이 신문을 마쳤지만 덴먼은 반대 신문을 위해 그녀를 증언대에 계속 남아 있도록 했다.

덴먼은 예의 바르게 그녀를 불렀다. "하이먼 씨, 낯선 손님이 가게에 들어오면 증인은 식업이 무엇인지 물어보시나요?"

"물론 아닙니다!"

"만일 제가 증인이 일하는 매장에 들어갔는데 마침 제 직업이……가령 지하철 열차 정비공이라고 한다면, 증인께선 저에게 '손님 직업이 무엇이시죠?'라고 묻습니까?"

"아닙니다."

"혹은, 하이먼 씨는 사람을 한 번 보면 직업이 뭔지 알 수 있나요? 제가 가게에 들어갔는데, 척 보고는 '저 사람은 지하철 정비공이구나'라고 하나요?"

"그렇지 않아요." 하이먼이 화난 듯 답했다.

"그렇다면 아이샴 레딕이 운전기사인 줄 어떻게 아셨습니까? 유니폼을 입고 있었나요?"

"아닙니다. 유니폼을 입고 있지 않았고 직업이 무엇인지 알지 못했습니다. 관심도 없었구요."

"그러면 운전기사였다는 건 어떻게 알았습니까?"

"캐넌 검사님이 말씀하셔서 알았어요."

"그러니까, 캐넌 씨가 증인에게 말해 주기 전까지는 아이샴 레딕에 대해서 아무것도 알지 못하셨군요. 그리고 증인은 시계나 다이아 몬드나 다른 여러 보석들을 운전기사에게 팔고 있었구요. 직업은 알지 못하면서!" 그러고는 덧붙였다. "손님이 유니폼을 입고 있지 않다면 말입니다. 맞습니까?"

"그, 그래요." 그녀가 대답했다.

덴먼은 자기 논지를 펼쳐 보이고는 다른 쪽으로 방향을 틀었다. "하이먼 씨, 증인은 가장 가격이 낮은 시계가 77달러라고 했습니다. 그러면, 가장 비싼 시계는 얼마인지 말씀해 주시겠습니까? 남자 시계입니다."

"정확히는 모르겠지만, 몇 천 달러라고 할 수 있습니다."

"제가 원한다면 더 비싼 것도 살 수 있지 않나요?"

"네……, 특별 주문하면요."

"저한테는 2,000달러짜리 보통 시계 정도면 괜찮을 것 같군요." 덴먼은 건조하게 내뱉었다. "하지만 아이샴 레딕으로 되돌아오면, 그는 350달러짜리 시계를 샀습니다. 500달러도, 1,000달러도, 1,500달러짜리도 아니죠. 만일 좋은 시계를 사고 싶었고 그래서 돈을 모았다면, 그가 350달러짜리를 못 사는 이유가 있습니까?"

"없습니다. 전혀 없어요." 하이먼도 동의했다. 덴먼은 감사의 표시를 했고 그녀는 의자에서 일어섰다.

댄 앤드 글렌드 양복점의 댄 씨는, 회색 플란넬 양복, 버튼 달린 목깃, 세심하게 맨 넥타이 차림으로 나와서, 자신이 뉴욕의 고위급 인사는 물론 국가 지도자들과도 거래하는 고급 양장점의 선임 재단사라고 다소 장황하게 늘어놓았다. "증인의 가게는 매디슨 애비뉴에 있습니까?" 캐넌이 물었다.

"그렇습니다." 댄이 대답했다. "같은 자리에서 30년이 넘었습니다."

"증인 혹은 동업자 글렌드 씨가 고객을 전부 관리하고 계시죠?"

"실세로 재단하고 가봉하고 끝손질하는 재단사들은 당연히 있습니다만, 글렌드 씨와 제가 고객을 응대합니다. 개인적 친분이 극히 중요한 사업이어서, 월급을 주고 영업자를 충원할 생각은 없습니다." 품평하듯 훑어보는 댄의 눈초리엔, 캐넌의 양복을 탐탁지 않아 하는 속마음이 명백히 드러났다.

"증인께선 아이샴 레딕이라는 이름을 쓰는 고객에게 정장 세 벌을 판 적이 있지요?" 캐넌은 댄에게 사진을 보여 주었다. "같은 남자입니까?" 댄이 그렇다고 하자 캐넌이 질문을 이었다. "어떤 일이 있었는지 증인께서 직접 말씀해 주시겠습니까?"

댄은 플란넬 처리가 된 다리를 조심스럽게 꼬았다. "그…… 친구가 매장에 들어왔고, 제가 맞이했습니다. 양복을 사고 싶다고 하더군요. 저희는 맞춤 양복만 취급한다고 말해 주었습니다. 그가 입고 있던 양복은 지극히 일반적인 소재로 만든 기성복으로, 저희 양복점에서 옷을 맞추리라고는 생각되지 않았습니다. 가끔 지나가던 사람들이 저희 매장을 보고 옷이, 뭐랄까, 굉장히 많이 갖춰져 있다고 생각해서 들르는 경우가 있습니다. 물론 저희가 옷을 미리 만들어 놓는 일은 전혀 없습니다. 대부분은 우리 가격을 알려 드리면 재빨리 떠나곤 합니다."

"가격이 어떻게 됩니까, 댄 씨?"

"최저가가 200달러입니다. 소재와 디테일에 따라 가격은 달라집니다."

"아이샴 레딕에게 그 이야기를 했더니, 그가 뭐라고 하던가요?"

"세 벌을 맞추겠다고 했습니다. 그리고 같은 날 짙은 회색, 중간 회색, 그리고 미드나이트 블루 플란넬을 옷감으로 선택했습니다. 치수는 저희 직원인 맷 씨가 쟀습니다. 전 그 사람에게 기존 고객이 아니라서 옷감과 재단 비용을 선불로 주셔야 한다고……. 옷이 완성되면 잔금을 치르면 된다고 말했습니다."

"레딕이 그 말에 반대했나요?"

"아닙니다. 그 즉시 저희에게 400달러를 지불했습니다."

"그 첫 방문에서 400달러를 지불했다구요? 현금으로 지불했습니까?"

"네. 저희 매장에서 나가기 전에," 댄이 대답했다. "저에게 100달러짜리 지폐 넉 장을 주었습니다."

"증인은 그가 처음 매장에 들어왔을 때 입고 있던 양복을 기억하십니까?"

"그저 그런 옷이었다는 정도는 기억하지만 자세한 건 기억나지 않습니다. 사실 기억할 만한 게 없는, 그런 종류의 옷이었습니다." 댄은 조용히 비웃음의 콧방귀를 뀌었다.

"증인은 '그저 그런' 옷이라고 하셨는데, 싸구려 옷이라는 의미입니까?"

"대량생산된 옷은 50달러를 넘는 것이 없습니다." 댄은 신속히 대답했다.

"증인은 아이샵 레딕이 증인의 양복점에서 비싼 양복을 산 것에 놀라움을 느끼셨습니까?"

"그렇습니다." 댄이 발했다. "그런 옷을 살 만한 형편은 되지 않아 보였습니다!"

"이의 있습니다!" 덴먼이 일어섰고 판사는 받아들였다. "댄 씨, 결론이나 의견은 내지 말아 주시기 바랍니다." 하지만 이미 캐넌은 증인 심리를 마친 후였고, 변호인이 나섰다.

덴먼이 입을 열었다. "덴 씨, 제가 입고 있는 양복을 보아 주시기 바랍니다. 싼 양복으로 보이십니까?" 덴먼은 증인 앞에서 걸으며 천천히 몸을 돌려 보였다.

"조금 자세히 보아도 되겠습니까?" 댄이 요청했다.

"물론입니다." 덴먼은 가까이 다가와 증인 앞에 섰다. 댄은 옷깃을 재빠르게 살펴보고 소매의 단추를 보았다. "어떤가요?" 덴먼은 웃으며 물었다.

"변호사님의 양복은," 댄은 위엄 있게 대답했다. "미드 앤드 토마스 양복점에서 만들어진 것입니다. 아주 평판이 좋은 곳으로 25년간 저희 경쟁자입니다." 어깨를 으쓱해 보이며 그는 덧붙였다. "최소한 250달러를 지출하셨을 테고―하지만 꽤 바가지를 쓰셨을 겁니다."

웃음의 물결이 법정 안을 휘감았다. 덴먼은 미소 지으며 증인에게 절을 했다. "아주 정확하십니다. 다음번에는 증인 양복점에 찾아가도록 하겠습니다." 댄은 고개를 끄덕였다.

"이제," 덴먼이 말을 이었다. "아이샴 레딕의 양복을 생각해 봅시다. 200달러라면, 아주 좋은 가격이었을 것입니다. 증인도 지극히 좋은 가격에 샀다고 동의하십니까?"

"당연히 그렇습니다." 댄도 동의했다.

"양복에 200달러를 지출하는 데에 이상한 점은 없지요?"

"저는 매일 겪는 일입니다."

"200달러짜리 세 벌을 산다 해도 괜찮은 가격이지요?"

"훌륭한, 아주 훌륭한 가격이죠. 양복은 자주 갈아입어야 더 오래 가고 더 좋아 보입니다. 신사분이라면 최소한 열네 벌은 갖추고 있어야 합니다."

"예, 저도 동의합니다." 덴먼은 증인의 말을 막았다. "다음으로, 아이샴 레딕이 400달러를 선금으로 지불한 것으로 저는 이해했습니다. 그가 잔금을 치렀습니까?"

"아닙니다." 댄이 대답했다. "그 사람은 가봉한 옷을 고치는 날은 매번 왔습니다만, 그 이후 소식이 없었습니다. 양복이 완성되고 몇 주일이 흐른 후에 저희는 레딕이 남긴 번호로 전화를 걸었습니다. 그 사람을 바꿔 달라고 하자 경찰관이 전화를 받았습니다. 그리고 후에 저희를 만나러 왔습니다."

"하지만 여전히 양복이 괜찮은 가격이었다고 생각하시죠?"

"절대적으로 그렇습니다!" 댄은 확고하게 대답했다. 덴먼은 재단사를 내려보냈다. 변호인은 점점 울적해졌다. 좋은 품질의 양복을 합리적인 가격에 샀다고 아무리 댄이 강조했더라도, 운전기사가 200달러짜리 양복을, 그것도 한꺼번에 세 벌이나 샀다는 데에 배심원들의 공감을 이끌어 낼 수 없음을 그는 알고 있었다.

몬터레이 여행사 직원인 서니 길릭은 높고 가느다란 목소리의 소유자였다. 그는 레딕의 사진을 보고 지난해 11월 20일 밤에 여행사에 왔던 사람이라 증언했다. "아이샴 레딕이 무엇을 원했지요?" 캐넌이 물었다.

"11월 24일 파리로 가는 비행기 예약을 해 달라고 했습니다."

"그렇게 촉박한데 예약이 되었습니까?"

"그다지 어렵지 않았습니다." 길릭은 낮은 소리로 답했다. "그때는 비수기입니다. 게다가 레딕 씨는 일등석 예약을 원했습니다."

"아이샴 레딕은 언제 돌아올 예정이었죠?"

길릭은 고개를 저었다. "저도 모릅니다. 편도 항공권만 구입했습니다. 1년 안에만 돌아온다면 왕복표를 사는 것이 이익이라고 알려주었지만, 그 손님은 돌아올 예정이 없다고 말했습니다."

"그러니까 그가 1년 안에는 돌아올 계획이 없었다는 말이지요?"

"아닙니다." 길릭의 목소리가 높아졌다. 그는 애써 다시 소리를 낮췄다. "아이샴 레딕이 말하길, 다시는 돌아오지 않으려 한다고 했습니다."

"그런 말을 들었나요?"

"네. 그 사람 말이 그랬습니다."

"그런데 길릭 씨, 파리까지 가는 비행기 표 가격이 얼마였지요?"

"575달러였습니다."

"아이샴 레딕이 지불했습니까?"

"네. 현금으로 했습니다."

"아이샴 레딕을 또 본 적이 있습니까?"

"아닙니다. 비행 시간 24시간 전에 예약 재확인을 받으려고 거주지에 전화를 했습니다. 보통 그렇게 합니다." 길릭은 잠시 말을 멈추고 재빨리 침을 삼켰다. 목젖이 위아래로 움직였다. "그런데…… 레딕 씨가 죽었다는 말을 들었습니다."

"아이샴 레딕은 아주 바쁜 사람이었던 모양입니다." 캐넌은 의도적으로 증인을 응시하며 큰 소리로 기쁜 듯 말했다. "비행기 표에 575달러, 양복에 400달러, 시계에 350달러……. 그것만 해도 1,325달러가 되는군요."

덴먼이 그의 말을 가로막았다. "지금 그것은 신문입니까, 독백입니까?"

약간 과장된 몸짓으로 캐넌은 변호인을 향해 몸을 돌렸다. "아, 죄송합니다." 그리고 덧붙였다. "반대 신문 하시죠, 변호사님."

덴먼은, 무거운 몸으로, 새로운 증인에 대한 신문을 시작했다.

XVIII

뉴욕으로 돌아온 후 새로 알게 된 사실들을 정리하며 머릿속에서 맞춰 보고 또 맞춰 보았다. 때로 들어맞기도, 들어맞지 않기도 했다. 그럴 때면 끈기 있게 처음부터 다시 시작했다. 밤에 더 생각이 잘 떠오른다는 것을, 특히 지하철을 탈 때 가장 잘 떠오른다는 것을 알게 되었다. 그래서 매우 늦은 시간, 7번가 IRT 열차 맨 마지막 칸에 타곤 했다. 기차의 가장 끝인 후면 승강구 쪽에 서면 터널의 검은 공동이 양옆을 지나쳐 사라져 갔다. 굉음과 함께 열차가 지나가면 신호는 빨강에서 노랑으로 다시 초록으로 바뀌어 갔는데, 철도길은 구멍으로 구불구불 미끄러져 들어가는 긴 뱀처럼 보였다. 기차에는 빠른 리듬이나 규칙적인 박자는 없었지만 대신 목적지를 향해 줄기차게 나아간다는 느낌이 있었다……. 나의 목적지는 그린리프였다.

마침내 조각들이 조립되어 결론에 이르렀다. 그린리프는 키가 큰 사람으로 180이상이라는 사실은 알고 있었다. 몸은 말랐고, 크고 긴 코에 머리는 회색이었다. 그리고 프랑스어를 할 줄 알았다. 하지만 그가 프랑스인이라는 생각은 들지 않았다. 탤리가 전해 준 삼촌의 말 중에 그가 외국 억양을 쓰더라는 내용은 없었고, 탤리 자신도 그런 말은 하지 않았다. 그린리프는 필라델피아 하숙집 여주인에게 일부러 프랑스인 행세를 했던 것이다. 혹시라도 진짜 프랑스인이었다면 온갖 수단으로 그 사실을 숨겼을 것이다.

그린리프의 외모에 대한 묘사로 미루어 보면 어울리는 역할이 세 가지 있었다. 그는 확실히 셋 모두를 번갈아 가며 연기했다. 미국, 영국, 프랑스에 공통되는 어떤 신체적 유형이 있다. 예를 들어 키가 크고 날씬하고 코가 큰 남자라면 미국에서는 서부 카우보이의 개념에 들어맞는다. 하지만 억양만 바꾼다면 영국의 스포츠맨이거나 프랑스 장교가 될 수도 있다. 특히 미국 동부에서, 영국식 억양은 가령 보스턴 억양과 구분하기 어렵다.

그린리프가 탤리와의 대화에서 프랑스어 구절을 사용했다는 점은, 그가 윌 쇼를 꼬드기면서 교육 수준이 높은 동부인(혹은 영국인) 역할을 했음을 시사했다. 워싱턴과의 관계를 과시하며 자신이 외교 기관에서 일한다고 말했던 점을 보면 충분히 개연성이 있다. 노쇠한 윌 쇼는 실제로 그린리프가 영국인 행세를 했다 하더라도 그의 영국 억양을 알아차리지 못했을 수 있다. 확신할 수는 없었지만, 탤리 역시 그린리프의 말씨가 필라델피아나 뉴욕 사람 같지는 않다고 했다.

하지만 동판을 확보한 그린리프가 새로운 캐릭터를 도입했으리라는 건 거의 확실했다. 그전에 사용하던 캐릭터—영국 또는 보스턴 사람, 그리고 프랑스인—와 가능한 한 멀리 떨어진 것으로 말이다. 따라서 육체적으로 들어맞는 역할 중에서 과거에 쓰고 버린 것을 빼면, 오직 한 가지만이 남게 된다.

서부 출신이라는 것이다.

당연히 카우보이는 아니겠지만, 가령 텍사스나 애리조나, 뉴멕시코 등지에서 온 사람 말이다.

그러니까 이제부터는 키 크고 마르고 머리가 회색인 남서부 사람을 찾으면 된다. 하지만 어디에서? 그것이 문제였다. 그가 어디에 가서 위조지폐를 유통시킬 것인가? 확실히 규모가 작은 도시는 아닐 것이다. 돈이 엄청나게 많은 이방인이란 금방 호기심과 관심의 눈길을 받기 마련이다. 게다가 가짜 돈의 흔적이 발견되기라도 한다면, 작은 곳에서는 금방 발각될 것이다.

내가 그린리프의 입장이고 위조지폐를 유통시킬 계획이라면 큰 도시에서, 그것도 관광객의 유입이 많은 곳에서 하리라고 판단되었다. 그렇다면 자동적으로 뉴욕, 시카고, 로스앤젤레스가 된다. 이 결론은 또 다른 문제와 맞닥뜨리게 되는데, 그린리프를 찾을 수 있느냐 없느냐와 관련되는 문제였다. 과연 그가 위폐를 합법적인 돈으로 바꿔서 은행에 넣어 둘 것인가, 아니면 생활에 필요할 정도로만 쓰면서 살 것인가?

그림자 같은 그린리프에 관해 내가 듣고 생각하고 혹은 느낄 수 있었던 무엇인가로부터, 나는 그 남자가 어느 정도의 명예욕이 있으리라고 믿게 되었다. 외국어를 쓰는 경향, 신사 역할을 좋아한다는 점에서 말이다. 물론 그것만으로 결론을 내리기엔 부족하지만 무언가 무시할 수 없는 강한 느낌이 있었다. 같은 이유로 그린리프는 은행 계좌를 원할 것이다. 그것은 논리적으로 또 다른 사실을 의미한다. 그가 위조지폐를 은행에 예금하는 바보짓은 하지 않을 거라는 점이다. 대신 가짜 돈을 유통시키고 거스름돈으로 받은 합법적 돈만을 은행에 예치할 것이다. 뉴욕은 담배 한 갑을 사면서 20달러짜리를 내도 그다지 불평 없이 잔돈을 받을 수 있는 몇 안 되는 도시이다. 20달러짜리를 온종일 내고 다니면서 같은 가게를 두 번 들어가지 않아도 된다. 또 하나의 다른 요인이 마지막 결론에 이르는 데에 도움이 되었다. 대부분의 사기꾼들은 한심한 인간들이어서, 술이나 여자, 환락가 등에 빠져 지낸다. 세계에서 가장 크고 화려한 뉴욕의 밤거리는 그린리프에게 매력이 있었을 것이다. 낮에는 돈을 바꾸어서 괜찮은 은행에 저금하고, 밤에는 가짜 돈을 아낌없이 써 댄다…….
의문의 여지없이 이것이 그린리프가 꿈꾸는 최고의 세상이었다.

이렇게 해서 논리적으로 완벽한 원이 완성되었다. 바로 이곳 뉴욕, 내가 있는 이곳에 그린리프도 있다!

다음 문제로, 나는 그린리프를 알아보지 못하는 반면 그가 나를 알아볼 가능성이 있었다. 필라델피아에서 나를 보았을지도 모르는 일이다. 그는 탤리를 만났고, 클럽에서 공연할 때나 호텔에서 나를 지켜보았을 수도 있다.

일단 할 수 있는 일부터 착수했다. 나는 콧수염을 기르고 있었다. 작고 까만 군대식 수염이었다. 기르지 않던 남자가 콧수염을 기르는 것보다, 원래 기르던 사람이 깎는 것이 훨씬 외모에 큰 영향을 미친다는 것은 신기한 일이다. 당연히 내가 처음 한 일은 면도였다.

카니발 생활을 하던 시절 언젠가, 남부 촌뜨기 시골 도시에서 큰싸움이 벌어졌고 그때 날아오는 텐트 말뚝에 앞니 하나가 부러진 적이 있었다. 당시에 병원에 가서 뺐다 꼈다 할 수 있는 의치를 브리지에 끼워 넣었다. 이제 나는 의치를 꺼내고 치아 사이에 큰 공간을 내두었다. 짙은 색의 눈썹과 머리카락은 무대 위의 마술사로서는 뛰어난 특징이지만 손쉽게 남들이 알아보는 단점이 있었다. 그러나 머리를 염색하고 싶지는 않았다. 분석당할 위험이 있을 뿐 아니라, 들통나지 않게 하려면 엄청난 노력이 필요하기 때문이었다.

나는 눈썹을 옅은 갈색으로 탈색했고 그 결과 얼굴의 전체적인 인상이 확 바뀌었다. 내 삶의 대부분 나는 무대 분장을 하고 일해 왔다. 분장의 가장 중요한 원칙은 기억하기 쉬워야 한다는 것이다. 즉 가능한 한 단순해야 한다. 최소한으로만 바꾸어야 매일매일 유지하기 쉽고, 알아내기도 더 어렵다. 그래서 나는 단순하게 유지했다. 옅은 눈썹과 빠진 이, 콧수염을 깎고, 흔한 뿔테 안경에 도수 없는 렌즈를 꼈다. 그러나 유리 주변을 깎아 내고 동심원 모양으로 두께를 달리하여 굉장히 도수가 높이 보이도록 했다.

앞서 언급한 싸움—내 앞니가 부러졌던—에서, 일하던 트럭 기사 중에 아이샴 레딕이라는 사람이 살해당했다. 나는 레딕과 같이 트럭에 올라 길고 먼지 많은 길을 이동해 다닌 적이 많았고, 그 끝없이 지루한 밤 시간 그로부터 많은 이야기를 들었다. 싸움이 있던 밤엔 남부 경찰이 어둠에 대고 발포했고, 레딕이 맞았다. 다음 날 별다른 알림이나 의식도 없이 그는 초라한 나무 관에 담겨 마을 동쪽 자그마한 침례교 묘지에 내던져졌다.

하지만 나는 레딕이 태어난 마을 이름을 기억하고 있었다. 기억에 남을 만큼 특이한 이름이었던 탓이다. 그곳의 지명은 콜로라도 주 로키 시로, 어릴 때 부모가 다른 곳으로 이사했기에 그다지 오래 거 주하지는 않았다 했다. 나는 로키 시청의 등록 담당 공무원에게 편 지를 썼다. 내 이름이 아이샴 레딕이며 출생증명서 사본이 필요하다 고 쓰고 5달러를 동봉했다. 열흘 후, 자그마한 크기의 인쇄된 카드가 도착했다. 나의 출생이 도시 대장 26권 33페이지에 등록되어 있음을 확인해 주는 공식 문서였다. 시청의 담당 공무원에 의해 서명되어 있었고, 믿거나 말거나, 그는 3달러를 내게 되돌려 주었다.

그렇게나 간단했다. 나는 아이샴 레딕이 되었다.

그린리프의 자취를 찾을 가장 좋은 곳은 시내 번화가의 술집……. 그리고 큰돈이 오가는 심야의 유흥업소라고 나는 판단했다. 하지만 그런 곳들에서 캐묻고 돌아다니다가는 금방 그린리프의 눈에 뜨일 것이기에 위장이 필요했다. 나는 면허관리과에 가서 택시 운전면허 증을 신청했다. 그 또한 어렵지 않았다. 지원 양식을 채우고 시험을 통과한 후 내 지문이 등록되었다. 기록을 조회하는 동안 며칠이 흘 렀다. 내 지문은 등록된 적이 없었고 아이샴 레딕 또한 과거 전과 기 록이 없었다. 나는 곧 면허증을 발급받았다.

뉴욕 시에는 보행자들이 많은 만큼 택시 회사들도 많다. 나는 이 스턴 서클 택시라는, 규모가 가장 큰 회사를 골랐다. 들고 나는 기사 들이 많을 것 같다는 이유였다. 근무는 야간직을, 그것도 12시간짜 리를 신청했다. 저녁 6시에 시작해서 오전 6시에 끝나는 일로, 오렌 지색 펜더에 보라색 원이 그려져 있는 고물 자동차를 받았다. 택시는 덜덜거리고 가끔 쿵쾅거리는 소리도 냈으며, 연안 경비 해빙선이 얼음을 부수고 나아가는 것과 비슷한 승차감으로 굴러갔다. 그러나 가장 지위가 낮은 신참 기사인 나는 그 차를 할당받아야 했다.

택시일은 고된 직업으로 조금의 남다름도 허용되지 않았다. 초저녁엔 차를 몰고 맨해튼, 브롱스, 브루클린으로 다니며 시간을 보냈다. 얼마 안 되는 추적 자금을 아끼려면 승객들의 요금이 필요했고, 새벽에 운행 기록과 요금을 제출할 때 밤사이 일했음을 보여 줄 필요도 있었다. 하지만 자정이 넘으면 승객을 한 명도 받지 않았다. 대신 나이트클럽 바깥에 대기하는 긴 택시 줄에 들어가서, 다른 기사들과 노닥거리고 여기저기서 소문을 얻어들으며 클럽을 나서는 손님들을 살펴보았다. 장신에 몸이 마르고 코가 크며 머리가 회색인 사람을 찾기 위해서! 택시들은 다음 손님을 기다리며 한 대씩 앞쪽으로 움직여 갔다. 그러다 두 번째 위치까지 올라가면 나는 다른 클럽을 향해 떠났고, 대기줄 맨 뒤쪽에서 그 과정을 되풀이했다.

나는 매일 새벽마다 해고를 간신히 모면했다. 초저녁에 택시를 끌고 다닌 요금으로는 자정 이후의 빈둥거림을 정당화할 수 없었다. 회사가 왜 나를 자르지 않는지는 의문이었지만, 어쩌면 기사가 꽤나 부족하거나, 이만큼 오래된 구닥다리 차를 몰 놈이 나밖에 없었는지도 모른다. 어쨌든 야간반 조장은 매일매일 다음 날 해고하겠다는 위협과 함께 나를 남겨 두었다.

그린리프일지도 모르는 후보자들은 꽤 많았다. 하지만 겉모습은 비슷해 보여도 자세히 살펴보면 기준에 맞지 않았다. 클럽에서 모르는 손님이거나—그린리프는 분명히 꽤나 큰 단골손님일 것이라 생각했다—혹은 너무나 번듯하고 유명한데다 신원이 확실한 사람이었다. 어느 날 밤 나는 그를 찾았다고 생각했다……. "저 양반 꽤 잘나가는 분 같은데." 나는 클럽 도어맨에게 말을 붙였다. "저분이 누구요?" 도어맨은 키 크고 회색 머리에 잘생긴 그 사람과 그의 팔에 붙어 있는 야한 여자를 보더니 말했다. "농장 주인이에요."

"혹시 이름을 아시나?"

"크리디. '좋은 밤입니다, 크리디 씨'라고 한마디만 하면 10달러가 뚝딱 들어오죠."

"돈이 굉장히 많은가 보군." 나는 깊은 인상을 받은 척했다.

"아, 그럼요." 그는 대답했다. "써 대는 걸 보면 돈을 싫어하는 사람 같다니까. 자기 고향에선 엄청난 인물일 겁니다."

나는 크리디가 택시에 휘청거리며 들어가는 모습, 여자가 그 사람에게 꽉 매달려 뒤따라 올라타는 모습을 지켜보았다. "혹시 저 양반 어디 사는지 아슈?" 나는 가볍게 물었다. 잠시 후 출발해서 뒤따라갈 것이기에 그의 대답은 전혀 상관없었다.

"그럼요." 도어맨이 말했다. "반다이크 플라자에서 지내요. 뉴욕에 올 때마다 거기서 지내요." 도어맨은 뭔가 생각하며 눈에 힘을 주었다. "뉴욕 온 지 4, 5년 정도 된 거 같아요. 여기 오면 늘 반다이크 플라자에서 지내요."

그것으로 땡이었다.

나는 어깨를 으쓱해 보이고, 실망감을 감추며 돌아섰다. 그 사람

뿐 아니라 그린리프가 아닐까 생각한 다른 모든 후보자에게도 전형적으로 벌어지는 일이었다. 그린리프를 찾게 되더라도, 그가 다른 이름으로 활동하고 있을 것임은 당연했다.

나는 오래된 택시를 끌고 밤늦은 거리를 다니는 게 어쩐지 좋아졌다. 아침까지 불 밝혀진 그 시간은 나의 옛 생활로의 회귀였다. 이제 탤리는 더 멀어진 듯했고 상실의 아픔은 사라졌다. 하지만 그린리프에 대한 나의 증오는 이제 와서 떨쳐 버리기엔 너무나 오랜 기간 나와 함께해 왔다. 복수의 열망은 어느 때보다 밝게 타올랐다. 저주의 복음, 피의 탄원을 너무나 많이 되뇌었던 것이다. 이제는 너무나 깊이 머릿속에 뿌리박혀 지울 수가 없었다. 나는 어설프게 종교를 믿다가 광란적인 광신자로 변해 버린 사람과도 같았다!

물론 나는 그린리프를 찾아내고야 말았다. 그러하리라고 예상했던 그대로였다. 처음 보았을 때 그는 취한 채 코파봉가 클럽의 입구 캐노피 아래에 서서 함께 나온 금발의 창녀와 말다툼을 하고 있었다. 그는 여자에게 정중하게 절을 하고, 지폐 뭉치를 꺼내 바깥쪽에서 몇 장을 벗겨 내더니 여자에게 쥐여 주며 택시에 밀어 넣었다. 그리고 도어맨에게 돌아서서 또 다른 지폐를 내밀었다. 도어맨은 웃으며 경례를 했고 무언가 말하더니 두 번째 택시를 부르는 호각을 불었다. 다섯 번째 정도에 있던 나는 차를 뺄 수가 없어 쫓아가지 못했다. 얼마간 기다리다 차에서 나와 도어맨을 향해 어슬렁거리며 걸어갔다. "저 양반이 누구신가?" 나는 담배에 불을 붙이며 물었다.

오지라는 이름의 2미터도 넘는 거인 도어맨은 씩 웃었다. "텍사스의 거부 석유상이죠." 그는 말했다. "다니면서 기름도 잘 치고." 그가 손을 펴자 20달러 지폐가 놓여 있었다.

내 안에서 흥분이 솟아나기 시작했다. "저 양반을 한번 모셔야 할 텐데." 나는 부럽다는 듯 말했다. "자주 오는 분인가?"

"음, 일주일에 한 번 정도." 오지가 말했다.

"정기적으로?"

"글쎄……, 그런 듯해요. 여기는 3, 4달 전부터 오기 시작했어요. 그래, 대충 그 정도인 것 같네. 좀 있으면 텍사스로 돌아가겠죠, 뭐."

그린리프와 맞아떨어지는 시기였다. 위장된 신분도—텍사스와 석유—맞아떨어졌다. "저 양반 이름이 뭡니까?" 나는 물었다.

"밸러드 험프리스." 오지는 남부 말투를 흉내 냈다.

"음, 그래요?" 나는 택시로 돌아와서 몇 시간 클럽에서 죽치며 험프리스를 태웠던 차가 되돌아오기를 기다렸다. 돌아오지 않는 것을 보니 왕복 요금을 받았을 것이라 짐작되었다. 택시 회사와 번호를 기억해 두었는데, 다음 날 코파봉가 클럽에 돌아왔더니 마침 그 택시가 다시 줄에 서 있었다. 대기 차량을 거슬러 올라간 나는 택시 문에 기대었다. 담배를 꺼내어 기사에게 주었더니 그는 다음에 피우기 위해 자기 귀에 꽂았다. "어이 형씨." 나는 창문을 통해 이야기했다. "어젯밤 모셨던 텍사스 부자는 어떠셨나?"

어깨가 구부러진 기사는 어깨를 으쓱했다. "뭐 다 비슷하지 않나?" 그가 말했다.

"그래도 개중엔 돈 좀 있는 손님이……."

"그렇긴 하지." 주름살 많은 얼굴에 스멀스멀 웃음이 기어 나왔다. "그 양반은 10달러를 건네더니 거스름돈도 가지라고 했지……."

"요금이 얼마였는데요?"

"맨해튼 동부라서, 1달러 50센트 정도."

"주택가?"

"맞아. 89가. 블록 중간에 있는 석조 주택."

"내 그쪽은 잘 알지." 나는 거짓말을 했다. "그 집도 알아요. 인도에서부터 놋쇠로 된 난간 있는 집."

기사는 잠시 생각하더니 고개를 저었다. "아니……, 난간은 없는데. 철제 문양이 있는, 엄청나게 크고 무거운 유리문 달린 집이지."

"그건 아니요, 형씨." 나는 말했다. "그 거리에 있는 집들은 다 그렇게 보이지. 내일 그쪽에 가 볼 건데, 계단 올라가는 데에 놋쇠 난간이 분명히 있다고 내 장담합니다."

그는 창문을 통해 경멸적으로 침을 뱉었다. "아니. 그 집은 아파트 건물에서부터 세 번째 집이오. 도로에서 같은 편으로. 난간 같은 건 없어……."

"알았어요." 나는 마지못해 동의했다. "형씨 말이 맞겠지." 나는 기분 좋게 택시로 돌아왔다. 자세히 알아보긴 해야겠지만 거의 확신했다. 잠시 후 다시 내려 오지에게 걸어갔다. "오지," 도어맨에게 말했다. "어젯밤 텍사스 백만장자 기억하죠? 그 사람 이름이 뭐라고?"

"험프리스. 왜요?"

"그게, 생각을 좀 해 봤는데 말이야, 택시질이 질려서, 혹시 험프리스 씨가 기사를 두고 싶어 하지 않으실까 해서 말이지. 가서 일자리를 구해 볼까 하는데."

"해 보슈. 나야 막을 일 없지."

"방법이 있어야 말이지. 그 양반이 비틀거리면서 나오는데 걸어가서 일자릴 달라고 할 수는 없을 테고, 더 격식을 차려야지. 혹시 모실 기회가 한 번 있으면, 가는 동안 대화를 좀 할 수 있을 테고……."

일행 네 명이 클럽에서 나오자 오지는 재빨리 첫 번째 택시를 불러서 문을 열고, 한 사람씩 탈 수 있도록 도와주고, 팁을 챙기고 문을 닫았다. 참을성을 잃은 그는 더 이상 내겐 흥미가 없었다. "그거야 당신 문제지, 형씨." 그가 말했다. "내 알 바 아니오."

"그야 그렇지." 나는 어깨를 으쓱했다. "내 부탁 하나 합시다. 지금 20달러 드리죠." 나는 10달러 지폐 두 개를 그의 손에 놓았다. "험프리스가 다음번 여기 올 때 내가 태울 기회를 주는 대가로 말이오. 만일 일자리를 얻으면 20을 더 드리지." 오지는 자신의 고도에서 나를 슬쩍 내려다보았다. "그런데 말이지." 나는 물었다. "그렇게 키가 크면 코피 흘릴 일도 없으신가?"

그는 내 말을 무시하고 물었다. "그럼 어떻게 할 작정인데요?"

"이제부터 나는 대기줄엔 안 들어갈 거요." 나는 설명했다. "길 건너편 모퉁이에 차를 대고 있을 거요. 그 양반이 나오면, 대기중인 택시 부르기 전에 가능한 한 오래 시간을 끌어 주쇼. 그동안 내가 이쪽으로 올 거고, 태우고 출발하는 거지."

"저 양반들이 엄청 열 받을 텐데." 오지가 내게 경고했다.

"못 태운 기사한테 내가 10달러 준다고 해 주쇼. 그 정도면 잠잠해질 거요."

"알았수다." 오지가 딱딱하게 말했다. 그는 다시 내려다보았다. "20달러 더 준다는 거 잊지 마쇼."

"일자리만 얻는다면야 문제없지." 그에게 확인해 주었다.

험프리스는 그 주 내내 코파봉가에 나타나지 않았다. 매일 밤 나는 클럽 건너편 모퉁이에 차를 대고 콘크리트의 일부라도 될 것처럼 가만히 서 있었다. 매일 새벽 교대 시간마다 야간 조장이 목청 높여 야단을 치더니만, 마침내 어느 날 아침 나를 해고했다. 하지만 같은 날 밤 다시 나를 고용했고, 나는 언제나처럼 야간 불침번 일로 되돌아갔다.

결국, 다음 화요일 밤, 험프리스가 나타났다. 그는 새벽 2시경 클럽에서 나왔고, 이번에는 가냘프고 나긋나긋한 갈색 머리 여자와 함께였다. 자기 딸이라 해도 될 만큼 어리고, 엄마라고 해도 될 만큼 산전수전 경험이 많아 보였다. 오지는 시간을 끌기 시작했고 나는 고물 택시를 몰고 뒷문을 열어 두다시피 한 채 클럽 앞으로 쏜살같이 튀어나갔다.

오지는 두 사람이 택시에 탈 수 있게 해 주었다. 험프리스는 억양이 강한 텍사스 사투리로 이스트 89가의 주소를 일러 주었다. 택시가 출발하자 그와 금발머리는 뒷자리에서 희롱을 시작했다. 몇 분 후 나는 헛기침을 크게 했다. 이어지는 침묵 속에 나는 말했다. "죄송합니다만, 손님께서는 많이 배우신 분 같습니다."

그 말에 험프리스가 깜짝 놀라며 자리에 똑바로 앉는 모습이 거울에 보였다. 목소리가 크고 평이하게 질질 끄는 말투로 그는 말했다. "응? 뭐라고 했나, 기사 양반?"

나는 다시 말하고 덧붙였다. "괜찮으시면 제가 알고 싶은 게 하나 있는데 손님께서 도와주실 수 있을 것 같아서 말입니다."

"어, 그럼." 험프리스는 답했다. "다른 사람을 도와줄 수 있다면, 나로선 늘 환영이지……."

"용건은 이겁니다." 나는 말했다.

"오늘 초저녁에 제가 UN 빌딩 앞에 있었습니다. 어떤 신사분하고 부인을 모셨는데, 아마 프랑스인이었던 거 같습니다만……. 시내로 모셔다 드렸습니다. 신사분은 영어를 잘하지는 못했고, 내리면서 지폐를 주시더니 잔돈을 가지라더군요. 팁이 꽤 많았어요. 전 감사하다고 했고, 그러자 그 사람이 프랑스말로 뭐라고 했거든요. 제가, 뭐라고 하셨습니까, 라고 물었더니 그 사람은 웃으면서 '그런 말 말라'는 뜻이었다고 영어로 말씀해 주시더라구요." 기사 모자를 머리 뒤쪽으로 눌러쓰며 나는 계속 말을 이었다. "저, 제가 계속 생각을 했는데, 프랑스말로 뭐라고 하는 건지 기억해 두고 싶어요. 혹시 손님께서 프랑스어를 할 줄 아시는지요?"

험프리스는 크게 웃었다. "사실을 말해 주면 말이지." 그는 질질 끄는 말투로 이야기했다. "내가 말이지, 텍사스 크리스천 대학 출신이라고 자랑스럽게 얘기하겠네. 텍사스에 있는 대학 말이야."

"네, 그렇죠." 나는 말했다. "들어 봤습니다. 풋볼을 잘하는 학교죠……. 뉴스에서 봤어요. 텍사스 와코에 있지 않나요?"

"아주 정확하네." 험프리스가 끄덕였다. "꽤 괜찮은 풋볼 팀이지. 하려던 말이 무엇이었냐면 말이야, 대학 시절에 프랑스어를 좀 배웠고, 내 기억이 맞다면……."

"와, 발라드." 여자가 선망의 목소리로 웃었다. "설마 프랑스어도 한단 말이에요! 정말 멋져요!"

"뭐, 그래그래, 할 줄 알지." 험프리스는 우쭐해 했다. "내 기억이 정확하다면, 기사 양반이 들은 말은 '일 니아 파드 쿠아Il n'y a pas de quoi'일 거야." 그의 발언은 딸꾹질 때문에 중단되었다.

여자는 그 발음을 따라해 보았다. "일 니 아 파 드 쿠아." 그녀는 손뼉을 쳤다. "귀엽네." 그녀는 말했다.

"요 아가씨, 너야말로 귀여운 거 같은데." 험프리스는 우아하게 말했다.

나는 다른 걸 생각하고 있었다. 프랑스어를 할 줄 아는 텍사스 사람이 여기 있다. 게다가 텍사스 크리스천 대학 졸업생이라며 베일러 대학과 혼동하는 사람이다. 텍사스 크리스천은 포트워스에 있다. 베일러 대학이 와코에 있고 말이다. 아무리 술에 취해도 진짜 텍사스 사람이라면 그런 실수는 하지 않는 법이다!

XIX

전날 검사는 모든 절차를 끝냈다. 변호인인 덴먼은 합리적 의심을 넘어설 만큼 혐의가 입증되지 못했으므로 기소가 각하되어야 한다고 주장했다. 양측의 논쟁이 있는 동안 배심원들은 물러가 있다가, 그 주장이 각하된 후 법정으로 되돌아왔다. "기각이 순수하게 법률적 문제에 대한 법정의 판단에 의한 것이지 배심원 평결과 전혀 관련되지 않았음을 배심원단에게 일러 주시겠습니까?" 덴먼은 재판장에게 요청했다.

재판장은 그렇게 배심원에게 말했다. "이번에는 제가 기소 각하를 청구했음을 공식적으로 기록해 주실 것을 요청합니다." 덴먼이 덧붙였다.

"그렇게 기록될 것입니다." 판사가 동의해 주었다. "계속하십시오, 덴먼 씨."

"재판장님이 받아들여 주신다면," 덴먼이 말했다. "저는 변론을 내일 오전에 시작하고자 합니다. 지금은 오후가 끝나 가는 시간이니 내일 오전까지 휴정하기를 요청합니다."

캐넌은 그 요청에 반대하지 않았고, 판사는 법정을 해산한 후 자기 방으로 되돌아갔다. 덴먼은 자신의 의뢰인과 함께 법정 바로 뒤쪽의 작은 칸막이 방으로 갔다. 창문에 두꺼운 창살이 있는 그곳에는 문 바깥에 정복을 입은 직원이 서 있었다. 변호사는 흠집투성이인 오크 탁자에 앉았다. 의뢰인은 담배에 불을 붙이고는 환기장치가 내다보이는 창문으로 힘없이 걸어갔다. 지친 덴먼은 무겁게 의자에 주저앉아 잠시 가슴에 턱을 파묻었다. 마침내 고개를 든 그는 부드럽게 말했다. "앉으세요, 험프리스 씨. 대화 좀 합시다." 키가 크고 주름살이 깊은 회색 머리의 남자는 창문에서 돌아서서 기운 없이 탁자로 걸어왔다. 그도 앉았다. "들어 보세요." 덴먼의 목소리는 조용하고 감정이 없었다. "오늘 밤 우리는 결정을 해야 합니다……. 어떤 결정이냐에 따라 험프리스 씨 목숨이 달려 있습니다.

결정을 내리기 전에 얘기를 좀 하고 싶습니다. 저는 대부분의 경우 의뢰인이 유죄인지 혹은 무죄인지 감이 있어요. 그 사람의 유죄 여부는 제가 상관할 바는 아닙니다. 제 임무는 그 사람이 법에 규정된 권리대로 정당한 재판을 받을 수 있도록 하는 겁니다. 저는 모든 피고인을 최선을 다해 변호합니다. 사건에 대해서 더 잘 알수록 변론도 더 잘할 수 있어요." 덴먼은 잠시 말을 멈추었다가 천천히 말했다. "하지만 험프리스 씨에 대해서는 도대체 어떻게 생각해야 할지 알 수가 없단 말입니다!"

"전 무죄를 주장했어요. 안 그렇습니까?" 험프리스가 대답했다.

"남의 목에 칼을 대고 있다가 잡힌 사람도 똑같이 얘기할 수 있죠." 덴먼은 말했다. "내 개인적인 생각으로는 당신이 무엇인가를…… 아니면 누군가를 숨기고 있는 것 같습니다." 험프리스가 무어라 반박하기 전 덴먼은 손을 들고 그의 말을 막았다. "난 전에도 이 방에 많이 앉아 보았습니다. 험프리스 씨, 한번 돌아보세요. 크기가 얼마나 됩니까? 가로세로 3미터 정도? 작은 창문 두 개엔 창살이 있죠. 여기 낡아 빠진 탁자 좀 보세요. 의자 두 개와…… 저 닫힌 문 뒤에 있는 경비원도. 그래도 이 정도면 우아한 거요. 저 강 위쪽에서 기다리고 있는 것과 비교하면 엄청나게 멋진 호텔방이지. 그래요, 난 여기 앉아 본 적이 많습니다. 얼마나 많이? 오십 번, 백 번. 셀 수도 없어요, 험프리스 씨. 경험이 많아지니까 그 얼굴들이 어쩐지 서로 비슷하게 보입디다. 장차 벽 안에 갇힐 긴 시간 때문에 납빛이 된 얼굴들, 죽음의 도장이 찍혀 있는 얼굴들. 지금 이 말을 하는 이유는 당신에게 겁을 주려는 겁니다. 신의 공포를 가슴에 새겨 주려는 겁니다. 당신이 지금 어떤 위치에 있는지 알지 못하겠습니까?"

덴먼은 의자에 앉은 채 다리를 똑바로 앞쪽으로 폈다. "여기 온 사람 중에 부정한 재산을 숨기면서 전혀 입을 안 여는 사람들도 있습니다. 처벌을 면하면 나가서 부자로 살겠다며 일생일대의 도박을 거는 거죠. 그 사람들 중 일부는 바깥세상에 나가서 돈을 되찾기 전에 감방에서 세월을 보내다 죽었어요. 또 다른 누구는 마지막에 걸어가면서 진실을 다 얘기하겠노라고 소리쳤지만 너무 늦었지. 개중엔 결국 밖에 나가서 돈을 찾았지만 경찰 추적에 다시 붙잡힌 사람도 있고."

"무슨 말을 하는지 모르겠소." 험프리스는 퉁명스럽게 대꾸했다.

덴먼의 솔직한 대답이 나왔다. "나도 몰라요. 지금은 생각조차 하지 않아요. 당신은 나에게 진실을 말해 주지 않았어요……. 정말이지 아무 얘기도 안 해 줬어요! 험프리스, 캐넌이 증인이며 증거 들을 대면서 우리를 깔아뭉개는 동안 우린 일주일 넘게 같이 앉아 있었어요. 근데 우리가 가진 게 뭡니까? 알리바이도 없어요! 증인도 없고, 평소 성품을 증언해 줄 증인도 없어요. 다시 말해 보세요, 이번에는 솔직하게. 레딕에게 협박을 당하고 있었습니까?"

"아니란 말입니다!" 험프리스는 손으로 탁자를 강하게 쳤다. "얘기했잖소! 그러니까 제발, 협박당하지 않았단 말입니다! 단 1센트도 달라는 말을 들은 적이 없어요!"

덴먼은 계속 몰아쳤다. "그러면, 아직 협박까진 가지 않았다 칩시다. 혹시 레딕이 알고 있었던……, 협박에 써먹을 건수가 있었습니까?"

험프리스는 즉시 대답하지 못했고, 끝없는 시간이 한동안 흐른 후 부인했다. "아닙니다." 그는 고개를 저었다. "그 사람이 쥘 약점 같은 건……."

덴먼은 지친 듯이 머리를 손가락으로 쓸었다. "험프리스," 그는 애써 조용하게 말했다. "캐넌이 개진한 이 사건을 보세요. 당신이 서랍 안에 있던 권총으로 아이샴 레딕을 보일러실에서 쏘았다고 했어요. 죽인 다음에 시체를 토막 냈고……. 커다란 캔버스 천과 작업 선반, 그리고 자귀를 이용해서 말입니다. 시체는 커다란 보일러에서 불태웠고, 대부분의 재와 흔적은 어딘가에 버렸다는 겁니다. 당신 차에서 재 흔적까지 찾아냈어요. 증거로 레딕의 손가락, 다리의 일부, 치아가 있고, 혈액도 인정될 수 있죠. 살해 후 청소를 하고 지하실 욕실에서 샤워를 했다고도 합니다. 그럼 왜 이런 일이 벌어졌는가? 캐넌의 주장은 레딕이 당신을 협박했다는 겁니다. 최소한 8,500달러의 지불에 대한 당신의 글씨 증거도 있어요. 레딕은 물에 잠시 상륙한 선원처럼 돈을 마구 써 댔어요. 그걸 어디서 얻었을까요? 캐넌은 당신으로부터 얻었다고 말합니다. 증인들도 레딕이 자기 입으로 그런 암시를 했다고 말하고 있어요. 캐넌은 당신이 텍사스 출신이 아니라는 점……, 사업체도 없고 정당한 수입원도 없음을 증명했어요. 당신은 지금 있는 재산을 어디서 얻은 겁니까? 레딕이 그걸 알고 있는 겁니까? 그래서 그걸 숨기려고 돈을 주고 있었던 겁니까?' 덴먼은 믿을 수 없다는 듯 고개를 가로저었다. "그런데 숨기는 게 아무것도 없다는 말을 나더러 믿으라는 겁니까?"

"캐넌은 저에게 범죄 기록이 있다는 걸 증명하지 못했습니다." 험프리스가 말했다.

"그랬죠." 덴먼이 동의했다. "증명은 못 했죠. 하지만 알리고 싶지 않은 짓을 한 사람들은 세상에 많죠. 알려지면 감옥에 가게 되는 일들을."

"전 결백합니다." 험프리스가 대답했다. "레딕은 미친놈이었어요. 완전히 돌아버린 놈이었단 말입니다!"

"그러니까 배심원보고 그 사람이 자살했다고, 스스로를 죽인 다음에 지하실에서 자기 몸을 화장시켰다고 생각하라는 겁니까?' 덴먼의 목소리는 냉소적이었다.

"다른 시체를 가져왔을 수 있고……." 험프리스의 목소리엔 자신이 없었다.

"말도 안 되는 소리 하지 마세요!" 덴먼은 말을 막았다. "시체를 훔치는 건 불가능하단 말입니다. 차라리 연방 금고에 들어가는 게 쉽지. 검찰은 꽤 강력한 증거를 갖고 있는데다, 그건 의문의 여지가 없어요. 내가 알고 싶은 건, 험프리스, 이유입니다. 이유!!!"

험프리스는 무기력하게 돌아앉았다. "저도 몰라요……."

"당신은 알고 있어요, 험프리스. 얘기를 안 하는 거죠. 안 그래요?" 험프리스는 침묵 속에서 고개를 저었다. "알았습니다." 변호사는 계속했다. "우리가 결정해야 하는 문제를 따져 봅시다. 내일이면 우리는 변론을 시작합니다. 11월 22일과 23일 아침 알리바이를 증명해 줄 증거도 없어요. 평소 성격을 증언할 증인도 없어요. 벌어진 일에 대한 대안적 이론도 없어요."

"제가 증언대에 올라갈 필요는 없습니다." 험프리스가 말했다.

"그렇죠." 덴먼이 동의했다. "대부분의 경우, 형사 피고인의 경우에, 피고인이 증언하지 않는 편이 절대적으로 낫죠. 하지만 그런 건 집어치우고, 우리는 뭔가 해야 한단 말입니다! 변론이 전혀 없고, 피고인 증언조차 없으면 배심원들은 그 이유를 의심할 겁니다." 덴먼은 테이블 반대쪽의 갈색 페인트 벽을 응시했다. 그의 눈길은 한쪽을 따라 흘러내린, 아주 조그마한 검은 틈새를 따라갔다. 무겁게 그는 자리에서 일어나 탁자를 돌아 벽 앞으로 갔다. 한 손으로 벽의 틈새를 따라 쓸어 본 후에 그는 주머니에 손을 찔러 넣고 자리로 되돌아와 앉았다.

"이 사건에는 온통 빈 틈뿐입니다." 그는 말했다. "캐넌의 증거에
는 엄청난 간극이 있는데도 나는 회반죽으로 덮을 수가 없어요." 그
는 다시 험프리스를 돌아보았다. "어떻게 생각합니까? 당신이 얘기
한 그 사건 줄거리에 생명을 걸어 보겠소?"

"그건 진실입니다." 험프리스는 답했다. "제가 아는 모든 건 그뿐
입니다."

"증언대에 올라가서 그 얘기를 하겠습니까? 그 후에, 캐넌이 당신
을 갈기갈기 찢어 놓을 거요."

"하겠습니다. 변호사님이 그렇게 말씀하신다면."

"험프리스. 나는 그렇게 말하고 싶지 않아요. 하지만 우리가 할 수
있는 다른 게 없어요. 배심원 단 한 명만 당신 말을 믿는다면……, 당
신 말의 일부분이라도……, 기회가 있어요. 우리의 유일한 기회가."

경비원이 문을 열고 덴먼을 방에서 내보내 주었다.

XX

그린리프에게, 아니 험프리스에게 이야기해서 일자리를 따내는데 1시간 정도가 걸렸다. 그 첫날 밤, 나는 그를 집에 데려다주며 허영심을 북돋아 주었다. 집 앞에 도착해서는 뒷문으로 뛰어가 부축해주는 척하며 뒷주머니에서 지갑을 빼냈다. 다음 날 정오, 나는 지갑을 돌려주기 위해 그 집에 되돌아갔다. 하녀가 문을 열어 주고 몇 분후 험프리스가 비틀거리며 거실로 나왔다. 실크 가운을 입은 그는 비참해 보였다. 나를 알아보지 못하는 듯했다.

"제 이름은 레딕입니다." 나는 말했다. "어젯밤 선생님을 모셔다드렸죠. 그런데 지갑이 뒷자리에 떨어져 있는 게 보였습니다. 돌려드리려고 왔습니다." 그는 받아서 한동안 멍하게 있더니 한참이 지나서야 지갑을 열어 보았다. 안에는 10달러와 20달러짜리로 거의 500달러가 들어 있었고, 전부 새 지폐였다! 이미 전날 밤에 세어 봐서 알고 있었다.

"아……, 고맙네." 그는 말하면서 멍하게 지갑을 쳐다보았다. "아직 잊어버린 줄도 몰랐군……. 방금 일어나서 말이지. 어젯밤은 정말 끔찍하게 마셔 대서……."

"그렇죠!" 나는 동의하며 주변을 둘러보았다. 큰 거실이었다. 높고 오래되고 멋들어진 천장이 있었다. 벽은 연두색이었는데 거대하고 화려한 이탈리아제 대리석 벽난로가 자리 잡고 있었다. 험프리스는 앤티크 의자로 걸어가서 주저앉았다. 그리고 지폐 다섯 개를—전부 20달러짜리—꺼내서 내게 건넸다. "돌려줘서 고맙다는 표시네." 그는 여전히 남부 억양으로 말을 질질 잡아 뺐다.

나는 고개를 저었다. "고맙습니다만, 너무 많은 돈입니다. 20이면 충분하고도 남습니다."

그의 충혈된 눈이 놀라움을 담고 나를 보았다. "자네 아주 정직한 사람이군."

"그렇습니다." 나는 끄덕였다. "전 정직합니다. 어르신 몸이 아주 안 좋아 보이십니다. 주방이 어디죠?" 험프리스는 집 뒤쪽을 가리켰다. 그가 대충 가리킨 방향으로 걸어가자, 전기냉장고가 놓인, 하얗고 거의 사용하지 않은 큰 주방이 보였다. 나는 토마토 주스 캔을 따고 우스터셔 소스 두 스푼과 고춧가루를 조금 뿌렸다. 그리고 같은 자리에 그대로 앉아서 눈을 감고 있는 그를 흔들어 깨워 마시게 했다. 잠시 꼼짝 않고 있던 그는 갑자기 삼키더니 뒤늦게 고개를 흔들었다. 그는 말했다. "정말 이게 필요했어……. 엄청난 숙취로군!" 그는 의자에서 일어나려 하다가 힘없이 다시 앉았다. "정말로 고맙네. 이제 옷을 입으러 가야겠어."

"제가 위층까지 모셔 드리겠습니다." 나는 그에게 말했다. 거절하려는 그를 나는 팔을 잡으며 일으켰다. "지금은 별로 안 바쁘거든요."

위층에서 그가 샤워 꼭지 아래 바보처럼 서 있는 동안 나는 옷장에서 양복 한 벌을 고르고, 셔츠 하나와 속옷을 꺼냈다. 옷 걸치는 것까지 도와준 후 나는 말했다. "어르신이 필요하신 건, 험프리스 씨……. 어르신처럼 부유한 신사분이라면…… 시중을 들 좋은 사람입니다. 솔직히 말씀드린다면 전 택시 모는 일에 진력이 났습니다. 혹시 차를 가지고 계신지요?"

"아니." 그는 불평했다. "이 도시에서 차를 몰고 다니는 건 너무 골치 아픈 일이야."

"기사가 있다면 괜찮으실 겁니다." 나는 대답했다. "차를 관리하고 외출하실 일이 있을 때마다 모셔 드리고." 나는 말을 멈추었다가 다시 이었다. "그리고 다시 모셔 오고……. 밤낮 언제든 장소가 어디든 말입니다. 그러면 정말 편하실 겁니다. 아시다시피 밤늦게 시내에 다니는 건 위험하죠……. 특히 선생님처럼 돈을 많이 가지고 다니시는 분에겐."

"엉터리야."

"아닙니다. 밤에 댁에 안전하게 돌아오시는지 보아 줄 사람, 낮이면 집안일을 도와줄 사람. 그런 사람은 이루 말할 수 없는 가치가 있을 겁니다. 그리고 감히 말씀드리자면, 제가 바로 그런 사람입니다. 다른 일에 매여 있지도 않고 말이죠!"

험프리스는 초췌하게 내 쪽을 보았다. "자네…… 결혼했나?"

"아닙니다." 나는 밝게 말했다. 언짢은 기운이 목으로 치밀었다. "독신입니다."

"자네 가족들은 어떤가, 여기 사는가?"

"아닙니다. 제가 뉴욕에서 일을 오래 하긴 했지만 고향은 콜로라도 주 로키입니다."

"자네 이름이 뭐라고 했지?" 나는 말해 주었다. 아이샴 레딕이라고. 그는 잠시 얼굴을 찌푸렸다. 마음에 들지 않아서인지, 단순히 숙취 때문인지 구분하기 어려웠다. 잠시 후 그는 말했다. "이 집에는 일하는 사람이 많지가 않아, 레딕. 가정부 한 명이랑 청소하는 여자, 그리고 수리를 좀 해 주는 사람이 있을 뿐이야. 대단한 집은 아니지만 한 명 정도는 더 쓸 수 있을 것 같군. 얼마를 받으면 되겠나?"

"한 달에 300입니다." 나는 말했다.

"250과 방 하나를 줌세. 나는 아침식사 외에는 먹지 않네만, 자네는 집 안에서 알아서 식사하도록 해."

"알겠습니다!" 나는 재빨리 대답했다. "하겠습니다."

그날 오후 우리는 차를 사러 시내로 나갔다. 과시욕 강한 그가 얼마나 비싼 차를 고를지 기대되었지만 험프리스는 조심스러웠다. 캐딜락을 사는 대신 그는 그보다 작고 중간 가격의 차를…… 타이어 측면이 흰색인 검정 세단을 샀다. 나의 의심을 확인시켜 주는 행위였기에 그다지 놀랍진 않았다. 험프리스 정도로 돈이 많은 사람이라면 많은 금액을 지불하는 데에 주저하지 않았을 것이다. 하지만 10달러와 20달러짜리 지폐로 차를 사는 것은 불가능하기에 개인 수표를 써야 했다. 즉, 은행에 저축해 둔 합법적인 계좌로부터 출금을 해야 했다……. 게다가 다 써 버리는 것도 곤란했다. 어쨌든 내겐 상관없는 일이었다. 그가 노 젓는 배를 산다면 나는 5번가를 노 저어 다녔을 것이다.

그날 밤, 나는 꼭대기 층 고용인 구역으로 이사했다. 안전하게 문을 잠근 후 나는 처음으로 휴식할 수 있었다. 증오와 승리감으로 몸이 떨려 왔다. 주먹으로 벽을 두드리고 계단 아래쪽에 욕을 퍼부어 대고 싶은 기분을 겨우 참았다. 감정의 평정을 되찾은 후, 이제껏 본 것들을 분석하며 험프리스에 대해 생각해 보았다. 눈꺼풀이 두껍긴 했지만 그의 눈은 그다지 크지 않고 안쪽으로 깊숙이 들어가 있었다. 들었던 대로 긴 코는 콧등이 살짝 부풀어 있어서 포악한 분위기를 풍겼다. 그리고 입술은 잔인함과 관능을 모두 담고 있었다. 윗입술은 얇고 똑바르고 굉장히 좁았고, 아래쪽은 두터웠다. 남과 뚜렷이 구분되는 외모임은 분명했다.

당면한 가장 큰 문제는 정체를 숨기는 것이었다. 전직 택시 기사이자 현직 개인 기사라는 위장—그렇게 부를 수 있다면—을 험프리스는 받아들였다. 나를 본 적 있는 듯한 눈치는 없었고 그런 말도 없었다. 전혀 의심받고 있지 않음을 나는 확신했지만, 험프리스는 그 누구도 믿지 않을 터였다. 그 남자를 죽이려고 마음먹은 나는 험프리스에게 표정이 읽힐까 두려웠다. 그래서 공손하게 하려 엄청나게 노력했다—온갖 일을 다 열심히 하면서도 굽실굽실 댔다. 그는 마음에 들어 했다.

밤늦은 시간, 경멸과 혐오를 가슴에 담고 나는 방 안에 앉아 담배를 피우며 그를 죽일 가장 가능성 높은 방법을 찾았다. 내 손으로 목을 조르며 가능한 한 고통스럽게 천천히 죽이는 것이 가장 즐겁겠지만 거기엔 문제가 있었다. 스무 살은 더 먹은 그가 오히려 나보다 체격이 좋고 힘도 더 셀 것 같았다. 물론 가장 마음에 드는 방법은 그것이었다. 총, 칼, 둔기, 그런 온갖 도구로 죽이는.

하지만, 그를 살해한 후에 빠져나가는 게 중요했다. 험프리스의 죽음 이후 나 자신까지 희생시킨다면 결코 만족할 수 없었다. 법망을 반드시 빠져나가야겠다고 결심하고, 살해 후 잡히지 않을 방법을 찾기 시작했다. 나는 아이샴 레딕을 구체적인 성격을 가진, 특징이 뚜렷한 사람으로 만들기로 했다. 레딕에게 험프리스를 죽일 동기를 부여하고는, 살인 후 레딕이 완전히 사라지도록 하는 것이다. 경찰이 아이샴 레딕을, 눈썹이 옅고 면도를 깨끗이 하고 앞니가 하나 빠져 있으며 두꺼운 안경을 쓴 운전사를 찾는 동안 나는 하룻밤 사이에 루 마운틴으로 되돌아가면 된다.

괜찮은 계획으로 보였기에 나는 즉시 실행에 들어갔다. 배경을 만들어 나가기 시작하며…… 여기서 한 조각, 저기서 한 조각…… 험프리스의 다른 연결, 즉 인쇄업자에 대해 눈여겨보았다. 매일같이 험프리스를 시내에 데려다주었는데, 그는 대개 맨해튼 중부 어딘가에서 내렸다. 나는 차를 주차시키고 재빨리 돌아와 그를 추적하려 시도해 보았지만 대부분의 경우 지극히 어려웠다. 하지만 몇 번은 내려 준 곳 부근에서 찾을 수 있었다. 하루 종일 뒤를 밟은 결과 그는 10달러와 20달러짜리 지폐를 유통시키는 데에만 온 힘을 기울이는 것으로 보였다. 셀 수 없이 많은, 작고 싼 소소한 것들을 사서는, 많은 경우 가게를 나서는 즉시 버렸다. 그래도 험프리스는 새 지폐를 끊임없이 계속해서 써 댔다. 나는 집 안을 이쪽 끝에서 저쪽 끝까지, 다락에서 지하까지, 돈 숨긴 위치를 찾으며 뒤져 보았다. 이렇게 큰 집을 수색하는 것은 쉬운 일이 아니었다. 게다가 한 번에 불과 몇 분 밖에 쓸 수 없었기에 오랜 시일이 걸렸다. 사람 단순한 가정부, 혹은 청소하는 여자가 늘 주변에 있기에 의심받지 않도록 조심해야 했다.

이스트 89가의 저택은 완전히 가구가 갖춰진 채로, 코네티컷에 사는 부유한 가족으로부터 임대한 집이었다. 그러니까 움직이는 벽이나 비밀의 방 같은 것을 활용할 수는 없으리라 생각했다. 그냥 아주 크고 아름다운 타운하우스였으므로 험프리스가 돈 숨길 곳을 발견했다면 나 또한 알아낼 수 있었을 것이다.

험프리스가 인쇄업자로부터 지폐를 받는 방법을 알아내는 일은 여전히 어려웠다. 매일 그가 시내에 가 있는 동안 나는 그의 방과 소지품 모두를 뒤졌다. 메리 딤스나 라이트바디 부인은 나의 이런 행동에 대해서는 아무 말도 하지 않았다. 왜냐하면 내 업무의 반쯤은 개인 시중드는 일이었기 때문이다. 험프리스의 옷이나 방에서도 돈은 나오지 않았고, 누군가와 연락한 증거 혹은 다른 어떤 단서도 나오지 않았다. 단 하나만 빼고.

험프리스의 침대 옆에는 외부와 직통으로 연결되는 전화가 있었다. 집 안에서 내선으로 연결된 망과는 별개였다. 그렇다고 그 전화에 무슨 신비나 비밀이 있는 것은 아니었다. 그 전화 옆에는 메모지가 놓여 있었다. 어느 날, 나는 종이 패드 위에서 글씨의 흔적을 찾아낼 수 있었다. 글자가 쓰인 맨 위 장은 뜯겨 있었지만 그 아래 장에 팬 흔적이 남아 있었던 것이다. 종이를 들고 불에 비춰 보니 글씨가 읽혔다. "마가리안—2:00." 나는 패드를 제자리에 되돌려 놓고 버스 터미널로 갔다.

버스 터미널 공중전화 부스에는 뉴욕 모든 지구의 인명부 전화번호부는 물론, 뉴욕 인근의 뉴저지와 코네티컷 주 도시 전화번호부들도 갖춰져 있다. 마가리안이라는 성이 있기는 했지만, 마가리안 인쇄 회사는 없었다. 거기서 더 이상 할 수 있는 게 없었기에 나는 집으로 되돌아왔다. 데이브 셔즈에게 도움을 청하러 갈 생각도 해 보았지만 그러기엔 이미 너무나 깊이 들어와 있다고 결론지었다. 살인이란 고독한 작업이다.

규칙적으로, 매일 밤 10시경, 나는 험프리스가 저녁 식사를 마친 카페 한군데에서 그를 태우고, 여자와 함께인 그를 나이트클럽에 데려다주었다. 그는 항상 약속된 시간에 돌아오라는 지시를 내렸다. 나는 집에 가서 기다리는 대신 클럽에서 조금 떨어진 모퉁이에 차를 세운 채, 시야가 좋은 곳에 자리를 잡고 그가 비틀거리며 나오기를 3, 4시간 동안 기다렸다. 대개의 경우 여자는 너무나 취해서 어깨에 짊어지고 옮겨야 할 지경이었다. 여자들은 거의 똑같았다……. 아주 예쁘고 키가 자그마하고 낯이 두꺼운, 탐욕적 본능이 우수하게 발달된 여자들이었다. 그렇게 많은 여자를 어디서 만나는지가 늘 놀라웠는데, 결국 대부분이 콜걸이라고 결론지었다. 여자들에게는 차 안에서 돈을 주고 택시를 태워 보내는 적도 있었지만 집에 데려가는 일이 잦았다. 가끔은 험프리스를 먼저 내려 주고 여자를 집까지 데려다주는 일도 있었다. 그들은 거의 대부분의 경우 엘리베이터 없는 시내의 싸구려 아파트에 살았다.

험프리스가 돈을 받아 내는 방법을 알아낸 건 순전히 그의 실수 덕분이었다. 험프리스가 어느 날 새로운 클럽―뒷문이 없는 곳―으로 가지 않았다면 결코 알아내지 못했을 것이다. 그와 여자는 클럽에 몇 시간 머물렀다. 보통 때처럼 모퉁이에서 기다리는데 험프리스가 혼자 황급히 나오는 모습이 보였다. 그는 택시를 잡더니 내가 주차시켜 둔 반대 방향으로 향했다. 그의 택시가 코너를 돌았고, 내가 그 교차로에 이르렀을 때엔 이미 시야에서 사라져 있었다. 원래의 위치로 돌아와 기다렸더니 채 30분이 되기 전에 험프리스가 클럽에 다시 들어갔다.

거기서 알아차릴 수 있었다. 왜 나이트클럽과 술 취한 여자들의 패턴이 똑같이 반복되는지를 말이다. 험프리스는 동행자를 취하게 한 다음, 잠시 자리를 비우고 인쇄업자와 접촉한 후 되돌아왔던 것이다. 취한 상태의 여자는 그가 나갔다 온 시간이 3분인지 30분인지 알 수 없으니 그렇게 그날 밤의 알리바이를 만드는 것이었다.

그 후, 다른 클럽의 뒷문이나 옆문을 지켜보았더니 험프리스는 어김없이 나타났다. 나는 그가 잡아 탄 택시를 쫓아갔다. 차는 불과 몇 분 지나지 않아, 약국이나 혹은 레스토랑―혹은 다른 어느 곳이라도―앞에 멈추었고, 험프리스는 택시를 대기시켜 두고 걸어 들어갔다가 잠시 후 다시 나타났다. 다시 택시로. 다시 클럽으로! 그렇게나 간단했다. 그는 인쇄 공장 주변으로는 절대 가지 않았다.

낮 시간 중에 험프리스가 인쇄업자에게 전화를 해서 그날 밤의 행선지를 말해 주는 것이리라 짐작되었다. 가까운 곳에서 만나기로 약속을 정하고, 험프리스가 걸어 지나가면 인쇄업자가 돈을 찔러 주는 것이다. 험프리스에게 지나치게 접근했다가 눈에 뜨이면 난처했기에 나는 실제 교환이 이루어지는 장면이나 인쇄업자의 모습을 보지는 못했다. 그렇게 택시를 타고 가서 돈을 받아오는 반복된 행위를 수없이 보고 난 후, 나는 그를 뒤쫓는 행동을 완전히 그만두었다. 조심하기 위해서였다.

험프리스는 삶에서 즐거움을 전혀 찾지 못하고 있었고, 그 모습을 구경하는 것에 어느 정도 가학적 쾌감이 있었다. 그는 집을 유지하고 집의 고용인들 월급을 감당하기 위해 낮 시간 동안 가짜 돈을 유통시키며 열심히 일했다. 그것도 늘 발각될 압력과 긴장 아래에서였다. 밤이면 매일 나이트클럽에 가고, 여자를 취하게 해서 알리바이를 만든 다음, 인쇄업자와 만났다. 음주를 제외하고는 친구를 사귀거나 긴장을 풀 어떤 기회도 없었다. 험프리스는 쳇바퀴 위에 올라타서, 그 자리를 유지하기 위해서 같은 곳에서 열심히, 빠른 속도로 달리는 중이었다. 물론 옷이나 보석에 많은 돈을 쓰긴 했지만 그게 무슨 재미가 있겠는가. 돈 주고 어울리는 콜걸이나 시종으로부터 받는 부러움이 전부인데.

독립기념일 휴가 기간, 험프리스는 베어 마운틴의 오두막집에 며칠 가 있겠다고 했다. 내가 운전을 해서 꽉 막힌 뉴욕 도로를 벗어나 뉴저지 일부를 가로지른 후 다시 뉴욕 주 경계로 접어들었다. 가는 동안 험프리스는 주머니에서 수첩을 꺼내서 무어라 끼적이더니 내게 건네고 느릿느릿 잡아 빼며 말했다. "돌아갈 때가 되면 연락하겠네. 집에서 무슨 일 있으면 말이야, 나한테 전화를 하게. 알아들었나?" 그는 종이를 가리켰다. "여기 전화번호가 있네."

"일이라면 어떤 일이 있을까요?"

갑자기 불안해진 그는 안달복달하며 차에서 빠져나왔고 나는 그의 짐을 들고 뒤따랐다. "무슨 일이 있을지 내가 어찌 알겠나? 아무튼 무슨 일 있으면 전화해."

"알겠습니다." 나는 그에게 확인해 주고 다시 차로 돌아와서 쪽지를 살펴보았다. 이렇게 쓰여 있었다. "레딕…… 베어 mt. 8500." 베어 마운틴 8500은 오두막집 주소였다. 푸른색 줄이 쳐진 작은 종이쪽지를 가로질러 쓰여 있었는데, 나는 한쪽 면을 의도적으로 찢어 냈다. "레딕…… mt. 8500." 나는 주머니에 조심스럽게 쪽지를 넣었다.

시내로 돌아온 후엔 44가 근처 8번가에 있는 마술 도구상 두발스에 들렀다. 다른 모든 마술 전문용품점처럼 그곳은 건물 이층에—길거리에서 들어오는 어중이떠중이를 막기 위해—자리 잡고 있었다. 이런 곳들은 정밀한 도구를 만드는 데에 특화되어 1년에 단 몇 개의 장치를 판다. 물론 다른 모든 일반 소도구들도 판매한다. 직업 마술사들 대부분이 기억도 하지 못하는 오래전부터 해리 로어라는 자그마한 남자가 운영해 오고 있었다. 나 역시 그곳과 거래 관계였다. 그런 가게들에서는 대부분 단골 고객들의 장비를 맡아 주기도 했다.

사용하지 않거나 혹은 먼 공연길에 올랐을 때 맡아서 잘 관리해 주는 것이다. 험프리스의 집으로 들어가던 당시 나는 커다란 연극용 트렁크를 그곳에 보내 놓았다. 초저녁에 찾아올 손님이 없는 분야이기에 가게는 밤늦게까지 문을 연다. 나는 안경을 주머니에 넣고, 빠진 이를 입술 아래 숨겼다. 들어가자 해리가 말했다. "요즘 잘되나, 루? 자네 얼굴이 달라졌어."

"젊어진 거죠! 앞니로 총알 잡는 연습하려고 콧수염을 면도했어요." 그것은 우리 두 사람 사이에 흔히 오가는 농담이었다. 몇 년 전, 발명가 한 사람이 합성 재료를 들고 찾아왔는데, 5밀리미터 두께의 유리를 통과한 다음 완전히 산산조각 나는 물질이었다. 그 물질로 만들어진 탄환은 유리를 뚫고 들어가 자그마한 구멍 하나만 남기고 온데간데없이 사라져 버렸다. 그러면 마술사는 입 안에 납으로 만들어진 진짜 탄환을 숨기고 있다가, 유리를 뚫고 나온 탄환을 치아 사이로 잡아 낸 듯한 효과를 일으키는 것이다. 업계에서 볼 때 굉장히 훌륭한 아이템이었다. 그 발명가는 해리에게 아이디어를 팔았다. 해리는 재료를 사서 내게 보여 주었다. 나는 시도해 보기로 했다. 공연의 클라이맥스로 예정해 두었는데, 마술을 연습하는 동안 그 물질을 만드는 재료가 바닥났다. 해리는 발명가가 남긴 전화번호로 연락했지만 그 사람은 이사를 가고 없었다. 우리는 그를 찾을 수 없었고 다시는 그를 보지 못했다. 우리뿐 아니라 어느 누구도 찾지 못했다. 그 마술을 본 사람이 아무도 없었다. "제 트렁크 어디에 두셨습니까?" 나는 물었다.

"뒤쪽 세 번째 방." 해리가 가르쳐 주었다. "혼자 찾을 수 있을 거야."

짐 선반, 붙박이 상자, 마스크, 기적을 만드는 반세기에 걸친 온갖 도구들로 가득 찬 방 두 개를 지나니 어둡고 휑한 방이 나왔다. 안에는 모서리에 금속 보호대가 있는 커다란 트렁크 대여섯 개가 있었다. 내 것은 쉽게 찾을 수 있었다. 그 안에서 나는 두꺼운 무대용 돈뭉치를 꺼냈다. 선물용 가게에 흔히 있는 오렌지나 초록색 장난감 돈이 아니라 크기와 색에서 진짜 돈과 판박이인 돈이었다. 물론 무대용 돈 위엔 말도 안 되는 글자들과 가짜 초상화가 그려져 있다. 실제 돈으로는 절대 쓰일 수 없지만, 마술사들은 관객의 눈앞에서 진짜 5달러짜리 지폐를 찢는 척하며 그 지폐로 바꿔치기한다. 조금만 거리가 있으면 진짜 돈과의 차이점을 발견할 수 없다. 나는 수많은 소도구들로 가득 찬 트렁크를 겨우 다시 닫고 잠갔다.

다시 꼭대기 층의 내 방으로 돌아온 후 나는 무대용 돈다발 위에 진짜 100달러 지폐들을 얹고, 진짜 50달러짜리들로 둘러쌌다. 이제 은행도 감동시킬 만한 돈뭉치가 생겼다!

다음 날엔 메리 딤스를 데리고 영화관과 식당에 나갔다. 노는 법을 잘 모르는 순박한 그녀는 굉장히 걱정스러워했다. 그녀는 최대한 덜 비싼 음식을 조심스레 메뉴에서 골랐다. 일부러 돈뭉치를 흔들며 촌뜨기 역할을 연기한다는 게 나의 계획이었다. 계획대로 하자 그녀는 충격을 받았다. 그것도 엄청나게. 바로 내가 원하던 바였다.

험프리스가 집을 비운 지 사흘째인 4일 아침, 아침 신문을 읽는데 아홉 번째 면에 작은 기사 하나가 보였다. 에이드리언 마가리안으로 신원이 확인된 남자가 사무실에서 살해된 채 발견되었다고 했다. 기사에 따르면 그는 캐널 스트리트 가까이 위치한 소규모 인쇄소인 인랜드 인쇄사의 소유주로, 경찰은 단순 강도로 보고 있었다. 마가리안은 머리에 둔기를 맞아 숨진 상태였고 인쇄소 안은 난장판이었다. 기사의 위치나 분량으로 보아 마가리안 사건이 그다지 중요하지 않음은 명백했다.

경찰이 험프리스의 가짜 동판을 발견하지 못했을 것이라 생각되었다. 만일 그랬다면 신문 일면을 장식했을 것이다! 험프리스가 범인인지, 혹은 다른 누군가가 그를 죽이고 동판을 빼앗아 갔는지 궁금했다. 심증은 자꾸 험프리스라는 쪽으로 갔다. 총도 칼도 사용하지 않는 그의 살인 행태와 일치했다. 어쨌든 나는 반응을 보려고 베어 마운틴 8500번지―그가 준 주소―로 전화를 걸었다. 전화를 받은 그에게 나는 말했다. "어르신, 중요한 건지는 모르겠는데, 아무래도 전화를 드리는 게 낫겠다 싶은 일이 있습니다."

"그래. 뭔가?" 질질 끄는 그의 말투가 어쩐지 어색하게 들렸다.

"그게 말입니다." 나는 말했다. "어떤 남자가 방금 집에 전화해서 어르신을 찾았습니다. 외부에 계시다고 하자 그 사람은 자기와 마가리안이라는 사람을 제가 혹시 연결시켜 줄 수 있는지 물었습니다."

"누구?"

"마가리안."

긴 침묵이 흘렀다. "못 들어 봤네." 험프리스는 마침내 내뱉었다.

"전화 건 사람이 누구라던가?"

"모르겠습니다. 이름을 남기려 하지 않았습니다."

"다시 전화한다고 하던가?" 험프리스는 무관심한 척했다.

"그런 말은 안 했습니다."

잠시 후 험프리스는 천천히, 의심스러운 말투로 물었다. "그런데 자네 왜 나한테 전화한 거지?"

"어르신께서 무슨 일이 있으면 전화하라고 하셔서……."

"그런데? 무슨 일이 있었는데?"

"없습니다." 나는 밝은 목소리로 인정했다. "그냥 이 녀석이…… 이 남자가 전화한 것밖에 없습니다. 어쩌면 중요할지도 모르겠다고 생각해서요."

"안 중요하네." 험프리스가 다시 예의 그 느린 말투로 돌아가서 말했다. "마침 잘됐군." 그는 가볍게 덧붙였다. "여기 있는 게 엄청나게 지겨워졌어. 도착한 이후로 밖으로 한 발자국도 안 나가서 말이지. 빨리 와서 날 데려가는 게 좋겠네. 오늘 오후에."

"알겠습니다, 어르신." 나는 답했다. 그때에도, 그 후에도, 험프리스에게 신문 기사는 이야기하지 않았고, 그 역시 내게 그런 말은 하지 않았다. 하지만 그가 알리바이를 만들기 위해 베어 마운틴으로 여행을 갔고, 뉴욕으로 몰래 돌아와서 마가리안을 때려눕혔다는 확신은 떨치기 어려웠다. 실제로 조금 지켜보니, 마가리안은 죽었는데도 그는 여전히 동판을 소유하고 있었다.

험프리스가 마가리안과 연관되어 있었고 죽은 사실도 안다는 점은 그가 아무것도 하지 않음으로 하여 입증되었다. 8월 1일이 올 때까지 몇 주일간 험프리스는 더 이상 살롱과 나이트클럽으로 밤 나들이를 나가지 않았다. 그러다 어느 순간 밤중에 클럽 뒷문으로 빠져나가는 옛 행태가 다시 시작되었다. 또 다른 인쇄업자를 발견했음이 분명했다.

그러는 동안 나는 여전히 계획을 발전시키고 있었다. 아이샴 레딕이 험프리스를 죽일 동기로서 나는 협박을 선택했다……. 그것도 거꾸로 된 협박이었다. 대개는 협박하는 사람이 살해당하지 협박당하는 사람이 죽지는 않는다. 나는 그 플롯을 반대로 뒤집을 계획이었다. 협박범이 자신의 황금알 낳는 거위를 죽이는 것이다. 경찰의 눈에는 내가 희생자를 인내의 한계까지 몰아붙이다가 죽임을 당한 것처럼 보일 것이다. 집 주변에서 돈뭉치를 기회 닿을 때마다 흔들어대며, 나는 내 재산의 출처에 관련된 힌트와 암시를 흘렸다. 관리인—꼬치꼬치 캐기 좋아하는 한심한 머저리—에게는 돈 빌려줄 일을 의도적으로 만들었다. 더 그럴듯하게 보이기 위해 나는 봉투를 만들고, 그 위에 8500이라는 숫자를 포함하는 허구의 숫자를 써 넣고는, 라이트바디가 쥐어 들 수 있는 상황을 연출했다. 때가 왔을 때 그에게 뭔가 기억할 거리를, 이야기할 거리를 주고 싶었다.

하지만 나의 3,000달러가 빠르게 줄어드는 상황에서 더 설득력 있는 스토리를 반드시 만들어야 했다. 내가 험프리스로부터 엄청난 지폐 다발을 빼앗아 난봉꾼처럼 써 댔다는 믿음을 경찰에게 주어야 했다. 확실하게 꼬리를 밟히기 위해 나는 금시계, 보석, 양복, 스포츠

장비, 그 밖에 생각할 수 있는 거의 모든 것을 사들였다. 경찰이 그 모든 물품을 찾아낸다는 보장은 없었지만 그중 일부는 추적할 것이 확실했다.

커다란 실수를 할 뻔한 위기도 있었다. 그를 죽인 다음 험프리스의 집에서 걸어 나올 때엔 완벽한 이를 하고 있어야 했다. 경찰은 분명히 이가 빠진 사람을 찾을 것이다. 그런데 탈착용 의치를 어디 두었는지 도무지 기억나지 않는 것이었다. 결국 또 하나를 만들어야 했다. 하지만 치과 의사가 의치를 기억하고 경찰에 알릴 수도 있다는 생각이 들었다. 그것 때문에 내 인상착의에 대한 묘사가 달라질 가능성이 있었지만, 치과에서 경찰에 알리기까지 며칠은 소요될 것 같았고 그 정도면 신분을 바꿀 여유로 충분했다.

나는 보스라는 치과의사에게 연락하고 찾아갔다. 가능한 한 눈길을 끌지 않기 위해 나는 아이샴 레딕의 역할에—가난하고 근면한 운전기사 역할에—충실했다. 병원에 주소와 전화번호를 남겨야 하는데, 혹 예약 시간이 변경되었다는 전화가 올지도 몰라 가명을 쓸 수가 없었다. 내게 의심을 가진다면 그만큼 더 빨리 나를 떠올리게 될 터이니 말이다. 의사는 내게 또 다른 의치를 만들어 주었다.

험프리스를 어떤 방법으로 죽일 것인가에 관해서는 여전히 결정을 내려야 했다. 보호색을 칠하느라 너무나 정신이 없던 나는 계속 결정을 미루었다. 결국엔 교외에 나갔을 때 때려눕히는 게 최상의 방법이라고 결론지었다. 신분을 증명할 만한 모든 것을 벗겨 낸 후 며칠간 발견되지 않을 장소에 시체를 숨겨 두자는 결심이었다. 그러면 내가 증발하는 데 더 많은 시간 여유가 생길 것이었다. 하지만 험프리스는 시내에 남아 있었다.

11월 초에 나는 휴가를 한 번 더 다녀오는 게 어떠냐고 넌지시 권유했다. 마음을 동하게 하지 않을까 해서 버지니아로의 여행을 간접적으로 추천했다. 하지만 그는 미끼를 물려 하지 않았다. 날마다 그는 점점 더 말이 없고 우울해져 가는 듯 보였다. 처음 발견했을 때의 험프리스는 목소리 크고 허세가 심한, 어느 정도는 늘 술에 취해 지내는 사람이었다. 6월에 베어 마운틴에서 돌아온 이후 그는 천천히 피폐해져 갔다. 어쩌면 마가리안과의 연계를 누군가 안다는 생각이 그를 괴롭혔을 수도 있다. 혹은 매일매일 가짜 돈을 유통시키는 스트레스에 지쳐 가고 있었는지도 모른다. 돈 잘 쓰는 텍사스 인이라는 겉포장은 굉장히 엷어져 있었다. 느릿느릿한 말투에도 때때로 실수가 있었다. 외모에도 신경을 덜 쓰게 되었다.

파멸로 향해 가는 험프리스의 모습을 보는 것에 일종의 만족감이 있었고, 그 만족 덕분에 나는 계속 꾸물거렸다. 그를 시 외곽으로 끌어낸다는 것은 괜찮은 생각이긴 했지만, 어쩌면 최후의 결행을 지연시키기 위한 어떤 무의식에 근거한 생각이었는지도 모른다. 한밤중에 그의 침실로 걸어 들어가, 단순무식하게 머리에 총알을 박아 넣을 기회는 엄청나게 많았다.

하지만 마침내 결정을 내렸다!

험프리스가 자초했다. 11월 20일 아침, 그는 늘 그렇듯 엄청난 숙취와 함께 일어났다. 전날 밤 클럽에서 평상시보다 더 오래, 1시간

이상 자리를 비웠다. 돌아온 그는 누런 종이로 단단히 포장된 굉장히 무거운 꾸러미를 들고 있었다. 데려간 여자는 그가 중간에 사라졌음을 알았고 때문에 두 사람은 차 안에서 말다툼을 벌였다. 화가 난 그는 내게 중간에 차를 세우고 그녀를 택시에 태워 보내게 했다.

침대 한쪽에 앉아 해장술로 아스피린을 넘긴 후 험프리스는 이렇게 말했다. "레딕, 슬픈 소식이 하나 있어. 이 집을 정리하고 텍사스로 옮겨 갈까 하네."

"그거 참 유감입니다." 나는 대답했다. 전날 밤 꽁꽁 묶인 꾸러미로 미루어 보아 험프리스가 동판을 안전하게 반환받았음은 확실했다. 뉴욕에서 운이 다했다고 생각하거나, 아니면 인쇄 문제가 다시 발생했는지도 모른다. 어느 쪽이거나, 그는 정리하려 하고 있었다.

"그래. 돌아갈 거야. 일주일 후에 떠나려고 생각중이네. 너무 촉박하게 말해서 미안하네만 일주일치 급여를 추가로 주기로 하지."

"딤스 씨는 어떡하실 겁니까?" 나는 물었다.

"집주인 가족도 집 봐줄 사람이 필요하니까 그 여자는 계속 남아 있을 거야." 잠시 동안 그는 내 눈을 마주하지 않고, 술을 잔 안에서 돌리며 뚫어지게 쳐다보았다. 마침내 그가 말했다. "나는······ 내 입으로 직접 말하기 전까지 자네가 남들에게 이야기하지 않는다면······ 아주······ 고맙겠네."

바로 그것이었다. 험프리스는 임대인으로부터 야반도주를 하려 하고 있었다. 메리 딤스가 집주인에게 알릴까 봐 두려웠던 것이다. 내게는 왜 미리 말했는지 의문이었지만 잠시 후 차 때문이라는 것을 깨달았다. 험프리스의 운전 실력은 형편없었고, 차를 팔기 위해서는 내가 필요했다. "알겠습니다, 어르신." 나는 동의했다. "거기 관해서는 입 밖에 내지 않겠습니다."

그날 오후, 나는 프랑스행 비행기 표를 사러 갔다. 드디어 험프리스를 11월 23일 밤에 죽이기로 계획이 섰다. 아이샴 레딕이 파리행 비행기 표를 구매했다고 경찰이 알게 되면, 하루이틀 정도 그들을 혼란스럽게 만들 수 있었다. 특히 나는 여권을 신청한 적이 없기 때문에 혹시 다른 이름으로 빠져나갔는지 꼼꼼히 조회해 보기 전에는 그들도 확신할 수 없었을 것이었다.

다음 날, 11월 21일, 나는 차 살 사람을 찾아 다녔다. 몇 군데 자동차 딜러들에게 몰고 갔고, 제시받은 가격을 험프리스에게 알려 주었다. 11월 22일 아침에 일어난─평상시보다 일찍─험프리스는 맨정신이었다. 그는 하루 종일 시내에 있다가 밤늦게야 돌아올 것이라 했다. 나는 그를 5번가와 57가 교차로까지 데려다주었다. 그는 은행 앞에서 내렸다. 그날 저녁 식사 시간, 나는 험프리스에게서 전화를 받은 척하고 메리 딤스에게 그날 밤과 다음 날 온종일 쉬어도 좋다고 했다. 그녀는 세인트 알반스에 사는 엄마를 보러 갈 수 있겠다며 굉장히 기뻐했다. 나는 라이트바디 부부에게도 알려 주었다.

메리 딤스는 밤 7시경 집을 떠났다. 8시, 나는 시내로 가서 샌드위치를 하나 사 먹었다. 그리고 두발스로 가서 트렁크에서 총신이 짧은 32구경 권총을 꺼냈다. "이로 총알 받기" 연습을 하며 쓰던 것이었다. 밖으로 나오며 나는 해리에게 물었다. "혹시 총알 좀 있어요?"

"공포탄?"

"아뇨. 그냥 보통 총알이요." 나는 권총을 들고 웃어 보였다. "이거 기억하세요? 다른 아이디어가 하나 있어서요."

"조심해, 루. 런던에서 공연중에 죽은 친구 잊지 말라구."

"그럼요." 나는 그에게 말했다. "제가 요즘…… 베개에 대고 쏘는 마술 아이디어가 있는데요. 총알이 좀 필요해요."

"여기 어딘가에 있을 거야." 해리가 대답했다. 그는 선반을 뒤지기 시작하더니 일부 사용한 32구경 탄환 상자를 찾아냈다. "이거면 되겠어?" 그가 물었다.

하나를 약실에 넣으며 나는 말했다. "그럼요, 충분하죠. 얼마죠?"

"통째로 가져가." 해리가 말했다. "총알은 아무도 안 찾아."

"고맙습니다. 그래도 그 정도로 많이 필요하진 않아요." 나는 나머지 약실을 채우고 상자를 그에게 돌려주었다.

89가로 돌아온 것은 9시 약간 지나서였다. 아까 입구에 밝혀 두었던 불 하나를 제외하고 집 전체는 어두웠다. 나는 우선 꼭대기 층 내 방으로 올라가 코트와 모자를 벗은 후 이층으로 갔다. 거대한 저택은 문득, 불길한 침묵에 싸여 있었다. 예상한 대로 집은 그림자를 드리우고, 어둠에 자신을 숨긴 채 기다리고 있었다. 저택의 중앙을 관통해 소용돌이치는 계단은 검은 구멍이 되어 한숨을 내쉬고 불안하게 삐그덕거렸다. 주위의 버려진 복도와 빈 방들은 시간이 시작된 이후 모든 살인자의 유령으로 가득 차 있었다. 나의 한 걸음 한 걸음이 벽을 흔들고 토대를 허물어, 건물을 산산조각으로 무너져 내리게 할 것만 같았다.

어두운 복도의 끝, 가장 큰 방이자 험프리스의 침실 문을 열었다. 잠긴 문을 열고 들어가면 복도로부터 이어진 자그마한 서비스 홀이 저택의 한쪽 벽면을 따라 있었다. 그곳에는 옷장 몇 개와 대형 욕실이 붙어 있었다. 서비스 홀에 맞닿아 있는 것은 세심하게 만들어진 옷방이었고, 그 방이 침실과 연결되었다. 한쪽에 거대한 벽난로가 있는 엄청나게 넓은 방이었다.

이 방 어딘가에 윌 쇼의 동판이 숨겨져 있다. 험프리스가 이곳에 숨겨 놓은 동판을 나는 찾고 싶었다. 우선 서비스 홀로 되돌아가 옷장부터 뒤지기 시작했다. 상자와 서랍을 뒤지고, 옷, 선반, 구석을 살폈다. 욕실도 차근차근 살피면서 급수 탱크 아래쪽도 보았다. 옷방에 가서 옷장, 서랍, 서랍장, 낮은 장을 살폈다. 마침내, 침실에서, 벽난로 안 통나무 뒤쪽에서 동판이 나타났다. 꾸러미를 침대로 가져가서 포장을 뜯었다. 바로 그것이었다! 완벽한 동판 한 벌은 잉크로 얼룩지긴 했지만 처음 만들어졌던 상태 그대로 완벽하게 보전되어 있었다. 필라델피아에서, 탤리와 함께, 처음 보았던 그때와 마찬가지로 완전무결했다!

"이 더러운 좀도둑 개자식!"

돌아서자 험프리스가 보였다. 침실과 옷방을 연결하는 문에 서 있는 그의 얼굴은 분노로 일그러져 있었다. 그는 재빠르게 내게 다가왔다. 앞이마의 주름이 콧마루 쪽으로 모이며 깊고 긴 V자를 형성했다. 어두운 방의 희미한 불빛 속에서 그의 눈은 암흑으로밖에 보이지 않았다.

내 손은 생각보다 더 빨리 반응하며 32구경을 뽑아들었다. "거기 멈춰." 나는 말했다.

내 목소리에 그는 걸음을 멈췄다. 그리고 팔을 옆구리에 느슨하게 올리고 잠시 나를 응시했다—마치 낯선 사람을 보는 것처럼. "레딕." 그는 거칠게 말했다. "뭘 원하나?"

"뒤로 물러서." 나는 그에게 말했다. "그리고 손을 위로 올려. 아주 천천히, 서둘지 말고." 내 명령에 순순히 따르며 그가 물었다. "넌 누구냐?"

"글쎄." 나는 대답했다. "넌 날 언제나 아이샵 레딕이라고 불렀지."

"네 이름이 아니었군!"

"날 에이드리안 마가리안이라고 부르는 건 어때? 다시 환생했는지도 모르지."

"이런 제기랄! 술래잡기 따위는 집어치워. 넌 누구고 뭘 원하는 거냐?" 그는 더 이상 텍사스 억양을 흉내 내는 척조차 하지 않았다.

"말해 줄까." 나는 말했다. "날 애스라고 부르지그래. 철자는 A-t-h야."

"애스? 뭔 놈의 이름이 그래? 지금 누구 앞에서 말장난이야?"

"아무 앞도 아니지." 나는 말했다. "특히 넌 아니지. 내 이름 이니셜은 D. E.야. 그러니 이름 전체는, 너와 관련돼서는, D. E. Ath'죽음'지."

그의 이마에 땀방울이 흘러내렸다. 직전까지 말라 있던 앞이마가

순식간에 땀의 수많은 구슬로 번들거렸다. "미쳤군!" 그의 목소리가 갈라졌다.

"완벽하게 미쳤지." 나는 동의했다. 그 순간 나는 미쳐 있었다. 입 안이 메말랐고, 너무나 말라붙어 입술로 모양을 먼저 만들고 나서 발음을 해야만 할 듯했다. 목 뒤쪽에서는 쓴 맛이 올라왔다. 험프리스는 재빨리 한 발자국 물러났다. "아주 좋아." 나는 종교 재판소에서 섶 단에 불을 지피는 스페인 사제처럼 자비롭게 말했다. "계속 가. 이제 너랑 나랑 지하로 가는 거야. 거기서 널 죽여 주지. 여기서 할 수도 있지만 이웃집에서 총소리를 들을지도 모르잖아. 자, 이제 돌아서서 쭉 걸어가." 나는 권총으로 손짓을 했고, 그는 절뚝거리며 넋 빠진 걸음걸이로 비틀비틀 걸어 나갔다. 나는 그를 뒤따랐다. 계단을 비틀거리며 내려간 그는 홀을 가로지르고 부엌으로 흔들리며 걸어갔다. "우리는 지하로 갈 거야." 내 목소리가 너무나 팽팽하고 삐걱거려 제대로 말이 나오지 않았다. "왜냐하면 이 권총에는 여섯 발이 들어 있거든. 그중에서 네 발을 네놈한테 박아 넣을 거야. 하나씩 천천히! 다섯 번째는 네 머리로 들어갈 거야. 지하실은 아주 조용해서 방음실이나 마찬가지거든. 정말이야. 그동안 자주 생각해 봐서 잘 알지."

부엌 뒤쪽은 어두컴컴했다. 지하로 내려가는 계단이 시작되는 지점이었다. 천천히, 느린 화면으로, 험프리스는 문을 열었다. 그의 눈은 멍하고 초점이 없고…… 공포로 확장되어 있었다. "불 켜." 나는 명령했다. 그의 손가락은 힘없이 문 옆쪽을 더듬었다. 그의 앞쪽으로 손을 뻗어 내가 스위치를 올렸다.

험프리스는 내려가기 시작했다.

나는 그를 뒤따랐다.

XXI

험프리스는 오른손을 들고 선서했다. "저는 진실을, 완전한 진실을 말할 것이며…… 신이여 가호를 내리소서!" 그가 증인석에 자리를 잡자 덴먼은 조용한 법정을 가로질러 그에게 다가가 말했다. "오늘 배심원단에게, 그리고 이 법정에, 11월 22일 밤 이스트 89가 피고인의 집에서, 피고인과 아이샴 레딕 사이에 정확히 무슨 일이 일어났는지 이야기해 주시기를 바랍니다." 덴먼은 자신과 피고인을 감정 없이 바라보는 배심원들을 보았다. "저에게 이야기한 것과 똑같이 상황을 말씀해 주십시오. 저는 중간에 가로막지 않겠습니다. 부연 설명이 필요하거나 질문할 때만 빼고 말입니다. 자, 험프리스 씨, 시작해 주십시오."

가만히 허공을 바라보며 앉아 있는 험프리스에겐 덴먼의 말이 들리지 않는 듯했다. 가만히 기다리며 서 있는 변호사를 보고 험프리스는 퍼뜩 현실로 돌아와, 배심원들 머리 위를 보며 높낮이 없는 목소리로 시작했다.

"그날 저는 하루 종일 시내에 있었습니다." 그는 말했다. "은행에 가서 돈을 조금 찾았고, 오후엔 계획중인 여행을 위한 물건을 샀습니다. 집에 가야겠다고 생각했는데 레딕이 차를 가지고 올 때까지 기다리고 싶지 않아 택시를 잡아탔습니다. 도착해 보니 집은 어두웠고, 아래층 홀과 제 방에만 불이 켜져 있었습니다. 이상한 일이었습니다. 왜냐하면 집 전체가 밝고 제 방은 어두워야 마땅했기 때문입니다. 저는 제 열쇠로 문을 열고 들어갔습니다. 메리 딤스는 보이지 않았습니다. 자기 방에 올라가 있을 가능성이 있긴 했지만⋯⋯."

"메리 딤스에게 하루 휴가를 주지 않았나요?" 덴먼이 물었다.

"아닙니다. 그런 적 없습니다!" 험프리스가 대답했다. "저는 메인홀을 거쳐 이층으로 계단을 올라갔습니다. 아주 숨죽여 올라갔습니다. 올라가 보니 복도에서 제 침실의 서비스 홀로 이어지는 문이 열려 있었습니다. 옷방을 지나 침실 안이 보일 때까지 들어갔는데, 아이샴 레딕이 제 물건을 뒤지고 있는 겁니다. 벌써 보석을 챙긴 뒤였는데 제가 본 순간에는 옷장 위에 놓아 둔 제 지갑에서 많은 액수의 돈을 빼던 중이었습니다.

그 순간 그도 저를 보았습니다. 그러더니 갑자기 권총을 꺼내 손을 올리라고 했습니다. 저는 무기가 없었고⋯⋯ 완벽하게 무방비 상태였기에 시키는 대로 했습니다. 설득해 보려 했지만 그는 미친 것 같았습니다. 소리를 지르면서 저를 협박했습니다."

"그 사람이 뭐라고 하던가요, 험프리스 씨?"

"굉장히 빠른 속도로 뭐라고 중얼거렸는데 대부분 앞뒤도 안 맞는 말이었습니다. 레딕은 자기 이름이 Ath라고⋯⋯, 자기 이름의 머리글자가 D. E.라서, 병기하면 자신이 D. E. Ath라고 했습니다. 정말 끔찍했습니다! 저는 보석과 돈을 가지라고 했습니다. 챙겨서 그냥 가라고 말입니다."

덴먼이 물었다. "아이샵 레딕이 피고인 밑에서 일하던 몇 달 동안, 그에게 정신 이상이 있거나, 혹은 비이성적인 분노에 휩싸일 징조를 보여 준 적이 있습니까? 그 비슷한 무엇이라도?"

"없습니다." 험프리스가 답했다. "운전 일을 하는 일반적 유형의 사람은 아니었습니다. 자주…… 뭐, 딱히 무례한 행동을 한 것은 아닙니다만, 어떤 생각에 사로잡혀 있거나 혼자만 즐기는 어떤 비밀이 있는 듯 보였습니다. 하지만 맡은 일은 아주 잘했습니다. 제가 극히 조금이라도 고용인들 중에 미친놈이 있다고 생각했으면 즉시 내보냈을 겁니다."

"알겠습니다." 덴먼은 끄덕이며 말했다. "계속해 보세요."

"레딕이 권총을 들고 서 있는데 잘하면 탈출할 수 있겠다는 생각이 들었습니다. 제 위치는 문에서 그다지 거리가 멀지 않았는데, 조금 움직였더니 갑자기 그가 저를 보면서 뒤로 돌아 지하실로 가라고 했습니다. 아시다시피 그곳은 큰 집이고 이층에서 일층 부엌 뒤까지……. 거기에 지하실 내려가는 계단이 있습니다. 걸어가는 데 시간이 좀 걸립니다. 무척 어두웠고, 가는 동안 저는 어떻게 할까, 어떤 방법으로 탈출할까를 궁리했습니다. 하지만 레딕이 바로 등 뒤에서 총을 겨누고 있는데다 한 걸음 걸을 때마다 뭐라고 헛소리를……."

"험프리스 씨, 아까와 비슷한 질문이지만, 그때 그가 무슨 소리를 했는지 기억할 수 있습니까?"

"예. 저를 천천히 죽일 거라고……, 고문을 하고, 네 번인가 다섯 번 쏘겠다고 위협했습니다."

"그 순간 생명의 위협을 느꼈다, 이렇게 말한다면 너무나 진부한 표현이겠지요?"

"그렇게 공포스러웠던 적은 평생 한 번도 없습니다!" 험프리스는 갑자기 코트에서 손수건을 꺼내 이마를 닦았다. 그리고 주머니에 넣었다가 다시 꺼내어 손바닥의 땀을 닦았다. 그러고는 계속 이야기를 이어 나갔다. "지하실 계단 위쪽에서 레딕은 저에게 불을 켜라고 시켰습니다. 그게 제가 어렴풋이 기억하는 마지막입니다. 제 죽음을 향해, 처형을 향해서, 걸어가고 있다는 게 확실했고……. 한 걸음 한 걸음 내려가면서 머리가 흐릿하고 현실감이 사라졌습니다. 지하실로 내려가는 계단이 굉장히 긴데, 그 중간 어딘가에서 저는 현실과의 접촉을 완전히 잃고……."

"그 점을 부연 설명해 주셨으면 합니다." 덴먼이 끼어들었다. "현실과의 접촉을 잃었다고 하셨습니다. 지하실 바닥까지 내려간 것이 기억납니까?"

"네." 험프리스가 천천히 답했다. "하지만 어렴풋한 인상이 남아 있는 거지, 실제 일이라는 느낌은 없습니다. 계단을 내려가는 게 마치 혼수상태로 빠져 들어가는 것처럼……. 외부 세계가 회색으로 뿌옇게 되었습니다. 제 몸은 기계적으로 움직였고…… 제 정신과 상관없이 독립적으로……. 그 둘 사이엔 아무런 접점도 없었습니다. 결국 지하실 바닥까지 내려갔는데, 마지막 한 걸음을 내딛는 순간 정신이 완전히 깜깜해졌습니다. 모든 게 암흑으로 가라앉았습니다."

"그것이 험프리스 씨께서 기억하는 그날 밤의 일 전부입니까?"

"그렇습니다. 전부입니다."

"그다음 기억나는 일은 무엇이죠?"

"아마도 12시간이나, 14시간 정도 이후일 겁니다. 어떤 소리를 듣고 의식을 회복했는데, 멀리서 반복되는 어떤 소음이었습니다. 아주 긴 시간 동안 계속되었다는 느낌이 들었습니다. 집 안에서 울리는 초인종 소리라는 걸 뒤늦게 깨달았습니다. 저는 자리에서 일어나……."

"그때 어디 있었나요? 의식을 회복했을 때?"

험프리스는 믿을 수 없다는 듯 고개를 흔들었다. "침대 위에……. 위층 제 침실에 누워 있었습니다."

"옷은 다 차려입고 있었나요?" 덴먼이 물었다.

"아닙니다. 속옷 차림이었습니다."

"전날 입었던 양복은 어디에 있었습니까?"

"옷장에 걸려 있었습니다. 나중에 알고 보니 그랬습니다. 머리에서는 끔찍한 통증이 울려 왔고, 그 순간 왜 아무도—메리 딤스나 레딕이—문을 열지 않는지 궁금한 생각이 들었습니다."

"레딕을 말씀하셨습니다. 그 순간, 전날 밤 무슨 일이 있었는지 기억이 났나요?"

"처음엔 아니었습니다. 전 그냥 침대에서 나와서 가운을 걸쳤습니다. 아래층으로 가서 문을 열었는데…… 보니까 경찰이 와 있었습니다."

"경찰을 보고 험프리스 씨는 뭐라고 했습니까?"

"그 사람들이 왜 거기 있는지 이해할 수 없었습니다. 그러다 갑자기 전날 밤 레딕 일이……. 제가 죽기 일보 직전이었던 게 떠올랐습니다. 그 순간 저는 레딕이 도망가다 문제를 일으킨 줄 알았습니다. 그놈 때문에 경찰이 와 있다고 생각했습니다!"

"들어오겠다고 해서 경찰을 들여보내 주었나요?"

"물론입니다. 숨길 게 없었으니까요."

이후 정오까지, 덴먼은 험프리스의 이야기를 아주 꼼꼼하게 되짚었다. 하지만 이미 나온 증언을 조금 더 부연할 수 있었을 뿐이다. 험프리스에겐 새로운 사실이 없었다. 신문을 전부 마친 후 덴먼은 점심 식사 하러 가는 배심원들을 살펴보았다. 얼굴 열한 개는 여전히 감정이 없었고, 오직 하나…… 딱 하나…… 험프리스의 말을 믿는 흔적이 보이는 것 같기도 했다.

오후 재판이 다시 속개되었다. 캐넌은 반대 신문을 시작했다. "험프리스 씨," 그는 말했다. "아이샴 레딕과 마주쳤을 때 그가 훔치고 있었다던 보석과 돈은 어떻게 되었습니까?"

덴먼은 즉시 이의를 제기했고, 이의가 받아들여졌다.

"좋습니다." 캐넌은 계속했다. "아이샴 레딕이 피고인의 보석을 훔치고 있었다고 했습니다. 맞습니까?"

"맞습니다."

"그 보석을 다시 보았습니까?"

"보지 못했습니다."

"경찰은 그 흔적을 찾지 못했습니다. 집 안에 그런 흔적은 없었습니다. 혹시 찾아보셨나요?"

"모르겠습니다……."

"모르겠다구요?" 캐넌은 짐짓 놀라는 척했다. "레딕이 훔쳐 갔다는 걸 알면서 다시 찾아보지 않았다구요?"

"전, 전 그쪽으로는 생각을……. 그냥 레딕이 갖고 간 겁니다."

"피고인에게 다른 보석이……, 그가 훔치지 않은 보석이 더 있었나요?"

"예. 남은 것이 있었습니다."

"그런데 뭘 가져갔는지 모릅니까? 피고인은 어떤 게 남아 있는지만 알고 있습니다. 훔쳐 간 것도 똑같은 보석인가요?"

"아닙니다."

"그러면 돈은? 피고인은 지갑에 많은 액수의 돈을 넣은 채 집 안에 놔두었다고 증언했죠?"

"예, 예, 맞습니다."

"그런데 그날 아침, 돈을 더 찾으러 은행에 갔습니까? 그렇게 많은 돈이 왜 필요했나요?"

"그게……, 제가 휴가 여행을 떠나려 했기 때문에……."

보석과 돈에 관련한 험프리스의 불명확하고 회피하는 듯한 답변을 보고 캐넌은 증인이 진실을 말하고 있지 않다는 확신을 가졌다. 검사는 계속해서 그를 공격하고, 지치게 만들고, 답변을 물고 늘어졌다. 마침내 캐넌이 말했다. "험프리스 씨, 증인은 지하실 바닥에

이르렀을 때, 마지막 계단에서 완전히…… '현실과의 접촉을 잃었다'
고 했습니다. 그 말은 정신을 잃었다……, 의식을 잃었다는 뜻입니
까?"

"네. 그렇습니다."

"정신을 잃은 후, 12시간 넘게 아무것도 기억이 안 나고 말입니
까?"

"맞습니다. 아무것도 기억나지 않습니다."

"아이샴 레딕을 죽인 것은 기억나지 않습니까?"

"아닙니다. 저는 죽이지 않았습니다."

"다른 사람이 그를 죽인 것도 기억나지 않습니까?"

"네."

"아이샴 레딕의 몸을 토막 내고 보일러에서 태운 것이 기억나지
않습니까?"

"저는 토막 내지 않았습니다……. 보일러에서 태우지도 않았습니
다."

"기억하지 못한다면서요!" 캐넌이 말했다.

"네. 기억나지 않습니다. 그래도 전 그런 행동은……."

"누군가 다른 사람이 아이샴 레딕의 몸을 토막 내고 보일러에서
태운 사실이 기억나지 않습니까?"

"네. 그런 기억 없습니다!"

"어떻게 재가 보일러에 들어갔는지, 바닥에 어떻게 핏자국이 남
았는지, 왜 신체의 일부분이 납골당처럼 여기저기 흩어져 있었는지,

기억나지 않습니까?"

"네. 전 거기 대해서 아무것도 모릅니다. 하나도 기억이 나지 않습니다. 제가 아는 것은…… 전 그런 행위를 할 수 없었다는 겁니다."

"하지만 그날 밤 집 안에 다른 사람이 있었던 기억은 없지요?"

"네."

"아무도 없었죠?"

"아무도 없었습니다. 다음 날 아침까지 전 하나도 기억나지 않습니다."

"아침에 증인은 침대에서 일어나, 증인의 말에 의하면, 광적인 살인자로부터 기적적으로 벗어나서, 간밤의 수면으로 기운을 회복하고…… 침대에서 일어나셨죠?"

험프리스는 무기력한 눈빛으로 캐넌을 훔쳐보았다. 그는 불안하게 옷깃을 당기다가 억지로 손을 맞잡고는 겨우 가만히 놓았다. 꽉 맞잡은 손의 압력으로 손가락 마디가 하얗게 변했다.

"아이샴 레딕이 증인을 협박하고…… 돈을 요구했습니까?" 캐넌은 무자비하게 질문을 계속 퍼부었다.

"아닙니다……."

"그렇다면 증인은 아이샴 레딕을 미워하거나 두려워할 이유가 없었나요?"

"없었죠……. 전혀 없었습니다."

"아이샴 레딕이 증인을 미워하거나 두려워할 이유가 있었나요?"

"없습니다……. 훔치는 걸 들킨 것만 빼면."

"그것 때문에 그가 증인을 죽이고 싶어 했을까요? 돈과 보석을 가지라고, 가지고 그냥 가라고 했는데도?"

"그게……."

"그게……, 뭡니까?" 캐넌이 물었다.

"아이샴 레딕은 그냥 미쳤어요……. 그게 전부입니다!"

"그 사람이 미친 나머지 자살을 하고, 자기 몸을 토막 내고, 불태웠을까요? 그런 뒤에 청소도 하고?"

"아니죠……."

"그러면 누가 아이샴 레딕을 죽였을까요? 누가 토막 내고, 조각들을 처리했을까요?"

"모릅니다." 험프리스의 목소리는 풀 죽어 있었다. "제가 아니라는 것만 빼고 몰라요."

"이것은 용의주도하게 계획되고 잔인하게 실행된 살인입니다. 누군가 분명히 저질렀습니다. 그러기 위해서 누군가 그곳에 있어야만 했습니다. 집 안에는 피고인과 아이샴 레딕이 있었습니다. 다른 사람이 있었나요?"

지친 험프리스는 방어로 되돌아갔다. "모릅니다. 기억할 수가……."

캐넌이 무자비하게 몰아치는 동안, 덴먼은 배심원 한 명을 주의 깊게 살폈다……. 정오 휴회 때 보았던 그 사람을. 두 사람의 눈이 마주쳤다―변호인과 배심원의 눈이. 그 눈길이 채 떨어지기 전, 조금이라도 동정심이 담겨 있는지 여부를 덴먼은 도저히 알 수 없었다.

XXII

돌 앞에 계단이 입을 벌리고 있었다. 층계참 아래엔 콘크리트 바닥에서 오는 빛이 스며들어 있었지만 층계 자체는 그늘이 드리워져 있었다. 각도가 가파르고 오른쪽에 난간이 있는 계단이었다. 나는 내려가면서 권총을 왼손으로 바꿔 들고 오른손으로 난간을 잡았다. 바로 앞에는 험프리스의 머리가 내 가슴 높이에 있었고, 그의 땀이, 공포의 쓴 냄새가, 무겁게 감돌았다. 그 냄새가 나를 더 깊은 격분에 빠져들게 하는 것 같았다. 나는 권총으로 그의 목을 찔렀다. 천천히 다리를 움직이며 우리는 똑같은 죽음의 리듬으로 내려갔다……. 한 발씩.

지하실 바닥에 이르렀을 때, 험프리스가 갑자기 큰 신음 소리와 함께 몸을 구부리더니 다음 순간 몸을 꼿꼿이 세웠다. 그의 옆쪽으로는 무언가 소용돌이치는 빛의 호弧가 번득였다. 본능적으로 나는 몸을 수그려 오른손으로 맨 아래 난간 기둥을 잡아 몸을 지탱했다.

자귀가 나무에 박히고 험프리스는 비틀거리며 바닥으로 쓰러졌다!

그 장면을 보며 나는 나무토막처럼 움직이지 않고 가만히 서 있었다. 의아한 생각에 내 손의 권총을 살펴보았다……. 쏜 기억이 없었다. 코에 화약 냄새도 느껴지지 않았고, 귀에 총소리의 메아리도 들려오지 않았다. 그제야 오른손을 엄습하는 뜨거운 기운을 알아차렸다. 무심코 손을 눈앞에 가져가 보았더니, 손가락의 일부가 사라져 있었다. 잘린 곳에서 피가 솟구쳤다. 그리고 기둥 옆 바닥에 손가락 일부가 뒹굴고 있었다. 멍한 머리로 나는 움직임 없는 험프리스의 몸을 발로 차 보았다. 그는 여전히 움직이지 않았다. 아직은 손에서 별다른 감각이 오지 않았다. 나는 손목의 동맥을 잡고 피를 멈추어 보려 애쓰며 보일러실 바닥을 계속 서성였다. 하지만 그 핏줄기가 머릿속을 깨끗이 해 주었다……. 나는 다시 이성적이고 명료한 사고를 시작했다. 증오의 거미줄, 내 사고를 왜곡시켰던 광기의 분노, 뒤엉킨 그 실타래가 풀어지기 시작했다—내 발자국을 남기고 보일러실 바닥을 붉게 물들이는 피와 함께.

험프리스가 누워 있는 위치로 돌아온 나는 그의 옆에 무릎을 꿇고 앉았다. 움직임은 없었지만 고요한 방 안에 그의 불규칙적인 숨소리가 들려왔다. 권총의 약실을 열어 보니 총알은 그대로였다……. 쏘지 않은 상태였다.

안도의 한숨과 함께 나는 확인했다. 나는 험프리스를 쏘지 않았다!

험프리스는 쇼크로…… 순전히 공포심 때문에 쓰러졌던 것이다. 빠르고 광기에 찬, 무의식적인 몸놀림으로 그는 바닥에 있던 자귀를, 라이트바디가 불쏘시개를 자르는 데 쓰는 도구를 들어 최후의 필사적인 방어로 내게 휘두른 것이었다. 휘두르는 동안 그는 쇼크와

히스테리로 정신을 잃었다. 유죄 선고를 받은 범죄인들도 때로 그런 경우가 있다.

바로 그 순간 나는 또 다른 사실을 깨달았다. 여기 세 번이나 살인을 저지른, 혹은 세 개의 죽음에 책임이 있는, 그러나 처벌을 피해 온 남자가 있다. 하지만 정의가 구현될 수 있는 길이 아직 남아 있다.

손목시계를 보니 거의 10시 30분에 가까웠다. 날짜는 11월 22일이었다. 나는 담배에 불을 붙이고 맨 아래 계단에 앉아 잠시 상황을 생각해 보았다. 가장 위대한 마술이란, 사람들이 보는 것과 보지 못하는 것이 똑같이 결합된 것이다. 당연히 내 몸을 남길 수는 없겠지만, 내 몸 전체를 의미하는 흔적을 남길 수는 있었다. 내가 연출하는 마술은 실제로 벌어진 살인, 그리고 거의 흔적이 지워진 살인에 관한 것이어야 했다!

자귀를 들고 나는 옆방 세탁실로 갔다. 거기 공구함이 있었다. 자귀에 묻어 있는 피에 머리카락을 몇 개 붙인 후, 손잡이를 코트 소매로 닦고 자귀를 공구함 안에 던져 넣었다. 세탁실 옆은 지하 욕실이었다. 세면대 옆에 1, 2분 정도 서서 하수구 트랩에 들어가도록 피를 떨어뜨렸다. 그리고 바닥의 갈라진 틈과 구석구석에 핏방울을 더 뿌렸다—이제는 멈추어야 했다. 벌써 지나치게 피를 많이 소모했던 것이다. 꼰 실 조각으로 나는 가능한 한 힘껏 손가락을 묶고 피를 막은 후 손수건을 잘라내 끝을 덮었다.

가장 큰 걱정은 험프리스가 의식을 회복할지도 모른다는 점이었다. 지하실 계단 아래쪽엔 장작을 저장해 놓는, 작지만 튼튼한 창고

가 있었다. 문 바깥쪽에는 두꺼운 걸쇠가 설치되어 있었다. 나는 험 프리스의 어깨를 잡고 창고 쪽으로 끌고 가서 안에 가두었다.

그런 뒤 내 방으로 가서 운전용 가죽 장갑을 꺼냈다. 그 장갑을 끼고 사라진 손가락엔 솜을 넣고 코트를 입었다. 차를 몰고 그날 밤 두 번째로 두발스에 있는 내 트렁크로 갔다. 고개를 끄덕여 보이는 해리는 나의 늦은 새방문에 별나른 놀라움을 나타내지 않았다. 금속 트렁크에서 나는 오마르를 꺼냈다……

내 뼈다귀였다. 오마르가 누구였는지는 아무도 모른다. 캐비닛 안에서 사라지는 마술에 코미디 요소를 가미하기 위해 10년 전 해리 로어에게서 사들인 소품으로, 관절을 실로 이은 사람의 전신 뼈였다. 해리는 기억도 나지 않는 오래전 어느 마술사로부터 혹은 용품점에서 샀다고 했다. 인조가 아니라 진짜 사람의 뼈였다. 나는 정강이뼈를—무릎에서 발목으로 이어지는 부분을—잡고, 작은 구멍이 뚫려 있던 양쪽 끝을 잘라 냈다. 나머지 뼈를 트렁크에 넣는데 불현듯 트렁크 위쪽의 작은 서랍이 생각났다. 용수철이나 카드공급기, 기타 카드 마술에 쓰이는 작은 도구들을 넣어 둔 곳이었다.

얇은 서랍을 열자 잃어버렸던 이빨이 나왔다. 89가로 이사하던 날 습관적으로 트렁크 안에 넣었던 것이다. 의치를 주머니에 넣고 등의 잘록한 부분에 정강이뼈를 대고 벨트로 조였다. 다시 코트를 걸치니 전혀 티가 나지 않았다. 손이 끔찍하게 아파 오기 시작했기에 얼른 끝내고 싶었다. 하지만 해야 할 다른 일들이 남아 있었다.

나는 시내를 가로질러, 맨해튼의 번화가와 주택가를 피해 밤새 영업하는 식품점을 찾았다. 영업중인 곳이 네 군데 있어 각각에서 쇠고기 2킬로그램씩을 샀다. 10킬로그램의 고기, 오마르의 다리, 잃어버렸던 치아와 함께 나는 집으로 돌아왔다.

돌아오자 이미 자정이 넘어 있었다. 즉시 나는 보일러에 엄청나게 거센 불을 때고 작업 선반을 부숴 불에 던져 넣었다. 칠 작업에 쓰는 큰 캔버스 천 또한 불길로 들어갔다. 핏자국이 남아 있는 작은 부분을 남겨 두었음은 물론이다. 이제 통증은 손가락으로부터 팔 위쪽까지 뻗쳐 왔다. 압박 띠 부분부터 징그러운 색깔로 부어오른 손가락 그루터기 때문에 나는 잠시 쉬어야 했다. 불안감이 닥쳐왔다. 마술에 필요한 모든 효과를 완성하는 게 불가능할 것만 같았다. 머리가 빙글빙글했다. 나는 간신히 위층으로 올라가 약장을 뒤졌다. 메리 딤스의 방에서 코데인 세 알이 들어 있는 병이 나왔고 나는 한꺼번에 입 안에 털어 넣었다. 덕분에 통증이 완화되었다. 아니 작업을 계속할 수 있을 정도로 감각이 멍해졌다는 표현이 정확할 것이다. 그 약장에서 또 다른 중요한 발견이 있었다. 메리가 얼룩을 지우기 위해 사용하는 에테르였다. 나는 그 병을 들고 보일러실로 돌아왔다.

보일러가 활활 타오르도록 통풍구를 열어 두었더니 새벽 4시경이되자 석탄 밑바닥까지 연소되었다. 나는 삽으로 양철통에 재를 퍼넣었다. 그리고 그 통을 차에 실은 후 큰 아파트 건물 앞의 다른 폐기물 통과 함께 놓아 두었다. 차로 돌아와 보니 바닥에 재와 양철통의 흔적이 남아 있었다.

동틀 녘이 멀지 않았다. 창고 안의 험프리스를 보고는 힘이 남아 있을 때 끌고 올라가는 게 낫겠다는 생각이 들었다. 그런데 몸을 건드리자 불편한 듯 꿈틀거리는 게 아닌가. 그것은 충격이었다. 허겁지겁 나는 손수건 나머지에 에테르를 붓고 그의 코와 입을—질식시키지 않기를 바라며—막았다. 금세 다시 조용해진 그를 보고 나는 얼른 천을 떼어 냈다. 이제 꼼짝도 않는 그를 끌고, 들어 메고, 질질 끌고 이층 침실로 데려갔다. 그 체구의 축 늘어진 몸을 옮기는 길은 멀기만 했다. 옷을 벗긴 그를 침대에 올려놓고 양복을 옷장에 잘 걸어 두었다.

지하실로 돌아온 나는 보일러를 다시 틀었다. 아까만큼 강하게는 아니었지만 새빨갛게 달아올랐고, 나는 쇠고기 덩어리에 총알을 쏜 후 덩어리 전체를 불 안에 던졌다. 반짝 불꽃이 타오르더니 고기에 불이 붙었고, 곧이어 무겁고 짙은, 검은 연기를 내며 타기 시작했다. 마침내 재가 된 후 나는 부지깽이 끝으로 그 덩어리를 깨고, 보일러를 흔들어 재가—나무와 고기 모두—아래쪽 재받이에 떨어지도록 했다. 그을린 캔버스 조각은 이미 그곳에 넣어 두었다.

그리고 오마르의 정강이를 조심스럽게 석탄 덩어리 위에 올려놓았다. 처음엔 잘려진 양 끝이 타기 시작했다. 나는 뼈 전체가 고루 그을리고 일부가 떨어져 나가도록 불에 태웠다. 그리고 아주 살살 꺼내 작업대에서 뜯어낸 그을린 나무와 함께 쓰레기 상자에 넣어 두었다.

이제 시간이 없었다. 시계는 계속 움직였다. 기진맥진 멍한 채 나는 험프리스의 술병 하나를 벌컥벌컥 들이켰다. 피로로 머리가 무기력해진 탓에 아무런 맛이 없었다. 그리고 다시 비틀거리며 작업을 재개했다. 긴 호스를 수도꼭지에 잇고 보일러실에 흘려보내어 물웅덩이가 생기도록 바닥을 적셨다. 이제 자연스럽게 증발되면서 마를 것이었다. 욕실에서도 같은 일을 했다. 작업을 마쳤을 때 바닥은 깨끗했지만, 여전히 바닥의 갈라진 틈 사이에 핏자국이 남아 있었다!

이제 바깥에서 움직임들이, 길거리의 소음이 들어오기 시작했다. 서둘러 마지막 조치를 취해야 했다. 나는 치과의사 보스가 만들어 준 의치를 석탄 위에서 그을린 후 보일러 바닥에 던졌다. 반박의 여지없는 명백한 내 손가락은 보일러 바깥쪽에 반쯤 숨겨 놓았다.

험프리스의 방에 돌아간 나는 쪽지를, '레딕, mt. 8500'이라고 쓰인 그 쪽지를 옷장 서랍에 넣고 지문을 깨끗이 닦은 권총도 같이 넣었다. 그리고 그의 욕실에서 샤워를 했다. 먼지와 재와 피를 모두 씻어 냈다. 그러고는 아까의 더러운 옷을 다시 입었다. 집 안에 옷을 남겨 둘 수는 없었다.

다시 계단을 올라가 내 방으로 갔다. 왼손으로 해야만 했으므로 조금은 어색한 손놀림으로 분장용 연필을 잡아 눈썹을 짙게 화장하고 이를 다시 끼워 넣었다. 안경은 가져가기 위해 주머니에 넣었다. 머리를 빗으며 몇 가닥이 브러시에 남아 있도록 확인했다. 오른손 장갑을 통해 피가 배어 나왔기에 새 장갑을 끼고, 아까와 마찬가지로 없어진 손가락을 채웠다. 피 묻은 장갑은 코트 주머니에 넣었다. 방을 꼼꼼하게 살펴보며 모든 서랍을 뒤져 필적 몇 개만 남겨 두고 모든 기록을 챙겼다. 그리고 마지막으로 험프리스의 방에서 마지막 점검을 했다. 그는 아직 무의식 상태였다. 침대 위, 그의 옆쪽에는 내가 놓아둔 위조 동판이 있었다. 나는 나중에 없애기 위해 종이로 포장을 한 후 가지고 나왔다.

마지막 순간, 나는 일층 정문 안쪽에 서서, 모든 것을 머릿속으로 점검해 보았다. 뜨거운 보일러와 재와 핏자국. 이와 손톱, 정강이 뼈. 작업 선반 일부, 피 묻은 캔버스 천 조각. 피와 미리카락이 붙어 있는 자귀. 내 브러시의 머리카락. 하수구의 피. 차 안의 양철통 자국, 서랍에 있는 험프리스의 쪽지.

또한 내가 의도적으로 내뱉었던 자기 자랑과, 라이트바디에게, 그리고 메리 딤스에게도 보여 준 돈다발, 내 필체로 된 숫자들, 금시계, 비싼 양복, 파리 행 비행기 표도 있었다. 물론 버려진 집 안에는 밤새 정신을 잃고 누워 있는 험프리스……. 알리바이도 증인도 없는 그가 있었다. 험프리스가 감히 진실을 말하는 일은 절대 없을 것이다. 설사 무슨 일이 일어났는지 다 알고 있다 하더라도 입을 열 수 없을 것이다. 말해 보았자 사형의 죄목만 달라질 뿐이니 말이다. 험프리스의 삶은 거짓말로 이루어져 있다. 계속해서 그 위에서 살아가야만 한다. 스스로의 진실이 저주를 내릴 것이다.

그래, 나는 만족스러웠다.

마술이 완성되었다!

XXIII

2주 전, 배심원들의 평결이 내려졌다. 거의 72시간에 걸친 토의와 논쟁 끝에 배심원들은 결론에 이르렀다. 그들은 법정에 보고했다. "유죄." 배심원단 대표가 엄중한 목소리로 선언했다.

이제 판사의 양형이 내려질 예정이었다.

험프리스는 판사 앞, 높다란 판사석 앞에 혼자 섰다. 법정에 더 이상 많은 사람은 없었다. 방청객도, 일반인도 없었다. 법원 관련자들, 캐넌 검사, 덴먼 변호사뿐이었다.

양형하는 판사 앞의 그 자리는 외로운 곳이다. 세상에서 가장 외로운 자리다.

판사는 앞에 있는 죄수를 잠시 응시하다, 오래된 의식을 시작했다. "형량을 언도하기 전에 하고 싶은 말이 있습니까?"

험프리스는 머리를 들고, 힘없이 어깨를 으쓱해 보였다. 재판 기간에 입었던 것과 똑같은 옷이었지만 이제는 헐렁했다. 회색 머리는 희어진 듯했고, 모질게 튀어나온 긴 코는 목털 있는 새의 부리 같았다. "없습니다." 그는 낮은 목소리로 대답했다.

"좋습니다." 판사가 말했다. 그는 책상에서 종이를 들고, 뉴욕 주가 요구하는 법적 양식을 읽었다. 잠시 후 종이를 옆으로 치운 후에도 판사는 말을 계속 이어 갔다. "본 법정의 의견으로는, 뉴욕 주 대 밸러드 T. 험프리스 사건은 극히 이례적인 재판이었습니다. 배심원단은 살인에 대해 유죄를 선고했습니다……. 범죄 후 희생자의 사체를 비인간적으로 유기한, 지극히 죄질이 나쁘고 주도면밀한 살인이라는 평결이 있었습니다. 법률에 의거하여 명부에서 선택된 배심원들에 의해, 그러한 범죄가 행해졌음이 합리적 의심을 넘어서는 정도로 증명되었습니다. 피고인 역시 평결을 들었을 것입니다. 유죄입니다.

법은 정의를 실현해야 합니다. 진실을 발견하고 사법 체계 내에서 정의가 구현되도록 하는 것이 본 법정의 의무입니다. 재판장의 소견으로는 검사 측이나 변호인 측에 의해 본 사건의 모든 사실과 정황이 완전하게 드러나거나 조명되지 아니하였습니다. 어쩌면 그런 범죄 사실이 전혀 존재하지 않았을지도 모릅니다. 본 법정의 판단과는 배치되게 말입니다. 혹은 존재하기는 하나 드러나시 않을 수도 있습니다. 하지만 만일 존재한다면 언젠가 밝혀지는 날이 올 수 있습니다. 그러한 이유로, 본 법정은 다음과 같이 선고합니다.

죄수 밸러드 템플 험프리스는, 뉴욕 주 오시닝 교도소의 소장, 혹은 법적으로 그 권한을 위임받은 자에게, 5월 6일로 시작하는 다음 주에 신병이 인도될 것이며, 해당인을 남은 생애의 모든 날에 걸쳐 수감하도록 판결한다!"

판사는 법복을 가다듬은 다음, 의자에서 일어나 법정을 나갔다. 두 명의 무장 간수가 가까이 다가오기 전, 덴먼은 죄수 쪽으로 몸을 기울였다. 변호사는 험프리스의 팔에 동정적으로 손을 얹었다. "운이 좋았습니다." 덴먼이 이야기했다. "얼마나 운이 좋은 건지 당신은 모를 겁니다!"

험프리스는 무작정 고개를 저으며 돌아섰다. 간수 쪽으로 다가가자 그들은 양쪽에서 그를 단단히 붙들었다. 죄수는 발을 질질 끌며 법정을 나갔다.

XXIV

손가락 하나가 없는 마술사는 지팡이 부러진 마법사 멀린, 엄지손가락 둘만 쓰는 카드 사기꾼이나 마찬가지다. 나는 살인자 체포와 내 손가락을 맞바꾸었고, 광대 대기실의 분장 화장품과 내 미래를 맞바꾸었다.

내 손에 빌보드지 한 권이 있다. 잡지는 '빅 원' 서커스가 서부에서 공연중이라고 말한다. 만국기가 광장에 휘날리고 음악이 울려 퍼지고 아이들이 웃는다. 너무나 오랫동안 나는 죽은 이들의 유령에 둘러싸여 살았다—내가 사랑했던 탤리, 한 번도 만나 보지 못했던 윌쇼, 만일 만났다면 싫어했을 마기 리안.

물론 아이샵 레딕도 있다. 그는 오래전에 죽었지만 아주 최근에 다시 죽었다. 그가 두 번째 죽었을 때 그린리프도 함께 죽었다. 빠르고 갑작스러운 죽음은 아니지만, 하루하루 조금씩 죽어 가고 있다.

이제 유령들을 떨쳐낼 때다……. 내가 사랑했던 사람, 그리고 알지 못했던 많은 사람의. 밤이면 먼 곳에서 서부로 향하는 기차의 기적소리가 들려온다.

나는 그들을 따라갈 것이다.

XXV

감방 안, 그는 창문 아래에 섰다. 몇 줄기의 빛이 더러운 물처럼 그의 머리 위로 쏟아진다. 창밖이 보이지는 않지만 험프리스는 최대한 가까이 섰다.

그는 담배에 불을 붙이고 빠른 속도로 뻐끔거렸다. 머릿속에는 풀리지 않는 의문이 끊임없이 맴돌았다. 날이면 날마다, 밤이면 밤마다, 영원히 끝나지 않는 궤도를 도는 의문이었다. 대체 누구지, 그는 생각했다. 누구지 누구지 누구지 누구지 누구지?

분노에 차서, 참을 수 없어서, 그는 담배를 바닥에 던지고 저 위의 창문을 올려다보았다. "더러운 개새끼!" 그는 혼자 중얼거렸다. "날 속여 먹은 그놈이 대체 누구지? 누구지, 누구지?" 돌아서서 그는 침대 위로 쓰러졌다. 똑바로 돌아눕는 그의 머릿속에, 다시 처음부터, 의문이 궤도를 돌기 시작했다. 누구지 누구지 누구지 누구지 누구지 누구지 누구지 누구…….

역자 후기

번역의 페널티킥

관중은 이미 골이 들어간 것이나 다름없다며 기뻐하고 있다. 정확히만 차면 골키퍼는 막을 수 없다. 공은 가만히 멈추어 기다리고 있고 앞을 막는 수비수도 없다. 성공은 당연한 것이며 실패라도 하면 끝장이다.

굉장히 널리 알려진 작품을, 그것도 오래전이지만 이미 번역되어 출간된 적 있는 작품을 다시 번역하는 일은 축구에서 페널티킥을 차는 상황과 비슷하다. 혹은 미식축구에서 터치다운 후 1점짜리 엑스트라 포인트를 차는 상황도 마찬가지다. 당연히 들어갈 것으로 예상하고 미리부터 기뻐하는 사람들 앞에서 실패라도 했다가는 얼굴을 들 수 없다.

1955년 작 『이와 손톱』은 밸린저의 대표작이자 전 세계 30개국에서 출간되고 13개 국어로 번역된 책이니 작품의 질이야 보장된 것이고, 게다가 비록 해적판이기는 했으나 과거에 국내 출간도 되었으니 새로운 번역본은 당연히 나쁘려야 나쁠 수가 없을 것이다……. 혹시라도 삐끗했다가는 상당히 곤란한 상황에 놓일 것이다……. 실패는

지탄받고 성공은 당연하다. 잘해야 본전, 그것이『이와 손톱』의 두 번째 번역자로서 가지는 부담이었다.

　물론 부담만 있었던 것은 아니다. 미스터리 소설의 고전으로 꼽히는 작품을 번역할 기회가 돌아온 것은 개인적 영광이었다. 1986년 '자유추리문고' 시리즈로 나온『이와 손톱』을 기억하고 이 작품을 재출간 희망 목록 상단에 올려놓은 독자들에게 반가운 소식을 전할 수 있겠다는 기쁨도 있었다. 또 혹시라도 옛 판본을 구해 이 책과 비교해서 읽어 보는 독자가 있어 주기를 은근히 바라는 마음도 있다. 번역자마다 개인적 문체의 차이도 있겠으나, 이삼십 년이라는 시차를 두고 우리말이나 책 만드는 방식이 얼마나 많이 변했는지 살펴보는 맛이 있으리라 생각되기 때문이다.

　「일어난 지 오래됐소?」
　그녀가 대답했다.
　「몇 시간 전에…….」
　「제대로 시간에 맞춰 일어날 수 있다니 굉장하군요. 잘 잤소?」
　「푹 잤어요. 당신은?」
　너무나도 멋없는 대화였으나 나로서는 기분좋게 느껴졌다. 이처럼 해롭지도 않고 이롭지도 않은 말을 서로 주고받는 것만으로도 아주 기분 좋았다.

　　　　　-1986년, 김선옥 역, 자유시대사 판『이와 손톱』중

"일어난 지 오래됐어요?"

"아, 네." 그녀가 대답했다. "아까……."

"그래요, 일찍 일어나는 게 좋은 거죠. 잠은 잘 잤어요?"

"그럼요! 그쪽은요?"

정말이지 맥 빠진 대화였지만 나는 마음에 들었다. 그냥 마주 앉
아 대화하는 자체만으로도 최고였다.

-2008년, 도서출판 북스피어 판 『이와 손톱』 중

평소 의식하긴 어렵지만 우리의 출판은 대단히 빠르게 변하고 있
다. 글자체부터가 그렇다. 과거 학교 담벼락 같은 데에 붙어 있던 '멸
공 통일' 등등의 글자체를 지금 보면 굉장히 촌스럽게 느껴진다. 해
방 직후, 혹은 50년대 사진에서 보이는 가게 간판의 글자체는 더더
욱 그렇다.

글자의 폰트뿐 아니라 글을 쓰는 방식도 마찬가지다. 인터넷 등
글을 쓰는 매체의 변화, 외국과의 빠른 문화 교류 같은 요인도 있지
만, 무엇보다도 우리말 출판은 아직 백여 년 정도밖에 되지 않은 분
야이다. 복고적인 독자라면 1986년식 문체가 번역서에 더 어울려서
읽기 편하다고 생각할 수도 있을 것이다. 우리는 아직도 한국어 출
판의 전통을 만들어 나가는 과정에 있는 것이리라.

영어에서 'tooth and nail'이라는 말은 '맹렬하게, 온갖 수단으로, 필사적으로'라는 뜻을 가진다. 즉 이로 물어뜯고 손톱으로 할퀴는 등 '별짓을 다해서'라는 뜻이다. 저자는 이것을 살짝 비틀어 'The Tooth And The Nail'이라는 제목을 붙였다. 우리말로 『이와 손톱』이라고 옮길 때 전달되지 않는 어떤 의미가 원제에 있다.

주인공인 루 마운틴은 아닌 게 아니라 정교하고도 복잡한 과정을 거쳐 복수를 완성한다. 이러한 내러티브의 구조를 짜낸 저자의 능력도 정교하기는 마찬가지다. 두 개의 이야기가 교차되며 점점 좁혀져 가는 전개, 피고인의 정체를 책의 마지막에서야 드러내면서도 긴박감을 잃지 않는 작가의 솜씨는 왜 이 작품이 미스터리 소설의 고전으로 꼽히는지를 알려 준다.

하지만 저자에 의하면 『이와 손톱』은 전혀 어려움 없이 술술 써 내려간 작품이라 한다. 『연기로 그린 초상』, 『기나긴 순간』, 『이와 손톱』 세 작품을 모아 놓은 (엄청 빽빽한) 600여 페이지 분량의 책 『Triptuch』 서문에서 저자는, 『이와 손톱』은 일단 시작하자 작품이 저절로 써진 것이나 다름없다고 이야기하고 있다.

밸린저의 전성기로 일컬어지는 1950년대 중반의 세 작품 모두 그다지 손쉽지 않은 전개 방식을 취하면서도 독자를 몰입시키는 능력이 탁월하다. 마치 복잡한 리듬으로도 청중을 몰입시키는 락밴드의 음악을 듣는 기분이다.

『이와 손톱』에 대해서는 인터넷을 조금만 검색하면 탁월한 전문가들 및 추리소설 애호가들의 구구절절한 칭송이 펼쳐져 있으므로 옮긴이는 이 정도로만 말하려 한다.

　이 책은 지난 2008년 북스피어에서 처음으로 번역 출간되었다. 이후『연기로 그린 초상』,『기나긴 순간』까지 3부작이 전부 같은 출판사에서 출간되었고,『이와 손톱』은 우리나라에서 영화로까지 만들어져서 지금 이 글을 쓰는 순간 개봉을 앞두고 있다.

　이번에 새로운 장정으로『이와 손톱』을 다시 찍게 된 데엔 한국에서 영화화되었기 때문이라는 이유가 크다. 하지만 개인적으로도 이 책은 옮긴이가 번역했던 소설들 중에서 가장 재미있고 가장 추천하는 작품이기도 하다. 번역을 하면서 몇 번의 퇴고 작업을 거치기 마련인데 그때 번역된 원고를 거의 외우다시피 했던 옮긴이가 지금 다시 읽어도 흥미진진할 정도이므로, 이런 기회에 다시 독자들에게 선보일 수 있다는 건 다행스럽고도 뿌듯한 일이 아닐 수 없다.

　1950년대에 쓰여 반세기 넘게 살아남은 원작과 닮았는지 몰라도 한국어 번역본도 최초 출간 후 십 년이 지나 재판을 찍게 되었다. 그러고 보면 그 부담스러운 페널티킥이 그럭저럭 성공한 모양이다. 아직 이 작품을 접해 보지 못한 독자들에게 적극 추천하는 바이다.

2017. 3.
옮긴이 최내현

이와 손톱
2판 2쇄 발행 2017년 5월 15일

지은이　　빌 S. 밸린저
옮긴이　　최내현

　　　　　발행편집인　　김홍민 · 최내현
　　　　　책임편집　　유온누리
　　　　　편집　　안현아
　　　　　마케팅　　홍용준
　　　　　표지디자인　　씨오디
　　　　　용지　　한승
　　　　　출력(CTP)　　현문
　　　　　인쇄 제본　　현문
　　　　　독자 교정　　신미진, 심우영, 천주영

펴낸곳　　도서출판 북스피어
출판등록　　2005년 6월 18일 제105-90-91700호
주소　　(03961) 서울특별시 마포구 방울내로 11길 43 상암마젤란21 101-902
전화　　02) 518-0427
팩스　　02) 701-0428
홈페이지　　www.booksfear.com
전자우편　　editor@booksfear.com

ISBN 978-89-98791-64-3 (03840)